DE SI JOLIES BOÎTES

DU MÊME AUTEUR

Les Âmes silencieuses
Seuil, 2019

L'Enfant des tempêtes
Seuil, 2020

MÉLANIE GUYARD

DE SI JOLIES BOÎTES

roman

ÉDITIONS DU SEUIL
*57, rue Gaston-Tessier, Paris XIXe*

ISBN 978-2-02-149678-9

www.seuil.com

L'intégralité des peintures décrites dans ce roman sont des productions originales de Jean-Christophe Ditroy, qui a bien voulu prêter son immense talent à Clémence pour la durée de sa transformation.

Vous retrouverez le superbe travail de Jean Christophe sur son site internet : https://ditroy.artmajeur.com/

En plus de Jean-Christophe, l'auteur tient à remercier Juliette, Marine et Pauline pour leur aide précieuse, ainsi que Roxane, Bénédicte et Antoine pour leur soutien sans faille.

Chapitre 1

24 décembre

Juliette et Max chantaient à tue-tête dans la voiture, accumulant les fausses notes et les fous rires. Comme Maxime n'avait accepté de venir que s'il prenait en charge la playlist, la petite Twingo avalait les kilomètres en semant dans son sillage des airs de Wham !, Tino Rossi ou Mariah Carey, tout le folklore de fin d'année. L'overdose était proche, mais Juliette avait rarement autant ri sur la route de chez elle. La plupart du temps, quand elle revenait au Chêne vert, c'était le stress qui l'accompagnait. Elle n'était pas fâchée de l'avoir cette fois troqué contre son meilleur ami et collègue.

– Du coup, il y aura beaucoup de monde ? s'enquit ce dernier.

Juliette grimaça, mais Max affichait une mine plus amusée qu'angoissée. Si quelqu'un pouvait endurer les Descroix à Noël et quand même passer un bon réveillon, c'était définitivement lui.

– Il y aura toute ma famille, répondit-elle. Ma sœur, son fiancé, mon frère, et puis mes parents. Tu devrais survivre. Normalement, personne ne t'agressera toi.

Elle se mordit la lèvre, hésitante. Max poussa un soupir de circonstance et baissa le volume de la musique.

– Très bien, je sens que ça va être compliqué. Quoi que tu te sentes obligée de préciser pour me préparer psychologiquement, vas-y, balance. Je suis prêt. Quand Sartre disait : l'enfer c'est les autres, je suis sûr qu'il parlait en dehors du cercle familial. Sinon, pour plein de gens, l'enfer c'est surtout les siens. Je ne fais pas exception. Moi, ma famille, je ne l'ai pas vue et ne lui ai pas parlé depuis que j'ai quitté le collège à quatorze ans.

Juliette sourit sans le regarder. Fils d'un ingénieur rwandais réfugié politique et d'une professeure d'anglais londonienne installée à Paris, Maxime avait pourtant tout du fils idéal : un physique de gymnaste parfaitement injustifié, un sourire de pub pour dentifrice, la peau d'une délicieuse couleur caramel et l'humour ciselé comme un bijou précieux. Lui et Juliette s'entendaient comme larrons en foire depuis qu'ils s'étaient rencontrés à l'ouverture du restaurant où ils travaillaient tous deux. Le fait qu'il soit fâché avec sa famille n'était un secret pour personne, attendu que Max avait balancé dès leur première rencontre son homosexualité et sa tolérance zéro pour les gens que ça pouvait froisser, à commencer par ses parents.

Comme Juliette était plutôt du genre copine de bar à commenter les différents prétendants qui franchissaient la porte, ils s'étaient rapidement rapprochés et adoraient passer du temps ensemble en dehors des heures de travail. Ayant appris au détour d'une discussion que Max allait comme tous les ans passer les fêtes de fin d'année en solitaire dans son studio et parce qu'elle s'attendait à endurer les siennes dans la maison de son enfance, Juliette l'avait invité au repas familial sur un coup de tête. Après avoir obtenu l'accord de sa mère, bien évidemment. On ne faisait rien au Chêne vert sans la bénédiction d'Odile.

– Je ne suis pas fâchée avec ma famille, expliqua-t-elle. Ils sont tous très gentils. Enfin, la plupart du temps. C'est juste qu'ils sont… je ne sais pas. Peu accessibles ? J'ai la sensation d'être l'enfant bizarre et j'ai beau avoir vingt-cinq ans, ça ne passe pas. Je ne « colle » pas. Je ne sais pas si tu comprends ?

Maxime hocha la tête. Elle était comme ça même au travail, Juliette, mais il répugnait à le lui dire ; ça lui aurait fait de la peine. Elle était en déséquilibre, comme si elle doutait en permanence de sa légitimité à entrer dans une pièce, à parler à des gens, ou bien à exister simplement où que ce soit et pour n'importe quelle raison. Ces comportements-là ne s'acquièrent pas en un jour ; elle avait dû profiter d'un long entraînement.

– C'est surtout compliqué avec ma mère, pour être honnête. Il y a plein de choses que j'ai envie de dire sur ma mère, mais aucune qui pourrait lui faire honneur, si tu vois ce que je veux dire. Et pourtant, c'est une femme formidable, c'est juste… bref. Voilà, maintenant, j'ai l'impression d'être une ingrate alors qu'en plus c'est Noël. Il faut que j'arrête de médire ou je ne vais pas avoir de cadeaux à cause de toi.

– Tu veux que je joue les petits amis et que je prenne ta défense auprès d'eux ? Dans ce cas il faut me parler de ta famille, Juliette. Sinon, je sens bien que notre relation est vouée à l'échec.

La pétillante brunette éclata de rire. Juliette Descroix, caviste de son état, avait effectivement proposé une vingtaine de minutes auparavant à Maxime Musoni, pâtissier, de venir jouer les fiancés de fortune durant le réveillon, repas sacré s'il en était dans sa famille. Elle avait encore du mal à croire à sa propre audace. Ça les avait beaucoup fait rire, mais c'était parfaitement invraisemblable.

– Ma mère n'y croira pas trois secondes. Laisse tomber, ça va juste lui donner une occasion de plus de me tourner en ridicule, et elle n'a pas besoin d'armes supplémentaires que celles que je mets déjà à sa disposition avec ma piètre existence.

– Tu sais qu'elle a l'air horrible quand tu en parles comme ça, hein ?

– Ouais. Et pourtant, elle ne l'est pas. Parfois, le monstre n'en est pas un, mais on est terrifié quand même.

Odile Descroix n'était pas seulement la mère de Juliette. C'était le dragon du Chêne vert, la matriarche inébranlable, le confit de certitudes à la sauce acerbe. Juliette ne pouvait pas dire qu'elle n'aimait pas sa mère, mais elle était obligée de reconnaître qu'elle redoutait chacune de leurs entrevues. Elle ne s'y mesurait qu'à la somme de ses insuffisances.

Pour commencer, passer derrière sa sœur Clémence, nymphe idéale de vingt-neuf ans aux courbes parfaites, à la carnation irréprochable et à la blondeur éclatante, n'était pas des plus simples. Mais quand la gravure de mode s'accompagnait d'un cerveau brillant qui l'avait catapultée major de promo de son école d'économie avant de la parachuter à un poste impressionnant dans une banque suisse où elle employait son intelligence à jongler avec les marchés, il était temps de s'avouer vaincue. L'été précédent, pour asseoir sa victoire, Clémence avait en sus eu le bon goût de présenter à sa famille son fiancé tout neuf, propulsant Juliette au rang des Célibataires avec une majuscule, de cette façon dont on en parle quand on est le dernier de la fratrie à ne pas être casé. Ce qui était parfaitement injuste, d'ailleurs, compte tenu du fait que leur frère Simon exhibait avec indolence un célibat qui ne gênait personne. « Les garçons, c'est différent », aurait dit sa mère. Effectivement, très différent. On leur fout la paix. Surtout quand ils ont la chance d'être étiquetés « artiste torturé ».

Simon, c'était l'enfant du milieu, le rêveur silencieux, celui qui parle peu mais dont chaque geste semble répondre à une chorégraphie soignée conçue et exécutée avec minutie par le même éphèbe. En démonstration permanente ; le monde est son public. Du haut de ses vingt-sept ans, Simon n'avait toujours pas acquis la pilosité du lycéen moyen, et ses cheveux savamment ébouriffés lui donnaient l'air d'un dandy anglais tout droit sorti d'un roman de Jane Austen. Il peignait, Simon. Il faisait de l'Art, comme on dit, toujours parti aux quatre coins de la France sur des « Salons » rencontrer des « gens », il se donnait l'air, quand il passait les week-ends en famille, de s'ennuyer furieusement malgré le regard brillant de sa mère qui le couvait des yeux comme elle aurait dorloté un bœuf de concours.

Juliette pouffa.

– À quoi tu penses ?

– Au fait que mon frère tient plus du coq que du taureau.

– On est passé à l'astrologie chinoise ou j'ai raté un truc ?

Ils rirent ensemble, bêtement, avant d'entonner en chœur le tube de Noël suivant. Pourtant la légèreté était terminée. Juliette restait perdue dans ses pensées, engluée dans le mythe familial depuis des années. Retourner au Chêne à Noël tenait davantage de la tradition que du plaisir. Souvent, quand ils étaient tous réunis, elle passait ses journées à attendre qu'on la libère de ses obligations. Et pourtant, elle revenait toujours, espérant sans doute que l'entrevue suivante serait différente et qu'elle se sentirait bien, enfin. Ça n'avait jamais été le cas jusque-là.

Il aurait été tentant de se croire adoptée, si seulement elle n'avait pas été le clone de sa mère et si cette dernière n'avait pas mis toute son énergie à le lui reprocher.

Petite, un peu ronde mais avec des formes « très bien réparties » aurait dit Maxime qui pourtant s'y connaissait en sincérité, Juliette n'avait pas l'heur de plaire au regard maternel. Ce n'étaient pas ses cheveux bruns filasse qu'elle refusait de couper mais n'entretenait pas, son aversion pour le sport et le maquillage, ses joues rougies à la moindre émotion ou sa passion pour le vin qui auraient pu redorer un blason déjà si sévèrement écorné.

Dans la famille, les autres excellaient par leur simple présence : son étoile à elle était le réverbère de la chanson. Elle avait lutté jusqu'aux environs de cinq ans et demi, mais on finit par se lasser de ne pas être à la hauteur. Juliette s'y était faite, mais la coupe restait amère. L'espoir était toujours enfermé au fond de la boîte de Pandore, peut-être.

Sinon, pourquoi entraîner Maxime dans cette affaire ? Pauvre Maxime. Ce n'est pas parce qu'il était privé de dinde aux marrons depuis une dizaine d'années qu'on était obligé de lui imposer Odile Descroix, avec les inconvénients que ça comportait. Malgré le bel enthousiasme qu'il avait manifesté lorsqu'elle lui en avait fait la proposition, malgré les quatre derniers jours passés à faire en douce des macarons, Juliette se serait sentie abominablement coupable de l'embarquer là-dedans s'il n'avait pas eu l'air d'autant s'amuser.

– Tu sais, moi, les comportements insupportables en famille, du moment que c'est la famille des autres, ça ne me dérange pas trop, dit-il d'une voix chantante.

– N'empêche, t'as pas vu la mienne.

– Et ça fait un partout, tu ne connais pas mes géniteurs non plus. Et pourquoi t'as pas proposé à Ludovic de venir, plutôt ?

La flèche toucha au cœur, Juliette piqua un fard.

– Quoi ? Mais pourquoi tu dis ça ?

Le regard entendu de Maxime et ses bras nonchalamment croisés achevèrent de la confondre.

– Nan mais c'est pas... Et puis je suis sûre qu'il a d'autres plans.

– Mais tu aurais bien voulu, appuya Max avec une absence totale de considération pour la gêne évidente de son amie.

Juliette adopta le regard du chaton éploré.

– Ça se voit tant que ça ?

– Non. Non ! Je suis certain que personne n'a remarqué. En tout cas, personne en dehors des employés du restau. Ou des habitués. Ou des amis qui vous ont déjà croisés ensemble, d'ailleurs.

La question flotta entre eux avant de franchir ses lèvres.

– Et lui ? Tu crois que Ludo...

– Il faudrait qu'il soit aveugle.

Juliette se liquéfia sur place.

– Il ne voudra plus jamais me parler. Si ça se trouve, il va même me virer.

– Il ne peut pas, vous êtes associés. Et puis je pense que si ça avait dû arriver, il l'aurait fait au moment où il a remarqué que tu en pinçais pour lui. Tu sais, je crois que tu devrais lui dire clairement que tu as un crush. Ce n'est pas sain, cette relation entre co-gérants où l'un des deux essaie de rentrer dans le pantalon de l'autre.

– Je n'essaie pas de rentrer dans son pantalon.

– Mais tu ne dirais pas non.

– Ça n'est pas la même chose.

– Note, moi non plus je ne dirais pas non.

– Max !

Le pâtissier éclata de rire, et Juliette sourit malgré un léger pincement au cœur. Ludovic, ça faisait bien trois ans qu'elle en était amoureuse, et quand on en a tout juste vingt-cinq – catherinette cette année, misère ! – ça compte, trois ans. Elle avait craqué pour lui dès leur rencontre dans le précédent établissement où ils travaillaient, elle à la cave, lui au service. Mais Ludo n'avait pas donné plus que ça l'impression de s'intéresser à elle, ni même de remarquer son béguin. Pourtant, quand il avait décidé d'ouvrir son propre restaurant, c'était à elle qu'il s'était adressé, afin qu'ils s'associent. Il avait dit qu'il lui faisait confiance, qu'il n'imaginait pas réussir sans elle. Juliette en était restée comme deux ronds de flan. Comment dire non dans ces conditions ? Alors elle avait contracté un emprunt avec lui et ouvert *Les Bouchées Doubles* dans le dix-neuvième arrondissement, non loin du Père-Lachaise. Bien évidemment, elle avait espéré que ce serait le début d'autre chose, qu'il s'agissait du premier pas discret d'un garçon timide et beau comme un dieu, mais...

– Il est timide comme moi et n'a pas bougé un orteil. Passe à autre chose, Juju.

– Ah ! Je déteste quand tu m'appelles comme ça et tu le sais, bon sang !

Maxime roula des yeux.

– Jamais en public, promis. Et je te jure que je saurai être le gendre idéal devant ta mère.

– Te fatigue pas trop, la place est déjà prise.

Maxime monta immédiatement sur ses grands chevaux.

– Comment ? Et par qui, je te prie ?

– Par Grégoire, le fiancé de Clémence. Polo Lacoste, raie sur le côté, on dirait un Playmobil, le caractère en moins.

– Tu me vends du rêve.

– J'essaie surtout de faire en sorte que tu le dragues pas. Il se marie avec ma sœur l'été prochain et si tu te barres avec, ma mère me déshérite.

– Je sais me tenir.

Comme il avait l'air réellement offusqué, Juliette lui tapota l'épaule.

– Je sais. Et vu tes goûts, de toute façon, je pense pas qu'il soit ton genre, alors... Contente-toi de capter l'attention pendant vingt-quatre heures, que je profite de ton ombre salutaire, et je te promets un banyuls parfait pour aller avec ta prochaine charlotte.

– Toi au moins tu sais me parler.

La Twingo vagabondait à présent sur les routes de campagne détrempées du Perche, sous un ciel lourd et gris chargé des nuages de décembre qui franchissaient les limites du ciel comme autant de gros moutons pressés de rentrer avant la nuit. Sur l'horizon d'arbres et de monts, les maisons étaient des petites bougies illuminées et les champs désertés une invitation à respirer l'air, le vrai, celui qui cristallise l'hiver dans les poumons des téméraires.

Malgré sa mère et le supplice de Noël tout proches, Juliette se sentit gagnée par une légère joie d'enfant, celle, évidente, d'être de retour chez soi. Paris, c'était son autre vie, celle où elle existait vraiment, où on reconnaissait ses compétences et peut-être même sa légitimité, mais c'était à cette terre-là et à ces nuages sombres qu'elle appartenait réellement.

– C'est la cambrousse, nota Maxime, rompant le charme.

– À quinze kilomètres du premier supermarché, mon bon. Heureusement que tu les as faits en avance, tes macarons, parce que pour trouver les ingrédients nécessaires, il aurait fallu partir en expédition.

– Et tu as grandi ici ?

Juliette sourit une nouvelle fois.

– Oui. Au Chêne vert. Notre maison.

Un lieu-dit, plutôt. Une vieille ferme entièrement réaménagée, qui avait appartenu au grand-père de son père et qu'Odile avait entièrement redessinée. Juliette y avait vécu une enfance heureuse, entre sa sœur solaire et son frère taiseux, une enfance faite de gâteaux cuits amoureusement, de dimanches sous la couette et de lectures d'été. Le Chêne vert, c'était la propriété des vacances, c'était le lieu idéal pour échapper quelques heures au regard maternel, puis plus tard à celui des camarades de classe, aux jugements des autres et au sien propre. Juliette n'aurait pas su dire qui avait commencé et qui était responsable, d'elle, de sa famille, ou du monde extérieur, mais elle s'était retirée de l'équation depuis longtemps, troquant les relations sociales contre une solitude protectrice. Elle ne se souvenait pas que cette mise à l'écart ait été choisie, mais plutôt qu'on l'ait lentement écartée sur le côté de l'échiquier sans lui demander son avis. Ça aussi, c'était quelque chose qui prenait du temps à être digéré.

Elle avait eu ses réussites, pourtant ; juste pas celles qui auraient pu lui accorder du crédit auprès de ses parents. Elle avait été brillante dans ses études. Sa connaissance des vins et son intuition des mariages œnologiques parfaits lui avaient peu à peu donné confiance en elle. Elle avait une passion et des amis qui la trouvaient fréquentable et qui aimaient rire avec elle, désormais. Peut-être que c'était la seule chose qui comptait.

– On y sera bientôt, déclara-t-elle en prenant un énième virage trop vite.

– Doucement, quand même, protesta Maxime en s'accrochant à la poignée. Je tiens à mes macarons.

C'est finalement sur une reprise de Noël de Michael Bublé qu'ils franchirent la barrière du Chêne vert, le parterre de graviers crissant à l'unisson sous la pression des pneus. Vu les voitures déjà garées, ils étaient les derniers. La maison était éclatante de lumière comme si quelqu'un, à l'intérieur, avait jugé bon d'enclencher l'ensemble des interrupteurs.

C'était une magnifique longère aux volets verts, à la façade engageante et à la treille centenaire, les pierres apparentes superbement jointées. À la buée sur les carreaux de la porte de la cuisine, on devinait que les fours tournaient à plein et que rôtissait de quoi sustenter toute la maisonnée et peut-être même les voisins. La cheminée relâchait de lourdes traînées blanches qui flottaient au ras du toit avant de s'éparpiller en direction des nuages. Juliette respirait à pleins poumons. Elle était chez elle, même si elle était chez le dragon.

– C'est pas mal, dis donc.

– Attends de voir l'intérieur, va.

Ils sortirent chargés comme des mulets. Juliette s'occupa personnellement de la caisse de vins qu'elle avait patiemment sélectionnés pour le réveillon, après avoir eu une description précise du menu. C'était un des rares aspects de sa vie dont elle pouvait s'enorgueillir, et sur lequel elle ne laissait pas le choix à sa famille. Quand elle avait décidé de s'orienter vers des études d'œnologie, sa mère avait hoché la tête avec un désintérêt très odilien, et avait dit à sa fille de faire ce qu'il fallait pour réussir car ils ne pourraient pas lui financer de réorientation. Juliette avait fait de son mieux, réussi brillamment dans l'indifférence générale, et s'occupait du vin à chaque repas de famille pour écouter les siens en parler entre eux comme s'ils s'y connaissaient mieux qu'elle. À ça aussi, on s'habituait.

Maxime attrapa sa valise et ses macarons et la suivit, guilleret.

– Mon premier repas de Noël en famille depuis des milliers d'années, claironna-t-il gaiement. J'ai l'intention de fêter ça dignement !

– J'ai pris du champagne, répliqua Juliette tandis que la porte vitrée s'ouvrait, laissant deviner la maigre silhouette d'Odile.

Juliette ralentit sans y penser. Sa mère avait cette cinquantaine flamboyante que certaines femmes arborent quand elles se sentent vieillir et n'en ont rien à carrer. Les cheveux bruns parsemés de gris, les rides au coin des yeux et des lèvres comme symboles d'une indubitable sévérité, elle avait sur son visage l'expression de celle qui sait exactement quelle est sa place dans le monde et qui entend la garder.

– On vous attendait plus tôt, dit-elle simplement en embrassant sa fille avant de se tourner vers Maxime, l'œil critique.

– Maman, je te présente Maxime, commença Juliette, mal à l'aise, c'est...

– Pas ton petit ami, toujours, interrompit sa mère. Un collègue de travail, sans doute ? Bienvenue chez nous, Maxime, et merci d'avoir accompagné ma fille, que notre seule compagnie réjouit rarement. Vous nous avez amené autre chose que ma benjamine ?

– Eh bien, j'ai fait des macarons, déclara Maxime, abasourdi.

– Parfait, ce sera très apprécié. Allez vite vous réchauffer dans le salon. Tout le monde est là, et Juliette saura encore faire les présentations, je suppose. Allez, ne restez pas dans la porte, vous me faites des courants d'air. Je retourne à mon chapon.

La tornade s'éloigna sans même vérifier qu'on exécutait ses ordres, et Juliette leva les yeux au ciel. Maxime afficha un sourire niais sur son visage.

– Ah oui. Ce n'est pas exactement ce que j'imaginais, mais j'avoue que ça surclasse allègrement mes projections. Elle est formidable.

– Ce n'est clairement pas le mot que j'aurais employé, grommela Juliette en passant la porte d'entrée.

Sa mère avait l'air dans une forme olympique. Nul doute qu'elle aurait avalé son content de plaisanteries sur son poids, sa tenue, et le reste de sa vie avant qu'on ait atteint la bûche.

– Je sens que ça va encore être une soirée réussie, projeta-t-elle avec désespoir.

– Je n'en doute pas un seul instant, abonda Maxime en lui emboîtant le pas.

Chapitre 2

Le salon des Descroix dégageait une atmosphère anglaise de désordre organisé. Il débordait de petits riens empilés et de reflets de lumière d'or sur les tissus chargés. Les murs de pierres apparentes étaient recouverts de tableaux, tapisseries, herbiers encadrés, jusqu'à donner l'illusion de petitesse à une pièce pourtant vaste. Une grande bibliothèque regorgeait de livres entassés et de bibelots de goût. Au sol, l'épais tapis recouvrait les tommettes sombres. Sur la table basse en bois verni, quelques journaux, des tasses à thé sur leur sous-verre et un vide-poche plein de menus objets. Le feu crépitait dans la cheminée, la lumière était tamisée et l'ambiance, sophistiquée. Le salon prenait la pose, tout comme Simon dans le fauteuil à plaid écossais. Juliette lui fit un signe de la main en entrant, geste qu'il lui rendit avec cette inébranlable nonchalance qui lui allait si bien.

Dans le canapé tout proche, Clémence, assise près de Grégoire et lui tenant la main, expliquait à son père qu'ils avaient prévu de louer le chapiteau dès janvier car après, ce serait sans doute trop tard.

– Tu comprends, je ne veux pas prendre n'importe quelle société de location, je veux des garanties. Il ne s'agit pas d'avoir un truc fixé à la va-vite et qui prenne l'eau. S'il y a de l'orage...

Aurélien hochait la tête, agréable. La cinquantaine grisonnante, le patriarche donnait l'air d'avoir confié l'intégralité de son énergie à son épouse, à la fois pour qu'elle en fasse bon usage et parce qu'elle en dépensait allègrement pour deux. Il était penché en avant, les rides mobiles, et écoutait avec bienveillance son aînée lui parler de petits-fours et de champagne.

– D'ailleurs, je me disais que Juliette...

– Je m'en charge, confirma cette dernière en gagnant le pouf le moins confortable de la pièce pour laisser une chance à Maxime d'être assis sur un siège décent. La commande est déjà passée. J'ai un petit producteur près de Reims qui nous fournira une excellente cuvée.

– Merci.

Clémence avait vraiment l'air soulagée et Juliette dut lutter pour ne pas rouler des yeux. Elle n'était pas arrivée depuis dix minutes que déjà, Clémence l'exaspérait. Cette capacité permanente qu'avait sa sœur à en faire trop et à créer une tension dramatique là où rien d'autre n'existait qu'une absolue maîtrise de la situation était épuisante. Juliette savait par avance que le mariage serait parfait, comme tout le reste. La robe serait sublime et Clémence dedans aussi, parce que Clémence était sublime en toute occasion. La réception serait de celles qu'on affiche dans les magazines spécialisés, où tout le monde a l'air de vivre une journée extraordinaire et de toucher du doigt un bonheur inaccessible pour le commun des mortels. Oui, le mariage de Clémence serait ainsi, car il était strictement impossible qu'il en soit autrement. Et elle s'inquiétait qu'il pleuve ou que le champagne ne soit pas à la hauteur ! Quelle hérésie.

Un coup de pied discret de Maxime informa Juliette que ses pensées devaient s'inscrire en lettres fluorescentes sur son visage et elle changea de physionomie aussitôt pour sourire avec chaleur. Inutilement, cela dit. Clémence avait déjà repris le cours de ses explications en haussant légèrement la voix, consciente qu'elle était de l'augmentation soudaine de son auditoire. Juliette put de nouveau se perdre dans ses pensées, qui s'égaillaient en tous sens à présent qu'elle était de retour chez elle. Chez elle, à la maison. Et pourtant, comme d'habitude, un peu à côté.

Au bout d'un moment et quand Clémence eut fini d'avoir besoin de lui pour commenter les décisions liées à la cérémonie, Grégoire se rapprocha de Simon et entama avec lui une discussion absolument inintelligible sur les résultats de la ligue nationale de foot américain à laquelle, à la grande surprise de Juliette, Maxime se mêla avec enthousiasme. Le vide devint une bulle autour d'elle et Juliette décida qu'elle était de trop.

Elle se leva pour gagner la cuisine et ouvrir ses vins afin qu'ils respirent avant le repas. Dans la pièce chargée d'odeurs et de bruits, sa mère, seule maîtresse à bord, donnait pourtant l'impression d'avoir une armée de commis à sa disposition.

– Passe-moi la saucière je te prie, puisque tu es là.

Juliette reposa avec docilité la bouteille et le tire-bouchon qu'elle tenait déjà en main pour donner à sa mère le précieux ustensile réclamé.

– Et donc, parle-moi un peu de ton ami. Il y a une raison particulière à son invitation ? Je suppose que tu n'en pinces pas pour lui, sinon, tu aurais plutôt tout fait pour ne pas l'amener ici, je pense.

– Maman.

– Il faut bien reconnaître que tu ne nous présentes jamais personne.

– Je lui ai proposé de venir passer Noël chez nous parce que Maxime ne parle plus à ses parents, déclara Juliette en éludant la remarque. Je me suis dit que rester seul pour les fêtes de Noël, c'était triste, et que je pouvais au moins lui proposer une alternative. Et puis, j'aime ses macarons. Voilà, tu sais tout.

Odile poussa un soupir retentissant.

– Il a l'air très sympathique, en tout cas. C'est dommage que tu ne t'en trouves pas un comme lui, de temps en temps.

– J'ai des fréquentations, maman.

– Non mais je veux dire, quelqu'un de sérieux.

– J'avais bien compris.

– Comment ça se passe, dans ton restaurant ?

Juliette apprécia la délicatesse du changement de sujet, mais sa mère ne pouvait pas savoir qu'en évoquant les *Bouchées*, elle évoquait involontairement Ludovic. Tant pis, mieux valait faire contre mauvaise fortune bon cœur et donner le change.

– Pas trop mal, merci.

– Tu n'as pas l'air satisfaite.

Soit que sa fille fût un livre ouvert pour elle, soit qu'elle disposât d'une intuition pointue qu'elle n'utilisait que pour mieux déterrer les secrets des gens, dans tous les cas il était impossible de cacher quoi que ce soit à Odile Descroix. Juliette se résigna.

– C'est pas exactement aussi bien que je l'espérais, dit-elle avec regret. Mon associé n'est pas mauvais, mais c'est juste...

– Tu n'es pas d'accord avec ce qu'il propose ?

– Pas avec tout, non, mais c'est surtout qu'il prend les décisions seul, et elles sont parfois bonnes, je dis pas... mais on est associés, normalement. Je n'imaginais pas les choses comme ça, pour être honnête. Je n'arrive pas à faire valoir mes idées.

– C'est le drame de ta vie.

– J'essaie, maman.

Odile jeta un regard de doute à sa fille et haussa les épaules.

– Le souci avec toi, Juliette, c'est que tu as autant de volonté que de bonnes idées, mais tu ne sais pas les imposer. Tu vois, moi, je l'aurais pris entre quatre yeux ton associé, et il ne serait pas sorti de la pièce avant d'avoir entendu ce que j'avais à dire.

– Je n'en doute pas un seul instant.

– Tu veux que je l'appelle ?

– Merci mais non.

Juliette aurait bien aimé rire à la blague de sa mère, qui en faisait si peu, mais elle ne pouvait pas s'empêcher de ressentir un léger frisson à l'idée d'Odile et Ludovic en pleine confrontation. Autant renoncer irrémédiablement à la possibilité d'une romance. Maxime aurait sans doute dit qu'il était temps, de toute façon.

– Qu'est-ce que tu as prévu, avec le chapon ?

– Un graves.

– Du bordeaux ? Tu veux tuer ma sauce aux truffes ?

– Maman, l'année dernière, tu m'as reproché d'avoir ramené un vin sans caractère, alors ce graves 2003 devrait être l'opposé de celui « tristouille » que tu as déploré Noël dernier.

– Mais ma sauce ?

– La truffe sait se défendre toute seule, crois-moi.

Odile ne répondit pas mais renifla avec impatience. Juliette décanta ses vins sans plus rien dire puis, négligeant la remarque qui fusa dès qu'elle alla chercher son paquet de cigarettes et son briquet, sortit fumer sur la terrasse.

L'air tranquille et froid de la nuit l'apaisa instantanément. Dans les arbres, une brise discrète faisait tinter les branches, et les nuages roulaient, dévoilant les contours imparfaits d'une lune presque pleine. Un halo glacial l'entourait, féerique. Juliette se serra dans son manteau, s'installa sur une chaise longue et tira sur sa cigarette avec délectation, aspirant chaque petit crépitement comme une revanche. Derrière elle, la porte grinça et Maxime vint la rejoindre, s'asseyant près d'elle pour lui piquer du feu.

– La soirée est à peine commencée et je sais déjà qu'elle va être épique. Tu devrais m'inviter plus souvent chez toi. D'ailleurs tu t'es trompée de cible, Grégoire n'est pas le plus intéressant du tas. Tu ne m'avais pas informé que ton frère était gay.

Juliette s'étouffa dans sa fumée et lâcha une toux rauque et amusée.

– Simon ? Gay ? T'es malade ! Je lui ai connu au moins une quinzaine de copines différentes.

– Tout le monde a le droit à l'erreur. Tout le monde a même le droit d'être bi.

– Mon frère n'est pas gay, Max.

– Tu paries ?

– Comment exactement comptes-tu le remporter ?

Le sourire salace qu'il afficha dans le clair-obscur la découragea d'insister.

– J'ai déjà gagné, glissa-t-il dans le silence nocturne.

– Je ne te crois pas.

– Pas grave, j'adorerais remettre ça.

Juliette eut quelques secondes de doute, puis elle s'adossa à la chaise malgré le froid qui transperçait l'épaisseur de son manteau, songeuse.

– Si c'est vrai, je ne sais pas comment ma mère va le prendre.

– On le saura tout à l'heure, je compte faire mon coming out avant le fromage.

– Oh, pitié !

Maxime se mordit la lèvre pour s'empêcher de rire, bien certain que Juliette le laisserait faire ce qu'il voulait. Même si elle devait le tancer par la suite, il devinait qu'un peu de légèreté serait bienvenue durant le repas.

– N'empêche, je suis surpris. Avec ce que tu m'avais dit, j'imaginais ta sœur comme une insupportable pimbêche sûre d'elle et dévastatrice. En fait, elle est très sympa.

Juliette soupira.

– C'est bien ça le pire, avec Clémence, Max. Elle est parfaite, et même pas fière pour deux sous, ni arrogante ni rien, juste parfaite, et sympa en prime.

– Son mec est pas mal non plus.

Juliette haussa les épaules.

– Je ne sais pas trop, je n'ai pas eu trop l'occasion d'échanger avec lui ; quand on les voit, ils restent collés ensemble. Et de toute façon, je ne suis pour ainsi dire d'aucune discussion.

– Parce que tu ne veux pas ?

Juliette se posa sincèrement la question en tirant sur sa cigarette.

– Je ne sais pas, je ne crois pas, c'est juste que je n'ai rien à leur dire.

Elle écrasa rageusement son mégot dans le cendrier prévu à cet effet. Odile, bien que désapprouvant les choix de sa fille, mettait en place le nécessaire pour que ses vices n'endommagent ni les pavés de calcaire blanc de sa terrasse ni l'herbe bien entretenue du jardin. Elle viderait le cendrier avant que Juliette pense à le faire, lui reprocherait de ne pas s'en être chargée elle-même, et le poserait au même endroit pour la prochaine fois après l'avoir soigneusement lavé. Rien qu'à visualiser tout ça, Juliette eut l'envie irrépressible d'en allumer une seconde. Maxime fumait tranquillement à ses côtés et elle ne souhaitait pas rentrer en le laissant seul dehors, mais elle résista à la tentation et se contenta de se blottir plus confortablement dans sa doudoune.

– Concernant ton frère, tu m'en voudrais, si j'essayais ?

Juliette pouffa.

– Tu vas te prendre une veste.

– Pas grave, il fait froid.

Juliette rit de bon cœur et secoua la tête avant de jeter à son ami un regard entendu.

– Mon frère est peintre, mais il n'est pas obligé de cocher toutes les cases qui vont avec, tu sais ? Ce n'est pas parce qu'il est torse nu dans son atelier la moitié du temps que c'est une invitation au fantasme. Il est célibataire depuis des années maintenant et malgré sa tendance à papillonner, je le suspecte d'aimer ça.

Maxime toussa abondamment, ouvrit de grands yeux et secoua la tête, éberlué. Juliette fronça les sourcils, suspicieuse.

– Quoi ? Qu'est-ce qu'il y a ?

– Rien rien.

– Tu voulais dire quelque chose. Crache ta Valda.

– Non non, c'est juste que...

– Vas-y, balance ! Ce suspense est insoutenable.

Maxime avait l'œil brillant de celui qui est à deux doigts d'éclater de rire.

– Je veux dire, en plus d'avoir réussi à vous faire croire qu'il était hétéro, il est aussi parvenu à vous faire gober qu'il était peintre ?

Juliette afficha une tête de chouette froissée qui le fit rire aux larmes.

– Pourquoi j'ai l'impression que tu en sais plus que moi sur mon frère ?

– Ben sincèrement, je me demande si ce n'est pas le cas !

– Max...

La discussion s'interrompit net entre le rire de Maxime et la porte de la terrasse. Grégoire passa une tête par l'entrebâillement, apparemment de corvée de rapatriement.

– Ta mère te fait savoir qu'on passe à table, Juliette.

– Très bien, très bien, on arrive.

Sa mission accomplie, Grégoire disparut.

– Tu sais que tu vas tout me dire ? menaça Juliette, un index tendu sous le nez de son ami.

– Je ne sais pas si tu voudras entendre ! ricana Maxime.

Avant d'ajouter, plus sérieusement :

– Ce n'est pas mon rôle. Si ton frère préfère se taire, c'est son droit.

– Allez ! Tu ne peux pas me balancer ça et me laisser dans le noir, sans le moindre indice !

– Je t'en ai déjà donné plein. Pour le reste, je serai une tombe.

Maxime écrasa son mégot, se drapa dans une cape imaginaire et lui tendit la main pour l'aider à se relever. Juliette accepta en pestant contre les amitiés frauduleuses dont elle était accablée, et ils rentrèrent dans la chaleur réconfortante de la maison en riant comme des baleines.

Dans le salon, tout le monde était réuni près de la cheminée, et Juliette réalisa qu'elle était la seule à ne pas avoir fait le moindre effort vestimentaire. Ce n'est pas si grave, se dit-elle. Elle se contenterait de faire le service. Elle aida Maxime à disposer ses macarons au foie gras sur le plateau de faïence et ouvrit un champagne sec pour aller avec. Les bulles crépitèrent dans les verres comme la cigarette dans ses poumons, et elle passa les coupes, soudain plus à l'aise de se retrouver dans son élément. Odile discutait avec son aînée de la robe, des traditions et de ses essayages, Grégoire écoutait avec une infinie patience Aurélien détailler les différentes pièces anciennes qu'il avait acquises depuis la dernière fois qu'ils s'étaient vus tandis que, contre toute attente, Maxime avait trouvé le moyen de bavarder avec Simon dans un coin. Juliette alla les rejoindre, interrompant manifestement la conversation.

– Qu'est-ce que vous racontez de beau ?

– Mais rien, affirma innocemment Maxime en agitant sa coupe, petit doigt relevé. Je louais juste à ton frère les qualités architecturales de la maison.

À la mine qu'afficha Simon, Juliette devina que ce n'était pas ça dont il était question avant qu'elle n'arrive au milieu de leur échange comme un chien dans un jeu de quilles. Elle décida de prendre le contrôle de la situation.

– Ne te laisse pas embêter par Maxime, Simon. S'il t'ennuie, dis-le-moi, je le renverrai en cuisine préparer une crème anglaise.

– Je ne me laisse embêter par personne, répliqua Simon avec une indifférence calculée.

Un silence gênant s'installa et Juliette fut presque soulagée d'entendre sa mère l'appeler pour lui parler du champagne. Bientôt, il fut question du mariage, encore, et de ce qu'elle avait commandé afin de savoir si c'était le même ou s'il était de « meilleure qualité ». Juliette endura les commentaires avec un sourire forcé et si elle repéra celui, gêné, de sa sœur, il ne suffit pas à lui mettre du baume au cœur.

– Ne t'inquiète pas, maman, affirma-t-elle cependant. J'ai pris le meilleur. Pour Clémence, il fallait au moins ça.

Sa mère ne sembla pas percevoir l'ironie, mais Clémence, oui. Un éclat passa dans son regard et Juliette préféra retourner en cuisine chercher une nouvelle bouteille dans le frigo pour éviter les conséquences de ses paroles. Ils n'avaient pas encore entamé les entrées et elle était déjà fatiguée.

– Damnée vie sociale, soupira-t-elle.

La plus coûteuse, la plus fatigante et pourtant la plus évidente, probablement : la pantomime familiale. Quand elle revint dans le salon, la partie de chaises musicales se poursuivait. Clémence discutait gâteau avec Maxime. Il était sans doute question de pièce montée. Grégoire était avec Odile, et ils devaient parler de la future mariée, dont ils étaient tous les deux les adorateurs incontestés. Quant à Simon, installé avec son père dans les fauteuils, il avait troqué sa coupe de champagne pour un whisky et tous deux discutaient d'autre chose, de sport peut-être. Une nouvelle fois, chacun était apparié, et Juliette constata avec résignation qu'elle resterait sans partenaire. Elle alla s'asseoir dans le canapé près de Maxime, se servit un nouveau verre et régala Cacahuète, le berger allemand de la famille, de biscuits apéritifs. Au moins, comme ce n'était pas elle qui les mangeait, Odile éviterait de lui faire des remarques.

– Laisse la chienne tranquille, Juliette. Tu veux qu'elle devienne obèse ?

Ah tiens, non.

Chapitre 3

Les macarons au foie gras eurent un succès fou. Ensuite, les huîtres bien évidemment, et les traditionnels œufs mimosa pour Aurélien, allergique aux fruits de mer. Juliette insistait chaque année pour que son père ait droit à une entrée plus festive, mais il n'avait jamais gain de cause et mangeait ses œufs avec une absence d'intérêt apparente. Juliette se resservit du riesling.

– Ne bois pas trop, lança Odile depuis l'autre bout de la table.

Elle ne l'avait même pas regardée. Juliette décida de faire consciencieusement la sourde oreille. Son père se pencha près d'elle.

– Il est excellent, ce riesling, ma chérie.

– C'est un producteur que j'aime beaucoup. Il réussit le pari d'avoir un vin à la fois parfaitement sec et très fruité. Je l'adore. Je le sers au restaurant aussi, celui-là.

– Il est comment ce restaurant ?

Juliette porta le verre à ses lèvres, puis le reposa et joua avec le pied, songeuse.

– Bien. Il est chouette. On est bien placé, près du Père-Lachaise, mais pas très loin de la rue de la Roquette, alors il y a du passage et du monde.

– Pourquoi tu n'as pas l'air contente, du coup ?

Juliette haussa les épaules et chercha ses mots, mais Maxime vola à son secours.

– C'est juste que le cogestionnaire n'est pas exactement le meilleur associé du monde.

– Ludovic fait de son mieux, protesta Juliette, sachant pertinemment qu'en prononçant ces paroles, elle allait rougir bêtement. C'est juste que c'est son premier restaurant, et il veut que ce soit parfait, alors...

– Alors faute d'avoir tout bon, il n'y a rien de bien, déclara sentencieusement Max en reprenant une huître. On a encore été obligé de changer de chef de cuisine, c'est la troisième fois en six mois, et c'est uniquement à cause de Ludo. Il modifie la carte huit fois par semaine, sans aucune conscience de ce que ça implique et au mépris des rares habitués qui résistent.

– Il finira par se fixer sur une formule.

– Il faudrait que quelqu'un l'y contraigne.

Maxime riva sur Juliette un regard lourd de sous-entendus et cette dernière plongea dans son verre. Aurélien eut un sourire compréhensif.

– Je suis certain que tout finira par s'arranger.

– Moi aussi, papa.

Simon, qui était assis à côté de sa sœur, lui tendit son verre pour qu'elle le resserve.

– Un des meilleurs moyens de ne pas avoir de problèmes avec ses collègues, déclara-t-il sentencieusement, c'est encore de ne pas en avoir.

– Oui mais c'est un peu triste, avança Maxime. Les gens, c'est bien aussi, quand on apprend à les connaître.

Juliette sentit que quelque chose passait entre eux qui lui échappait, mais elle laissa filer en voyant que quel que soit le message échangé, il ne lui était pas destiné. Un fond de tristesse la gagna. En ramenant Maxime, elle avait espéré être un peu moins seule que les autres années, et finalement elle se rendait compte que ça n'avait pas marché. Elle observa les discussions, admira l'aisance naturelle de Max au milieu de cette famille qu'il ne connaissait pas quelques heures auparavant, le silence tendre et affectueux de son père, la clarté facile de sa sœur. Elle se donna l'importance qu'elle savait pouvoir prendre. Elle géra les vins.

Tout le monde loua le chapon d'Odile, les pommes dauphine maison et la sauce aux truffes. On chanta très faux des chants de Noël et Maxime eut un franc succès en imitant Tino Rossi. On passa aux fromages et Odile déclara que le vin était trop fort. Juliette en reprit deux fois. Enfin, ce fut la bûche et le thé de Noël. La table était désordonnée et joyeuse, les boutons de col défaits, et quelques taches de vin ou de sauce jetaient des étoiles écarlates sur la nappe immaculée.

Juliette s'était retranchée près de la cheminée où le feu achevait de cuire le chien, étendu de tout son long devant les braises. Maxime l'y rejoignit avec la tasse à poussins, dite « tasse de la honte » dans la famille Descroix. Juliette sourit.

– Eh bien, ça a été, non ? déclara son ami en lui frottant l'épaule. C'était plutôt une bonne soirée ?

Juliette hocha la tête. Elle avait trop mangé et trop bu, si tant est qu'une telle chose existât. Elle entendait presque son lit l'appeler, mais la chaleur réconfortante du feu la maintenait immobile.

– Oui, dit-elle. C'était bien.

Ils se penchèrent l'un contre l'autre et leurs têtes se touchèrent. Juliette aurait pu s'endormir si l'horloge du salon, cette vieille horloge improbable, âgée de centaines d'années, ne s'était mise à sonner.

– Il est minuit ! clama Clémence, réveillant son bataillon. C'est l'heure des cadeaux !

Juliette releva la tête à regret et avisa Grégoire qui disparaissait derrière un fauteuil pour en ressortir avec un sac plein à craquer de paquets multicolores. Odile envoya Aurélien chercher sa propre hotte dans le placard sous l'escalier, Simon repêcha dans son sac une demi-douzaine de paquets froissés, et Maxime et Juliette allèrent de leur côté vider le coffre de la Twingo. Bientôt, le sol devant le sapin ressembla à une immense partie de Twister, où chacun luttait pour déposer sur la bonne paire de chaussures le paquet adéquat. Quand tous eurent rempli leur office de père Noël, ils se reculèrent pour admirer l'effet. Le sapin était magnifique, brillant de mille couleurs dans l'éclat du feu, et Juliette, un peu éméchée et aussi fatiguée que possible, se sentit étrangement émue. Il fallut qu'Aurélien prenne des photos, bien entendu. Des photos du sapin et des paquets, de la famille et du sapin, de la famille et des paquets.

– Eh bien ? dit Simon au bout du quinzième cliché. On les ouvre, ou on les regarde toute la nuit ?

Ils s'avancèrent alors en même temps dans un joyeux capharnaüm de plaisir anticipé mêlé d'excitation. Juliette récupéra une pile conséquente. Elle identifia sans difficulté le cadeau de sa sœur – un magnifique poncho gris en laine mohair – et celui de Maxime – un vin de paille d'un producteur qu'elle ne connaissait pas, ce qui relevait de l'exploit. Celui de sa mère était tout aussi attendu, puisqu'il s'agissait d'une sempiternelle crème anticellulite, dont Odile vint aussitôt lui expliquer les bienfaits serinés par la vendeuse au moment de l'achat. Elle reçut également une collection de vieux westerns de la part de son frère et un roman scandinave, cadeau évident d'Aurélien. Elle admirait les prises de l'année et surtout lisait l'étiquette du vin quand une exclamation de sa sœur lui fit lever la tête. Clémence avait l'air d'une enfant à qui on vient de faire la plus inattendue et la plus agréable des surprises.

– Oh, merci maman !

Sur la table, devant elle, se trouvait un gros cube de bois travaillé, joliment ouvragé, dont chaque partie était en fait une petite boîte mue par un ressort. Le cube ouvrait une multitude de tiroirs, longs, larges, petits, enchâssés, qu'on pouvait à volonté enlever et replacer dans un ordre distinct. Clémence jouait avec délectation avec les différents éléments, et sa mère l'observait avec une satisfaction évidente.

– Tu t'es souvenue que j'aimais peindre, merci ! Je l'adore, c'est super gentil !

Odile serra le bras de sa fille.

– Ce n'est pas une boîte de peinture, ma chérie. C'est une boîte pour ranger ton maquillage.

Un ange passa, et chacun eut le loisir de profiter du soupir bienheureux de Cacahuète devant la cheminée. Clémence fronça les sourcils.

– Mais non, maman, c'est une boîte pour les peintres, ça.

– Je confirme. Un accessoire inutile d'élève de première année qui adore les gadgets, nota Simon avec un dédain de dandy. Tu vois ? Là, il y a même un porte-gobelet parfaitement frivole pour les gens qui apprécient l'aquarelle. C'est définitivement un truc de peintre.

Il but son verre cul sec et alla se resservir. Odile semblait perdue.

– Oh, je ne savais pas, dit-elle en manière d'excuse. Mais ce n'est pas grave ma chérie, n'est-ce pas ? Tu pourras quand même t'en servir pour ton maquillage. Des pinceaux restent des pinceaux, quoi qu'on en fasse.

Clémence eut brusquement l'air de se réveiller et de tomber au milieu d'une scène à laquelle elle ne comprenait plus rien. Alice dans le trou du lapin. Elle posa les mots suivants avec prudence.

– Tu sais que je pourrais m'en servir pour peindre, tout bêtement, maman ?

Odile eut un sourire bienveillant qui fit frissonner Juliette, parce que d'ordinaire, il lui était destiné.

– Mais enfin, laisse la peinture à ton frère, Clémence. Toi tu t'occupes de choses beaucoup trop sérieuses pour t'ennuyer à ça.

– Je le prends bien, répliqua Simon, glacial.

– Moi aussi, surenchérit Clémence, outrée.

– Oh, je ne sais pas ce que vous avez, tous les deux ! Vous interprétez mal ce que je dis, déclara impérieusement Odile, bien certaine qu'il était plus probable qu'elle ait été mal comprise que dans l'erreur. Il n'y a pas de honte à préférer faire ce pour quoi on est bon et à refuser de perdre du temps avec le reste. Simon était un bon artiste, nous l'avons encouragé, et toi, Clémence, tu es parfaite dans ce que tu fais. Combien as-tu généré de revenus, cette année, déjà ?

– Ce n'est pas la question ! protesta Clémence. Et puis qu'est-ce que c'est que cette histoire de faire ce pour quoi on est bon ? Parce que justement, maman, j'ai gagné un concours d'art quand j'étais en seconde, tu te souviens ?

– Mais non, c'est ton frère qui a gagné ce concours !

Une fissure soudaine, une fragilité vite dissipée.

– Je pense pouvoir affirmer que c'est Clémence, déclara Simon en se resservant un whisky, achevant la bouteille avec une classe d'espion britannique en fin de mission.

– Mais non enfin, protesta Odile, ses joues pâles se colorant d'une fine lueur carmin. Je me souviens très bien, tu avais été reçu à la préfecture, pour...

– C'était moi !

La réplique de Clémence claqua dans l'air. Elle commençait à s'emporter, s'étouffant presque d'incrédulité devant cette mère qui lui avait manifestement spolié l'une de ses victoires pour la donner à son frère. Odile dut se rendre compte qu'elle était en train de fâcher son aînée, car elle changea brusquement son fusil d'épaule.

– Écoute, ça n'a aucune importance, ma chérie, d'accord ? Si tu veux te mettre à la peinture, libre à toi. Avec le mariage à préparer et le stress que ça engendre, tu as sans doute besoin de te détendre. Bon, tu risques de ne pas avoir beaucoup de temps, mais qui sait ? Ça te fera peut-être du bien quand même.

– En tout cas, moi je serais curieux de voir tes talents, appuya Grégoire, gourmand.

Clémence les détailla tous les deux comme si elle ne les connaissait pas, puis leva les bras au ciel, poussa un soupir retentissant et se leva.

– Eh bien, sur ces belles paroles, je pense que je vais aller dormir.

– Je ne t'ai pas vexée au moins ? demanda Odile avec une absence de tact parfaite.

– Je vais très bien. Je suis juste fatiguée.

Juliette, depuis sa position repliée dans le fauteuil, admira la diplomatie de ce mensonge éhonté et la grâce avec laquelle Clémence gérait sa mère. Elle avait clairement dû rater à un moment des leçons dont sa sœur avait su tirer profit.

– Je viens aussi ? demanda Grégoire, malheureux comme si on menaçait de le priver de dessert.

– Prends ton temps, répondit Clémence sans même se retourner.

– Je vais également aller me coucher, déclara Aurélien, qui avait fini d'ouvrir ses paquets et avait accordé à Juliette un regard brillant pour le napoléon de 1854 qu'elle avait déniché aux puces.

– Je t'avais prévenu que tu prenais trop de fromage, le rabroua sa femme, qui avait manifestement besoin de se passer les nerfs sur quelqu'un.

Elle se mit à débarrasser furieusement la pièce, disposée à occuper efficacement sa colère. Juliette observa cette agitation frénétique de mère en déroute en s'enfonçant un peu plus entre les coussins afin de passer inaperçue.

– Poker, quelqu'un ? suggéra Grégoire en sortant un jeu de sa poche aussi prestement qu'un magicien de cabaret.

– Juliette va m'aider en cuisine, déclara Odile.

Mais il soufflait un vent de rébellion et Juliette avait juste assez bu pour dire non.

– Je crois que je vais plutôt jouer avec les garçons. Le perdant fera la vaisselle, maman, laisse tout. Surtout, ne lave rien.

Odile voulut protester, mais la proposition avait été si bien accueillie qu'on la priva de ses assiettes pour la pousser vers un canapé. La terrible matriarche ne pouvait pas lutter contre la coalition de son futur gendre, son fils et l'inconnu ramené par sa fille. Elle râla pour la forme, lança une ou deux réflexions un peu sèches et, inoccupée pendant qu'on distribuait les cartes, erra en rangeant quelques magazines avant de battre en retraite vers la chambre. Simon jugea que l'heure était venue de sortir le rhum vieux.

Les premières passes d'armes permirent de crever les bluffs et de déclarer Maxime pire menteur de la tablée. Juliette remporta quelques coups et ramena des petits verres pour compter les points.

– On va tous être très malades, prophétisa Grégoire, réjoui comme un enfant en train de faire une bêtise.

– T'as qu'à pas perdre, répliqua Simon, diablement en forme et de moins en moins classe.

Maxime le dévorait des yeux et Juliette décida de ne pas s'en préoccuper. Ils jouèrent jusqu'à trois heures du matin, Maxime perdit dans les grandes largeurs, Simon escorta Greg jusqu'à la chambre de Clémence et disparut, laissant les deux autres aux commandes des assiettes, tasses et verres oubliés. L'eau mousseuse envahit l'évier ; le lave-vaisselle tournant déjà à plein.

– C'est moi qui ai perdu, rappela Max que Juliette poussait pour prendre sa place.

– Tu essuieras, décida-t-elle. Je préfère laver, de toute façon, et il ne sera pas dit que ma famille impose la vaisselle à ses invités.

Elle plongea les mains dans l'eau chaude et se mit à récurer, l'une après l'autre, les assiettes du réveillon. L'horloge sonna la demie de trois heures dans le salon.

– C'est vrai que ta sœur peignait ? demanda Maxime en faisant chanter les verres.

– Oui. C'était une sorte de blague, dans la famille, que Clem était si talentueuse et que finalement, c'est Simon qui avait choisi de s'orienter là-dedans. Je crois bien que la première fois qu'il a dessiné un truc, c'était parce que ma mère lui avait vanté le talent de sa sœur.

– Mais qu'est-ce qui s'est passé du coup ? Parce que ta mère, elle a plus l'air de s'en souvenir.

Juliette haussa les épaules.

– Je ne sais pas. La réussite à l'école de Clem a éclipsé le reste. Il fallait qu'elle fasse de grandes études, et puis Simon devenait doué. Je suppose que dans sa tête, les deux se sont mélangés.

– Ta sœur avait l'air vexée.

– Clémence réussit tout. Qu'on doute d'elle n'est pas dans ses habitudes, surtout venant de sa mère pour qui elle est la huitième merveille du monde.

Comme Cacahuète venait lui renifler entre les mollets, Juliette lui donna en douce un os de chapon qui traînait et la regarda disparaître dans son panier entre le frigo et le mur pour en profiter. Si tout avait pu être plus simple…

– Mais Clem s'en remettra, affirma Juliette en reprenant sa corvée. Elle a un mariage à organiser, ça va l'occuper. Cette boîte va prendre la poussière. Dans deux mois personne n'y pensera plus.

Maxime ne répondit pas, se contentant d'empiler les assiettes propres en affichant un air songeur. Juliette lui jeta un regard en coin.

– Est-ce que tu veux bien me parler de Simon, maintenant, monsieur le cachottier ?

Son ami prit une expression outrée.

– M'arracher mes secrets, alors que j'ai juré silence ? Tu n'y penses pas. Nous avons négocié ; je suis une carpe.

– Vous avez négocié quoi, exactement ?

– Mais ça ne te regarde pas, vilaine curieuse !

Il garda le silence une seconde, puis posa le torchon sur son épaule et croisa les bras.

– Ce qui m'étonne le plus, c'est de voir à quel point vous êtes proches les uns des autres en apparence alors qu'en fait, vous ne vous connaissez pas du tout. C'est surprenant. C'est flagrant avec ton frère...

– C'est toi qui le dis mais je n'ai pas vu l'ombre d'une preuve !

– Et c'est aussi vrai pour ta sœur, finalement.

– Mais non. Clémence est facile à comprendre, protesta Juliette, agacée. C'est juste que ce soir, elle avait envie de faire chier maman.

– Tu confonds avec toi.

– Pas du tout.

Juliette lui balança de la mousse que Max chassa à coups de torchon, puis ils achevèrent la vaisselle en parlant de choses triviales, de Ludovic, du champagne et de Noël en général. Juliette poussa le vice jusqu'à passer un coup de balai, avant d'admettre qu'il était temps d'aller dormir.

– On partage ma chambre, prévint-elle.

– Je n'ai pas peur, répondit Max du tac au tac, les faisant rire tous les deux.

Plus tard ce soir-là, dans le noir, Juliette songea à sa sœur, à son frère, remâcha la dispute entre sa mère et Clémence et soupira en se disant que ça ne changerait rien. Lorsque le sommeil la trouva, elle était persuadée que l'affaire serait oubliée le lendemain. Elle ne pouvait pas se tromper davantage.

Chapitre 4

Juliette fut réveillée par le silence. Si autrefois elle avait eu du mal à se faire au tapage permanent de la capitale, elle se rendait compte désormais que son absence la perturbait. La solennité du matin pesait sur elle comme une condamnation. Juliette décida qu'avec des idées pareilles au réveil le jour de Noël, il était temps de se lever et d'aller préparer des pancakes.

Dans le lit de fortune installé près du sien, Maxime dormait à poings fermés roulé en boule sous les couvertures, avec la vieille chatte Noisette collée derrière ses épaules. Juliette se leva sans bruit, caressa Noisette en passant et attrapa ses vêtements pour filer dans la salle de bains avant que quelqu'un ne lui pique l'initiative. Dans le couloir silencieux, seul le balancier de la vieille horloge résonnait au loin. Juliette prit une douche rapide, s'habilla, attacha ses cheveux en queue-de-cheval filasse et descendit à la cuisine préparer le café. Elle fit de son mieux pour ne réveiller personne, mais la précaution se révéla inutile : sa mère s'y trouvait déjà, qui rangeait les assiettes.

– Merci pour la vaisselle, lui dit-elle en guise de bonjour.

– Comment sais-tu que c'est moi qui l'ai faite ?

– N'importe qui d'autre l'aurait rangée. Tu es la seule à la laisser à l'air. Déformation professionnelle, je suppose.

Juliette avait cru à un réel compliment et elle se rembrunit. En vain. Odile était déjà en train de lui servir un café. Dans le mug à poussins, bien évidemment.

– Il n'y a que nous de réveillées ?

– Oui, et tant mieux, ça va te permettre d'aller acheter le pain. Il y a de la monnaie dans l'entrée, et ramène des viennoiseries tant que tu y es, ça fera plaisir à tout le monde.

Juliette hocha la tête, avala son café sans traîner et se jeta dehors, dans le fragile éther d'une matinée glacée. Sa respiration colora l'aube d'une petite buée frémissante. Cacahuète lui fonça dessus et sauta pour lui lécher le menton.

– Doucement ma belle, doucement. Ta maîtresse est levée, tu devrais aller voir à la cuisine.

Dire qu'il y a des gens pour penser les chiens stupides. Le berger allemand l'abandonna aussitôt pour se précipiter vers la maison, sa gamelle, et la promesse d'un repas de circonstance à base d'os de volaille et de gras de pâté. Juliette alla jusqu'à la Twingo verte et gagna le village d'à côté. Dans l'autoradio, les chants de Noël n'avaient toujours pas fini de défiler.

Quand elle revint à la maison une demi-heure plus tard les mains chargées de baguettes et de croissants chauds, tout le monde était levé ou presque. Il manquait encore Maxime, mais Juliette décida que ça ne durerait pas. Dans la cuisine, Aurélien buvait son bol avec la tête du chien sur les genoux, qui dardait sur lui un regard énamouré. De l'autre côté de la table, Clémence s'était réfugiée dans un pull en laine épaisse et scrutait le fond de sa tasse comme si elle espérait y lire l'avenir. Près d'elle, Grégoire observait la lente dissolution d'un remède effervescent destiné à dissiper un mal de crâne qui dessinait sur son visage les marques d'une intense lassitude. Quant à Simon, assis en tailleur sur un tabouret, il était pieds nus, chemise ouverte sur son torse d'éphèbe, et buvait son café en chantant à mi-voix et en parcourant des yeux un magazine de pêche. Ce garçon avait dû être échangé par des fées à la naissance ; il tenait clairement plus de l'elfe que de l'humain moyen.

– Il y avait du monde à la boulangerie ? demanda Odile quand sa fille se fut déchargée sur la table du fruit de ses courses.

– Pas tant que ça. Il est tôt encore.

– Eh bien, ça dépend. Si on commence à y réfléchir, il faudrait que je m'attaque au déjeuner.

Clémence posa sa tasse sur la table, faisant sursauter tout le monde.

– Désolée, maman, mais Grégoire et moi, on ne va pas pouvoir rester déjeuner.

– Ah bon ? fit Odile, désarçonnée.

– Ah bon ? répéta Grégoire, plus lent à la détente.

Clémence posa sur sa mère un regard étrangement songeur, puis elle secoua la tête.

– Non, je suis fatiguée et j'ai encore beaucoup de travail. Les jours fériés ne comptent pas dans mon métier, tu sais.

– J'en étais sûre. C'est le cadeau que je t'ai fait qui t'a contrariée ?

Juliette sentit monter l'orage et, avec la réactivité de celle qui a l'habitude que la grêle tombe sur sa tête propre, quitta la pièce avant le premier coup de tonnerre. Elle gagna la chambre pour trouver Maxime à plat dos, et Noisette dans son lit.

– Profiteuse.

La chatte plissa ses yeux verts et ronronna à faire trembler les fenêtres. Maxime ronfla de plus belle. Juliette passa la tasse de café fumant près de son visage.

– Debout, feignasse. On a de la route et on est d'ouverture, demain. Je voudrais rentrer avant la tombée de la nuit.

– Tu mens, tu sens les croissants, on est encore le matin.

– Si tu ne te lèves pas, je bois ton café.

– Tu n'oserais pas.

Maxime se redressa sur un coude et jeta un regard noir à Juliette avant d'attraper la tasse et de la porter à ses lèvres avec une grimace.

– Il n'est pas de toi.

– Je ne me suis pas levée assez tôt. Ma mère fourbissait déjà l'argenterie quand je suis descendue, alors je n'ai pas eu la chance de moudre les grains moi-même, non.

– Eh bien ça se voit. Il est moins bon que celui que je bois d'ordinaire.

Juliette lui sourit.

– Tu es un chou, mais tu es aussi le dernier levé, tu sais.

Maxime haussa un sourcil indifférent.

– Les Descroix sont tous réveillés ? Vous voulez aller à la messe ou quoi ?

Juliette siffla entre ses dents.

– Ma mère nous y forcerait bien si elle ne craignait pas d'encaisser les remarques de mon père à ce sujet pendant les cinquante prochaines années. D'ordinaire, il la laisse agir comme elle l'entend, mais sa dévotion s'arrête à la porte de l'église.

– Tu t'attends à ce qu'ils vivent vieux.

– L'aigreur conserve. Regarde le vinaigre.

Juliette trouva ses propres paroles un peu dures, mais elle en voulait encore à sa mère de sa réflexion du matin, injuste à ses yeux vu le temps que Max et elle avaient passé à laver et essuyer les assiettes de porcelaine.

– Traîne pas trop, conseilla-t-elle finalement avant de se lever pour retourner dans la cuisine afin d'avaler un semblant de petit déjeuner tant qu'il restait des croissants.

Manifestement, elle avait raté le gros de la dispute entre Odile et Clémence et pourtant, l'air tremblait encore. Simon avait battu en retraite dans le salon, et Aurélien comme Grégoire affichaient un air désespéré de chatons tenus à bout de bras au-dessus d'une bassine pleine. Odile, debout, rangeait ses cuillères comme si elle avait un compte personnel à régler avec, de préférence dans un bain de sang.

– Ce n'est pas que tu ne m'en croies pas capable qui me contrarie, maman, déclara Clémence, toujours assise à la même place et la fatigue se lisant sur son visage. Mais là tu réinventes complètement ce qui s'est passé !

– Mais qu'est-ce que ça peut faire ? se défendit Odile. Si elles ne te plaisent pas, ces boîtes, tu n'as qu'à les laisser là ! J'irai les échanger et...

– Ce n'est pas les boîtes le problème !

Clémence frappa des mains sur la table, sa belle manucure étrangement décalée sur le vieux chêne écorché.

– Ce n'est pas les boîtes le problème, répéta-t-elle, au bord des larmes.

Sa détresse suffoqua Juliette, mais elle eut l'impression d'être la seule à en prendre la mesure. Sa mère la voyait-elle seulement ? Odile aurait dû la sentir aussi, passer de l'autre côté, consoler sa fille… au lieu de quoi, elle eut un geste excédé.

– Tu réagis de manière complètement irrationnelle. Est-ce que tu es sûre que tout va bien ? C'est le mariage qui te stresse ? Est-ce que…

Le temps de silence fut à la fois trop long et explicite.

– Tu es enceinte ?

Cette fois-ci, Clémence poussa un cri inarticulé et sortit de la pièce comme un ouragan, bousculant sa sœur sans s'excuser. La porte de la chambre claqua à l'étage. Comme tous les regards s'étaient tournés vers Grégoire, il se leva à son tour.

– Je vais, heu, aller la voir.

Le gendre parfait abandonna la cuisine comme les Français avaient quitté la Russie devant un froid sibérien qui n'était rien en comparaison des volutes glacées émanant d'Odile Descroix.

– Mais c'est fou, ça ! clama cette dernière en retournant à ses préparatifs de gigot, comme si son esprit refusait tout bonnement de considérer que sa fille aînée allait vraiment quitter les lieux avant le traditionnel déjeuner du lendemain.

Juliette gagna un tabouret sur la pointe des pieds pour attraper un bout de pain et échanger avec son père un regard lourd de sens.

– Enfin, poursuivit Odile, qu'est-ce qui lui prend ? Ce n'est qu'un cadeau, s'il ne lui plaît pas je le ferai changer, ce n'est pas la peine de monter sur ses grands chevaux.

– Je crois qu'il lui plaît, tu sais, hasarda Aurélien.

– Qu'est-ce que tu racontes, le rabroua aussitôt sa femme, tu as vu comme moi comment elle réagit ! Est-ce que tu crois qu'elle aurait fait un scandale pareil si elle était contente ? Aurélien, réfléchis !

Juliette se tassa à la place de son père et fut soulagée de voir entrer Maxime dans la pièce. Le silence y pénétra en même temps que lui. Il sourit de toutes ses dents.

– J'ai raté quelque chose ?

Odile s'offusqua du manque de tact évident, mais Juliette recracha son café par les narines et s'étouffa bientôt de rire sous les reproches de sa mère qui tentait de préserver la table en chêne de taches supplémentaires.

Maxime lui prêta main-forte pour éponger les dégâts, alla se servir un café, prit l'initiative d'agrémenter les croissants de confiture chaude rôtie et servit des œufs brouillés à ceux qui en voulaient, bien qu'il ne s'en trouvât pas beaucoup. Le gigot prit le relais des croissants dans le four et tenta vaillamment de cuire en ignorant le fait qu'il n'y aurait sans doute pas grand monde pour avoir faim quand il se trouverait prêt. Après avoir encaissé deux ou trois réflexions de sa femme sur la façon dont il se tenait, dont il nourrissait la chienne, et dont il semait des miettes, Aurélien enfila son manteau sans cesser de sourire et mit discrètement les voiles avec Cacahuète.

– Connaissant papa, on ne le reverra pas de la matinée, prophétisa Juliette à mi-voix.

Sa mère parut sur le point de lui faire une réflexion, puis elle jeta un regard à Maxime et sortit de la pièce pour transporter plus loin son irritation.

– J'aurai au moins servi à ça, commenta le pâtissier en se resservant un café.

– Bienvenue chez moi, ponctua Juliette.

– Et qu'est-ce qui a provoqué tout ce drame ?

Elle haussa les épaules.

– Comment voudrais-tu que je le sache ? Ma mère est assez facile de la gâchette, mais là, je crois que la goutte d'eau, c'est qu'elle en ait après Clémence. Elle n'a pas l'habitude.

– Qu'est-ce que ta sœur lui a fait ?

– Eh bien, je n'en suis pas tout à fait sûre, mais je ne crois pas que ce soit Clémence qui ait fait quoi que ce soit. Je crois que c'est maman, mais qu'elle ne le comprend pas. Et ça, en revanche, ça n'a rien d'étonnant.

Clémence était d'un naturel poli et pondéré, pas du genre à s'emporter, ou alors pas longtemps. Elle aurait plutôt été de ceux qui digèrent pendant la nuit et réapparaissent au matin aussi lumineux et auréolés de gloire que l'astre céleste lui-même. Clémence pardonnait leurs imperfections aux autres, elle qui ne faisait jamais un pas de côté. Jusqu'à ce matin... Mais Juliette était aussi consciente de ses propres limites : elle avait sans doute une image idéalisée de la grande sœur parfaite qu'elle se complaisait à entretenir, et elle ne vivait plus avec Clémence depuis des années. Sa sœur avait parfaitement le droit d'avoir changé au cours du temps. Peut-être ne la connaissait-elle plus vraiment.

D'ailleurs, à quand remontait la dernière fois où elles avaient papoté, bu un verre ensemble à un autre moment qu'à une réunion de famille ou pour le sempiternel coup de fil d'anniversaire ? Quand avaient-elles échangé pour de vrai, en écoutant ce que l'autre avait à dire, et pas juste pour passer le temps parce qu'on est coincé dans la même pièce et qu'il n'y a pas d'alternative aux discussions sans intérêt ?

Juliette fut sur le point de se lever pour aller voir si Clémence allait bien, mais la pensée que Grégoire se trouvait avec elle la retint, et l'entrée de Simon acheva de la clouer à son tabouret.

– Ça y est ? balança son frère, toujours pieds nus sur les tommettes. Elles ont fini ?

Juliette acquiesça et Simon se jeta sur une chaise en soupirant avant de poser le magazine de pêche sur la table, au milieu des miettes de croissant.

– C'est insupportable quand elles font ça, grommela-t-il.

Juliette fronça les sourcils tandis que Maxime, affable, lui servait un café.

– Et ça arrive souvent ?

Simon regarda sa sœur avec détachement.

– Je ne sais pas quoi te dire... Tu parles de Clémence avec maman, parfois ? Ou de maman avec Clémence ?

Juliette ouvrit la bouche et la referma avant d'avoir prononcé une parole. La réponse la plus sincère aurait été de reconnaître que le plus souvent elle n'appelait pas, pour la simple et bonne raison qu'être au téléphone avec sa mère l'épuisait. Quant à Clémence...

– Je ne vois pas à quoi je pourrais lui servir.

Simon secoua la tête, incrédule.

– Tu as le droit de prendre des nouvelles, dit-il, mi-moqueur, mi-sérieux. Personne ne t'en voudrait de t'intéresser à ta famille.

– Juliette passe sa vie à être persuadée qu'elle embarrasse tout le monde, expliqua Maxime, avant d'éviter le sachet de croisant vide qu'on lui lançait dessus maladroitement.

– Ouais, j'avais remarqué, dit Simon, mais on aurait pu croire qu'avec le temps, ça lui serait passé.

– Hélas, acheva Maxime avec un air de profonde tristesse. *That ship has sailed and sunk long ago.*

– Ce n'est pas très sympa ! protesta Juliette.

– Moi j'ai trouvé ça drôle, répliqua tranquillement Simon.

Devant le regard qu'ils échangèrent, Juliette poussa un soupir excédé.

– Vous me fatiguez, déclara-t-elle sentencieusement. Je vais fumer.

– Tu m'en files une ? demanda son frère.

– Moi aussi, j'en ai plus, surenchérit Max.

– Joyeux Noël ! grommela Juliette en leur faisant signe de la suivre.

Tous trois sortirent sur la terrasse, sous les poutres peintes et les tuiles piquetées de rosée, dans le matin clair et chantant. Si un divin enfant était né, c'était l'aube nouvelle qui répandait son aura dorée partout sur la pelouse rase et givrée. Près du bois, Cacahuète faisait des bonds et aboyait gaiement, suivie par un Aurélien à béret qui lui lançait à intervalles réguliers des bâtons qu'elle lui rapportait invariablement. Juliette fit passer les cigarettes et le briquet, puis ils restèrent tous trois collés les uns aux autres à grelotter comme des manchots sur la banquise.

– Tu aurais au moins pu mettre des chaussures, Simon.

– Le froid, c'est bon pour la circulation.

– On ne coupe pas des orteils pour ce genre de chose ?

– C'est pour ça que je continue de les bouger. Pour ne pas m'engourdir, tomber dans un sommeil sans rêves et mourir de froid sur la terrasse de mes parents.

Juliette grommela une réponse désobligeante avant de se tourner vers Maxime.

– Vous avez le même humour.

– On a bien plus que ça en commun.

– Oh, pitié.

Le silence qui suivit fut étrange, sucré et précieux. Simon tirait sur sa cigarette avec son habituelle nonchalance, en sachant sans doute parfaitement que Max le dévorait du regard. Aurélien ramena la chienne près de la maison et ils se saluèrent, les jeunes sur la terrasse et lui dans l'herbe, où ses pas dessinaient des petites formes vertes dans la rosée blanche.

– Dis-moi, demanda soudain Simon, si vous rentrez à Paris, ça t'ennuierait de me ramener avec vous ? J'ai la flemme de rentrer en train. Tu pourrais me déposer à l'atelier en passant ?

Juliette cilla.

– Tu veux que je te dépose chez toi ? Mais tu as horreur de prendre la voiture d'hab...

– Si ça t'embête, ce n'est pas grave.

– Mais ça ne l'embête pas, déclara Maxime en tapant Juliette à l'épaule. Plus on est de fous, plus on rit, et nous, on adore rigoler.

Juliette eut une mimique incrédule, puis un geste d'abandon.

– Non, dit-elle à son frère, pas de souci, si tu veux rentrer avec nous, je te dépose, bien entendu.

Simon hocha la tête à son tour et écrasa sa cigarette dans le cendrier.

– Super, dit-il avec un sourire énigmatique d'éternel poseur.

Puis sans rien ajouter, il les quitta pour regagner la cuisine, grelottant dans sa chemise.

– Après un Noël inattendu, un retour qui l'est encore davantage, savoura Maxime en regardant la porte par laquelle Simon avait disparu.

– Je vais finir par croire que tu avais raison, grommela Juliette.

– Tu devrais t'en souvenir plus souvent, déclara Max avec une feinte condescendance. Ça m'arrive régulièrement. Regarde, quand je te dis que tu devrais arrêter avec Ludovic, par exemple…

– Oh, ta gueule.

Juliette fit semblant de lui donner un coup qu'il esquiva sans peine, puis écrasa sa propre cigarette et rentra. Dans la cuisine, le gigot rissolait en solitaire.

Chapitre 5

Odile eut beau insister, rien n'y fit. Clémence lui assura qu'il n'y avait aucun problème, boucla malgré tout ses valises, en chargea Grégoire puis la voiture, et quitta le Chêne vert avant le déjeuner. Le gigot était pourtant sorti, et déjà abandonné. Juliette, refusant de faire du chagrin à sa mère, accepta de rester comme pénitence pour la défection de l'aînée. Simon répondit avec un tact divin que ça lui était parfaitement égal, et Maxime était prêt à tout pour rendre le sourire à la tablée. Sur ce dernier point, le succès fut néanmoins mitigé.

Aurélien passa le repas enfoui dans son assiette, et Odile, désorientée, s'en prit à tout le monde et revint sur le sujet Clémence à toute occasion, à tel point que Juliette s'avoua soulagée quand ils eurent fini de manger. Les heures suivantes servirent à prendre congé de la façon la moins étrange possible. Ils préparèrent leurs affaires, Simon plus rapidement que n'importe qui d'autre, et la Twingo reprit la route de Paris.

– Je suis contente qu'on soit enfin parti, avoua Juliette en jetant un regard dans le rétroviseur à ses parents qui leur faisaient des signes. Il était bizarre, ce Noël.

– C'était un Noël comme d'habitude, avec une propension croissante à déterrer les petites rancœurs et les faux souvenirs. C'est juste que pour une fois, ce n'est pas sur toi que c'est tombé, déclara Simon avec détachement.

Juliette réfléchit à ses paroles et fut obligée d'admettre qu'il n'avait pas complètement tort. Chaque année, à Noël, il y avait forcément un moment où elle arrivait à se disputer avec sa mère pour une raison ou pour une autre ; parfois aussi triviale que la sempiternelle crème amincissante ou le livre sur le dernier régime miracle. Elles réussissaient même à se fâcher à propos du vin. La seule nouveauté cette année, c'était que le conflit se soit déclenché avec Clémence. C'est de cela que Juliette ne se remettait pas, ça qu'elle trouvait étrange, et qui la mettait presque plus mal à l'aise que lorsqu'elle était la cible de la désapprobation maternelle. Elle parvenait à culpabiliser de ne pas en avoir pris plein les dents. Un comble.

– Faut croire que je me suis habituée à me faire engueuler.

– Nous aussi on s'était habitués, soupira Simon.

Maxime, qui n'avait encore rien dit, regarda les deux passagers de la voiture et décida qu'il était temps d'y mettre bon ordre.

– Moi, j'ai passé un super Noël, balança-t-il avec enthousiasme. J'ai découvert des gens que je connaissais, des gens que je ne connaissais pas, et j'ai mangé un très bon chapon à la truffe accompagné d'un graves divin. Sur ce, je vous propose d'agrémenter notre voyage avec un peu de Desireless.

La suite fut un enchaînement aussi improbable que jouissif de tubes périmés datant du précédent millénaire, à une époque où avoir les cheveux orange coupés en brosse était du dernier cri. Simon réussit à s'endormir sur le siège arrière malgré la présence de Juliette et Max qui chantaient à tue-tête à l'avant, et il dormit tout son soûl, à tel point que ce furent les bouchons qui le réveillèrent. À Paris, il pleuvait.

– Je te dépose à l'atelier, du coup ?

– Oui, s'il te plaît.

Juliette mena la Twingo par les petites rues de Villejuif et abandonna son frère près d'une arrière-cour qui ne payait pas de mine et dans laquelle des escabeaux tachés et des plantes vertes momifiées tenaient un mur de briques peintes. Il prit ses affaires et se pencha à la fenêtre avant de les quitter. Juliette crut un instant qu'il voulait lui parler, mais en réalité, ce n'était pas à elle que les paroles de son frère étaient destinées.

– Maxime, dit-il, j'ai été enchanté de te rencontrer et je peux compter sur toi ?

– Bien évidemment, répondit Maxime avec un sourire suffisant.

– Merci. Juliette, on se voit à la prochaine réunion familiale d'intérêt, je suppose. Je serai à un festival le week-end prochain. Si tu pouvais nourrir Philis...

Il leur adressa un geste de la main et s'éloigna, le sac sur l'épaule comme un mendiant trop classe pour sa condition de poète maudit. Juliette tourna vers Maxime un regard accusateur. Ce dernier leva les mains en signe de reddition.

– Dis-moi tout, imposa-t-elle.

– Et trahir ma parole envers ton frère ? Comment peux-tu me demander ça ?

Il avait l'air beaucoup trop content de lui pour qu'il soit envisageable de lui extorquer quoi que ce soit. Il se tairait, ne serait-ce que pour avoir le plaisir de la narguer.

– Qui c'est, Philis ? demanda-t-il pour changer de sujet.

Juliette démarra la voiture, frustrée par leurs cachotteries.

– C'est son chat. Il l'a appelé Syphilis. Il paraît que c'est drôle.

Maxime eut une moue appréciatrice.

– C'est pas mal. Tu imagines quand il prend rendez-vous chez le vétérinaire pour soigner sa Syphilis ?

– Ce serait plus drôle si ce n'était pas un mâle.

– Zut. La meilleure des blagues ruinée par une histoire de couilles. Comme d'habitude, quoi.

Juliette lui accorda un sourire et ils reprirent la route en direction de l'appartement de Maxime, du côté de Maisons-Alfort. Ils roulèrent sans rien dire, chacun perdu dans ses pensées, mais arrivés au pied de la maison de famille dont Maxime louait le sous-sol, ce dernier suggéra à la conductrice de commander du japonais. C'était une proposition qu'elle ne pouvait pas refuser et moins d'une heure après, ils étaient avachis dans le canapé-lit, à regarder *Le Seigneur des anneaux* en mangeant des sushis accommodés à la bière belge.

– C'est décadent, s'était plainte Juliette.

– C'est ça qu'est bon. Et puis de toute façon, je n'ai pas de saké.

Ils en étaient à la moitié du film quand Maxime proposa de sortir de la glace du congélateur, et la soirée perdit toute cohérence. Pendant que Boromir se transformait en pelote d'épingles, Juliette achevait le pot de chocolat, songeuse.

– Le truc que tu ne veux pas me dire sur mon frère, c'est sexuel ?

Maxime s'étrangla dans sa glace à la fraise.

– Mais enfin ! Je t'ai déjà dit LE truc sexuel sur ton frère, il est gay.

– Tu ne sais pas.

– Jeune fille, Paris est un village. Bien sûr que je sais. Après, encore une fois, il est peut-être bi, moi ce que j'en dis, c'est qu'il fait bien ce qu'il veut.

– Mais alors c'est quoi que tu ne veux pas me dire ?

– Moi je veux bien tout te dire, hein, c'est juste ton frère qui ne veut pas, et j'ai accepté de ne pas trahir la confiance qu'il a daigné m'accorder. Ce n'est pas la même chose.

– C'est mon frère, je devrais le connaître mieux que toi.

– Des clous. Moi, ma famille ne me connaît pas. Elle ne voulait pas, tu me diras, mais ça valide mon argument. Famille ou pas, on ne connaît les autres que si on le veut bien, et s'ils le veulent aussi. Il n'y a pas de contrat en la matière, et être issus du même utérus n'y change rien.

– Je refuse de penser à l'utérus de ma mère.

– Je peux comprendre ça, mais même. Pour connaître les gens, il faut être deux et consentants, à peu près comme pour le reste.

Juliette médita cette réponse à l'aune de ce qu'elle avait vécu ces dernières vingt-quatre heures et fut contrainte d'admettre qu'il y avait du vrai là-dedans.

– Par exemple, poursuivit Maxime, moi je sais plein de trucs sur toi que ta famille ne sait pas.

– Encore heureux !

– Oui, mais ça valide ce que je disais, en fait : ce n'est pas parce qu'on est lié par les branches d'un même arbre généalogique qu'on sait forcément tout des autres. On a parfaitement le droit d'être des étrangers en famille.

– Je ne sais pas, je comprends ce que tu dis, et en même temps l'idée de ne pas connaître réellement Simon ou Clémence me chiffonne.

Maxime eut un hoquet moqueur.

– C'est pas vrai ! Ce qui t'embête, c'est de t'apercevoir qu'ils ont une vie en dehors de toi qui ne t'appartient pas, dont tu es exclue et dont ils ne parlent pas. Mais tu serais la première à ne pas vouloir qu'ils mettent leur nez dans ton histoire avec Ludovic !

– Si seulement il y avait un embryon d'histoire…

– Ouh là, un sursaut soudain de lucidité.

– Je te hais.

– Qui n'aura pas duré longtemps.

Juliette frappa son ami avec un coussin sans le gêner énormément, puisqu'il continua à rire de l'autre côté malgré les coups.

– Tu sais, tu devrais lâcher Ludovic. Sérieusement.

– Je sais. Je peux pas, j'ai essayé.

– Non, tu veux pas. Je veux bien croire que t'as essayé, mais quand on essaie en continuant d'espérer quand même et en guettant chez l'autre le moindre signe susceptible de nous ramener à ses pieds, ça ne compte pas.

Juliette pouvait difficilement le contredire. Elle était amoureuse en silence de Ludovic depuis plus de deux ans, elle lui avait connu au moins le double de copines et n'était pas assurée de les avoir toutes rencontrées. Malgré ça, elle continuait d'espérer qu'un matin il se rendrait soudain compte qu'elle était là et qu'il était amoureux d'elle depuis toujours.

– Je suppose que je me crois dans une comédie romantique anglaise naze.

– Je refuse de jouer le meilleur ami dans cette série B. Et je veux au moins Leonardo Di Caprio dans le casting.

– Moi aussi, soupira Juliette.

Ils étaient passés au second volet de la trilogie. Le Rohan s'était résolu à gagner le gouffre de Helm quand Juliette commença à piquer du nez. Elle déclina la proposition de Maxime de rester dormir, parce qu'elle avait envie de rentrer chez elle après ces deux jours passés dans l'antre du dragon. Le retour dans un Paris engourdi par les fêtes fut facile. Juliette se sentit soulagée dès qu'elle eut passé la porte de son studio. À peine ses vêtements ôtés, elle s'effondra sur le lit et dut se forcer pour mettre le réveil avant de fermer les yeux.

Les Bouchées Doubles ouvraient le 26, et il était impensable qu'elle ne soit pas là pour préparer avec les autres le menu du réveillon de la Saint-Sylvestre. Y penser lui fit un peu mal à la poitrine, parce qu'elle appréhendait une nouvelle dispute entre Ludovic et Marshal, le nouveau chef. S'ils débattaient encore de ce qu'il convenait de préparer, elle allait être prise à témoin et devrait donner son avis. Depuis qu'ils avaient commencé à exploiter le restaurant, ce genre de conflit se résolvait toujours de la même façon : Juliette donnait sa voix à Ludovic en étant parfaitement consciente que son idée était la moins bonne des deux. Elle n'arrivait pas à faire autrement : donner tort à Ludovic, c'était refuser d'être dans son camp, et elle n'y parvenait pas.

– S'il avait voulu te sauter, tu le saurais, aurait dit Maxime.

Juliette sentait au fond d'elle que Max avait raison. Si Ludo avait même juste voulu tenter sa chance, il avait eu une foule d'occasions de le faire. Il restait bien sûr la possibilité qu'il ne se soit pas rendu compte de l'attirance qu'elle éprouvait pour lui, mais tenter de lui en parler, c'était courir le risque de prendre un mur, et elle trouvait préférable de souffrir en silence et continuer d'espérer que de tout perdre.

– À ce rythme c'est surtout du temps que tu perds, idiote.

Juliette songea à tous les Noëls passés au Chêne vert et avec l'espoir, chaque fois déçu, que l'année suivante elle aurait quelqu'un à présenter à ses parents, elle aussi. Simon non plus ne ramenait jamais personne, mais c'était exactement comme si ça ne comptait pas, pour la simple et bonne raison que personne ne s'inquiétait de ses amours, surtout pas lui. Clémence avait déjà ramené deux ou trois personnes, des histoires sérieuses à chaque fois, et puis, bien évidemment, ce cher Grégoire, enchaîné volontaire et fiancé énamouré. Un Noël au Chêne, le suivant dans la Bretagne lointaine où se trouvaient ses parents. Ils avaient déjà mis en place un système de roulement, pour « quand il y aurait les enfants ». Juliette ne savait pas si elle avait envie de vomir ou de pleurer.

Elle, on ne s'attendait pas à ce qu'elle ait quelqu'un. Les rares fois où elle avait annoncé une liaison, c'est l'incrédulité qui l'avait emporté parmi les nombreuses réactions de ses proches, et elle-même n'y croyait jamais totalement. Invariablement, elle avait besoin que la personne lui confirme qu'elle avait vraiment envie d'être là. Invariablement, ça ne durait pas.

Non, Juliette était surtout douée pour tomber amoureuse de mecs lointains et inaccessibles, à qui elle se gardait bien d'avouer ses sentiments et autour desquels elle gravitait vainement jusqu'à ce qu'eux-mêmes aient rencontré quelqu'un et disparaissent de sa vie sans laisser de trace. Elle n'était qu'une étoile filante indiscernable dans l'obscurité. Personne ne cédait à l'appel de sa gravité.

Juliette se tourna de l'autre côté. Les pensées volaient dans sa tête, lui refusant le sommeil auquel elle aspirait pourtant moins de dix minutes auparavant. La tentation lui prit de téléphoner à Maxime, ou à une copine, Daphné, Aurélie... mais on était le 25, et il était improbable que son coup de fil ne tombe pas au milieu d'une fête de famille qui la déprimerait encore davantage. À la place, elle se mit un film de Noël sur sa tablette et s'abandonna à la lente léthargie des romances faciles aux espoirs payants. Elle s'endormit devant. Le rêve lui vint naturellement.

Elle était petite, elle se trouvait au Chêne vert, avec Clémence et Simon, mais ils étaient enfants et elle, elle était adulte. Elle jouait avec eux sur le tapis, étonnée de se trouver là, occupée à coiffer des Barbie, au lieu d'être affairée à des choses plus utiles. Clémence babillait sur sa propre importance, sa beauté tranquille et ce qu'elle réaliserait bientôt. Juliette écoutait sans commenter, comme on écoute les vantardises d'une enfant, mais elle savait que c'était vrai, et que Clémence deviendrait ce qu'elle disait. À l'intérieur, cette pensée la rendait triste.

Simon, lui, se taisait. Juliette, étonnée par son silence, finit par lui demander ce qu'il aimerait faire plus tard, comme le font les adultes qui essaient de créer une connexion avec les enfants. Simon haussa les épaules et répondit :

– La même chose que maintenant.

C'est alors qu'Odile entra dans le salon, furieuse de constater le bazar sur son tapis, et se mit à crier sur Juliette parce qu'elle n'avait pas rangé. Juliette protesta que ce n'était pas elle qui avait mis le bazar, mais Odile lui imposa de remettre de l'ordre au prétexte que sa sœur et son frère avaient des choses bien plus importantes à faire. Juliette se vit alors fondre en larmes.

– Pourquoi, pourquoi est-ce que tu n'as pas une plus haute opinion de moi, maman ? Qu'est-ce que je t'ai fait pour que j'aie toujours l'impression que tu me vois comme la cinquième roue du carrosse ? Pourquoi est-ce que je n'ai jamais eu la moindre importance à tes yeux ?

– Mais parce que tu n'as jamais voulu avoir la moindre importance ! répliqua Odile avec indifférence.

Dans son sommeil, Juliette se mit à pleurer tellement fort que ses sanglots la réveillèrent. Sur le cadran lumineux du réveil, il était sept heures du matin. Finalement, après cette nuit agitée, elle ouvrait les yeux moins de trente minutes avant la sonnerie. Elle décida de se lever.

Est-ce que son cauchemar évoquait d'une quelconque façon la réalité ? Est-ce que cette culpabilité était réelle ? Est-ce qu'elle n'était rien parce qu'elle ne voulait rien être ? Est-ce que c'était sa faute, en somme ?

– Comme mon poids, comme mon célibat, comme mes choix, ma dyslexie et les mecs nuls que je me sors. Le problème, c'est moi. Le point commun, c'est moi. C'est toujours moi.

Cette idée la fit pleurer encore davantage, mais la stupidité de ce qui était sous-entendu lui fit également un peu honte. C'était facile de penser qu'elle était la cause de tout. Plus que d'admettre qu'elle ne maîtrisait pas les événements et la tristesse qu'ils lui causaient.

Juliette pleura jusqu'à ne plus avoir de larmes, puis elle se leva, prit une douche brûlante pour se remettre d'aplomb dans ses chaussures et se fit un café fort. Elle choisit ses vêtements du jour en pensant à Ludovic, se trouva stupide et finit par s'habiller avec des vêtements qui ne lui allaient pas, ce dont elle avait pleinement conscience.

Dehors, le givre avait gelé les pare-brise, et la buée cristallisait son haleine en légers flocons blancs. Elle resserra son écharpe autour de son col et prit le chemin du restaurant. Le jour était beau et le ciel bleu, les arbres immobiles dans la quiétude du vent et les rues aussi désertes que la veille. Bien que ce ne fût pas encore le réveillon du jour de l'An, une nouvelle année allait commencer, et Juliette détestait l'idée de ce temps qui filait sans qu'elle puisse le retenir, tout ça pour la ramener systématiquement au point de départ.

Dans la clarté de décembre, elle se surprit à souhaiter que tout change radicalement, pour une fois. Que cette année à venir soit si différente des autres qu'à la fin, au moins, elle n'en serait plus au même point. Elle aurait voulu avoir en elle l'énergie nécessaire pour lancer la roue de la fortune, sauter du haut de sa falaise sans peur et pourtant tout ce qu'elle avait fait jusque-là, c'était retenir les maigres choses de sa vie qu'elle aimait et souhaiter qu'au moins, on ne les lui enlève pas.

Serais-tu vraiment plus malheureuse ?

Peut-être, peut-être pas. Pour ce qu'elle en savait, elle n'était pas vraiment à plaindre. Souhaiter le déséquilibre, n'était-ce pas justement faire le mauvais choix ? Au moins, elle avait des amis, des gens proches et un amour à sens unique, certes, mais un amour quand même. Un tiens vaut mieux que deux tu l'auras, disaient-ils. Mais ce tiens, y tenait-elle vraiment ?

Chapitre 6

– Et toi, Juliette, qu'est-ce que tu en penses ?

L'interpellée releva les yeux et cilla. En face d'elle, Ludo, Marshal et Max attendaient sa réaction. Elle improvisa.

– Ce sera super, dit-elle.

– Du coup, tu as un vin pour le risotto de crevette ?

– Ce ne sera pas le plus difficile à accommoder. Je vais regarder, mais j'ai bien quatre ou cinq idées.

La discussion repartit dans l'autre sens, à savoir ce qui était prévu en dessert, et la mention du fondant agrumes-chocolat blanc relança un débat inutile sur la pertinence d'associer de l'acidité au risotto dans lequel déjà le bouillon spécial contenait citron, gingembre et origan. Juliette nota « vin de Loire » et reprit sa méditation.

Les Bouchées Doubles étaient un chouette lieu, un local atypique à proximité des Grands Boulevards et du Père-Lachaise qui attirait autant le Parisien de sortie que le touriste attentif aux ambiances. C'est en grande partie Juliette qui avait géré la décoration ; Ludovic était occupé à autre chose et avait décrété que le décor, c'était un truc de fille. Elle lui en était reconnaissante malgré tout, parce qu'elle aimait bien le résultat. Entre industriel et jungle, elle avait mis des chaises à boulons et des plantes vertes partout, ainsi que des cousins dépareillés et des cadres contenant des miroirs ou des reproductions de gravures à l'encre de Chine et photographies nocturnes. Tout était gris, noir, vert et blanc, avec une ambiance de cantine et de restaurant chic et branchée à la fois. L'affaire aurait sans doute super bien fonctionné si la carte n'avait pas été aussi variable. Mais Ludovic qui cherchait encore la « direction artistique », comme il appelait ça, les avait baladés du bar à burgers au gastronomique en passant deux fois par le bistro depuis l'ouverture. La clientèle s'y perdait. Les chefs se succédaient, mécontents, et les pertes étaient évidentes. Sachant qu'ils avaient des traites à rembourser, cette variabilité culinaire n'était pas une bonne idée.

Juliette essayait de ne pas prendre parti. Elle n'était pas certaine que ses idées en matière de menu soient meilleures que celles des autres, elle avait peu de goût pour le salé et les associations, si ce n'était avec les vins. La cave était son empire, les mariages réussis son quotidien. S'il y avait un domaine qu'elle aimait et dans lequel elle se savait pertinente, c'était bien le sous-sol voûté et les crus qu'il abritait. Juliette ne pouvait pas imaginer un plat sans y associer dans la seconde le vin idéal pour aller avec, voire suggérer à son palais plusieurs associations, et savoir qu'elle devrait tester pour obtenir le meilleur rendu.

C'était là-dessus qu'ils avaient presque tout fondé. Chaque plat était associé à son verre de vin dès la carte. Bien évidemment, en cas de sobriété, le client pouvait toujours le décliner et payer moins cher son repas. Dans le cas contraire, c'était Juliette qui servait le vin. Parfois, elle laissait un ou deux crus pour donner au client l'illusion de choix, mais elle orientait toujours finement la décision, parce qu'elle savait, au fond d'elle, ce qui était le mieux et ne pouvait pas laisser partir les plats sans cela. Il en était de même de l'entrée au dessert. Et les variations de la carte ne la gênaient pas, elle était pourvue en tout pour les douze prochains mois. Il n'y avait que les chefs qui trouvaient ça intenable, à raison.

Si Juliette avait dû analyser les raisons qui poussaient Ludovic à perpétuellement changer l'offre du restaurant sur un coup de tête, elle aurait sans doute parié que c'était son goût pour sa position d'autorité. Être en charge, proposer des changements, donner des directives et décider semblaient beaucoup trop lui plaire. Juliette suspectait que c'était l'unique raison qui l'avait amené à ouvrir un restaurant, bien davantage que sa passion pour la nourriture, le vin, ou même les clients. Quant aux profits, vu à quel point ils n'en faisaient pas, ça ne risquait pas d'être sa principale motivation.

Juliette joua avec son crayon, prit en note ce qui se disait et accusa réception également de l'agacement de Marshal, répondit aux questions qu'on lui posait et finit par rester seule avec Maxime pour discuter appariement de bulles sur un vacherin.

– Du prosecco, proposa-t-elle de but en blanc.

– Sur un vacherin ? Sérieusement ?

– Justement. Du sucre sur du sucre c'est une mauvaise idée. Du prosecco, un peu fruité, et surtout très froid. Fais-moi confiance.

– Toujours.

Maxime nota et poussa un soupir retentissant.

– Si tous nos échanges pouvaient se régler comme celui-ci, *Les Bouchées Doubles* fonctionneraient mieux, je suppose.

– Le restaurant fonctionne.

– Pas aussi bien qu'il le devrait.

Maxime leva les yeux, mais Juliette semblait ailleurs, songeuse. La soirée du premier de l'An avait été décevante, en grande partie à cause des nombreux revirements. Ils ne disposaient pas des fromages promis et étaient passés pour des imbéciles avec leur menu revu et corrigé ; les laits crus remplacés par des pasteurisés de grande consommation. Ludovic avait beau avoir écumé toutes les fromageries des environs, comment aurait-il pu se fournir un 31 décembre à dix-sept heures, en passant après tout le monde ? Il s'en était pris à Marshal, l'accusant de ne pas avoir passé la commande, mais Juliette savait que c'était faux. Elle connaissait même les racines du problème, et elle n'était pas la seule.

– Je l'ai entendu parler à un fournisseur, tout à l'heure, lui confia Maxime sur le ton de la confidence. Il avait encore « oublié » de payer.

– Je ne suis pas en charge des fournisseurs, rappela Juliette en notant quelques noms de prosecco tout en sachant déjà lequel elle allait choisir.

– Oui, ben il vaudrait mieux, parce que tu seras dans la merde pareil quand on devra mettre la clef sous la porte à cause de ses errances administratives.

– Je suis certaine qu'il fait au mieux.

– Ce n'est pas suffisant. Et ça devrait t'inquiéter. Il s'agit en partie de ton argent.

Juliette haussa les épaules sans répondre.

– Juliette ?

La voix de Ludovic l'électrisa. Elle se redressa et, malgré elle, une chaleur bien connue l'envahit. Un enthousiasme débordant, un espoir aussi sauvage qu'inutile. Maxime s'assombrit. Ludovic était de retour dans la pièce.

La trentaine magnifique, Ludovic Marek était fils de comédien et belle gueule de naissance. Ses cheveux blonds cendrés mâtinés de gris s'enfuyaient en tous sens et sa barbe de trois jours associée à ses pattes-d'oie au coin des yeux lui donnait un charme de crooner désabusé qui faisait craquer la gent féminine bien trop souvent au goût de la caviste des *Bouchées Doubles*. Il était vêtu d'une chemise impeccable dont les manches remontées aux coudes dévoilaient des avant-bras tatoués de motifs végétaux.

– C'est ma jungle intérieure qui déborde sur ma peau, lui avait-il dit lors de leur première rencontre.

Et hélas, devant ce bon gros cliché de drague attendu et réchauffé, elle avait craqué instantanément.

À l'époque, Ludo était en couple avec la cheffe de salle du précédent restaurant. Ils étaient ensemble depuis des années, lorsqu'elle l'avait quitté avec perte et fracas et licencié dans la foulée. Ludovic s'était vengé en extirpant de là quelques employés prêts à le suivre dans son aventure des *Bouchées*, dont Maxime et Juliette, qui se connaissaient alors peu. Juliette avait au moins gagné un ami en rejoignant l'aventure, ce qui était inestimable, mais elle était au regret de constater que par contre, ça n'avait pas fait avancer ses affaires en matière de cœur.

Ses relations avec Ludovic avaient bien évolué, pourtant. Ils échangeaient plus. Depuis que les *Bouchées* avaient ouvert, elle avait pris davantage d'initiatives et s'était sentie gratifiée, notamment quand elle avait proposé d'associer le vin au plat et qu'il avait trouvé l'idée bonne. Elle avait soudain le droit à la parole et la personne dont elle était folle l'écoutait et parfois même lui donnait raison.

Juliette avait commencé à croire que quelque chose serait possible. Elle était restée travailler tard, elle avait multiplié les réunions prétextes, ils avaient passé des soirées entières à préparer le restaurant… tout ça pour que le jour de l'ouverture, Ludovic se pointe avec Sasha, « une danseuse » à qui il avait roulé des pelles toute la soirée. Juliette était alors retombée comme Icare, les ailes brûlées. Depuis, elle faisait des allers-retours vers le Soleil, en fonction de la façon dont Ludovic la traitait, et également de son degré de célibat.

Quant à Ludo, il n'avait jamais fait un mouvement qui aurait pu laisser entendre qu'il avait remarqué l'adoration dont il était l'objet.

– Juliette, dis-moi, je suis en train de regarder ta commande pour janvier, il y a moyen de la réduire ?

L'enthousiasme de la caviste retomba comme un soufflé.

– Pas vraiment, non, pourquoi ?

Ludovic lui concéda un sourire charmeur dont il possédait le secret et passa la main dans ses cheveux. Juliette se demanda s'il était possible qu'elle soit en train de participer à un tournage de romance et que personne ne l'ait prévenue.

– En fait, c'est une très grosse commande.

– C'est pour refaire les stocks entamés par les fêtes et préparer la prochaine saison. Les vins de printemps ne sont pas les mêmes et si je ne commande pas maintenant, je passerai direct sur les vins d'été et je n'aurai rien pour l'entre-deux.

– Je comprends, mais on n'a pas vraiment les moyens...

Juliette sentit ses joues s'empourprer. Il y avait peu de sujets sur lesquels elle était disposée à s'opposer à Ludovic, mais la cave était l'un d'entre eux. La cave, c'était son pré carré.

– Une des choses qui participent à la renommée et au fonctionnement de cet endroit, c'est le vin. On était d'accord là-dessus.

– Oui, mais le vin ne fait pas tout. On n'est pas un bar, si ?

Ludovic était sans doute habitué à ce qu'elle lui cède sans résistance. La brusque rébellion de son associée l'agaça presque autant que celle de Marshal quand ce dernier lui avait opposé que sa semaine végétarienne entrait en conflit direct avec la tonne de canard stockée dans les frigos. Juliette se sentit frémir devant cette colère naissante et abaissa ses propres armes dans la foulée.

– Non, je sais bien qu'on n'est pas un bar, mais…

– Est-ce qu'il y a moyen de supprimer quelques trucs ? Je ne te demande pas de ne rien commander, je m'interroge juste s'il y a moyen de réduire la voilure pour nous donner un peu de marge de manœuvre financière. Tu penses que tu peux faire ça pour moi ?

Derrière Juliette, Maxime se racla la gorge. Juliette fit la sourde oreille.

– Je vais essayer.

Le visage de Ludovic s'éclaira dans l'instant.

– Merci Juliette. Je te laisse revoir ça, j'ai plein de boulot qui m'attend.

Il disparut la seconde suivante. Juliette baissa la tête en soupirant.

– Tu as le droit d'apprendre à lui dire d'aller se faire foutre quand tu veux.

– Oui mais si je fais ça, ce ne sera pas avec moi.

– Pardonne-moi ma cruauté gratuite, mais si ça avait dû être avec toi, ce serait fait. Ce mec est aussi timide de la merguez qu'un lapin sous amphétamines.

– Max.

– Moi ce que j'en dis…

– Justement. Ne dis plus rien, s'il te plaît.

Maxime dut sentir la tristesse dans la voix de son amie car il n'insista pas. Pour se donner un peu de contenance, Juliette descendit à la cave avec le bon de commande afin de voir ce qui pouvait être différé. Lentement, elle passa entre les étagères, caressa les bouchons de cire et de plastique, de papier et de métal, et compta, in petto, chaque cépage et chaque promesse scellée. Rapidement, elle raya de sa liste les italiens pour se concentrer sur les français, dont elle ne pouvait se passer pour la clientèle étrangère qui en était friande.

Juliette était au fond de la cave depuis une bonne demi-heure quand l'un des serveurs, Ahmed, descendit la chercher.

– Juliette, il y a quelqu'un pour toi à l'accueil.

La caviste s'arracha à son inventaire avec un regard de chouette et hocha la tête.

– J'arrive. J'ai presque fini, de toute façon.

Même en tirant la corde, elle aurait du mal à satisfaire Ludovic. Si elle diminuait encore ses commandes, elle ne pourrait pas garantir de pouvoir fournir tous les couverts, et ce, même avec un changement de menu deux fois par semaine… Cette idée lui arracha une grimace.

Il aurait été plus satisfaisant que Ludovic trouve un autre domaine que la cuisine pour exercer son autorité. Malheureusement, Juliette ne voyait pas comment lui apprendre à respecter les décisions de Marshal sans le confronter à ce sujet, et elle s'y refusait.

Elle estima la liste rectifiée, calcula mentalement les économies, sut d'instinct que ça ne suffirait pas, et sortit quand même de la cave avec la ferme intention de ne plus rien rayer. À l'étage, l'équipe de service commençait à s'activer et les tables étaient dressées. Le menu avait été écrit sur les ardoises, arbitrairement différent de celui qui avait été proposé en début de semaine. Max accorda à son amie un regard entendu et Juliette se sentit aussi mal que si c'était elle qui avait pris la décision de le modifier. Elle gagna l'entrée, intimement persuadée qu'elle allait se trouver face à un énième consultant en vins et spiritueux venu lui vanter les mérites de ses producteurs, mais il s'avéra que ce n'était pas le cas. Dans l'encadrement de la porte, mal à l'aise dans sa veste épaisse avec son sac de sport à l'épaule, il y avait Clémence.

Juliette s'arrêta net, incrédule. Elle secoua la tête, éberluée, et se retourna stupidement, comme pour vérifier où elle se trouvait. Mais sa sœur était bien là, en chair et en os. Elle lui fit un signe de la main et un sourire gêné, le temps cessa d'être figé et Juliette vint la rejoindre, la tête pleine de questions.

– Ben ça alors, qu'est-ce que tu fais là ? Tu n'es pas censée être aux U.S.A. ?

– J'ai annulé, répondit son aînée d'une voix éteinte.

Juliette sut instantanément que quelque chose n'allait pas. Elle ne savait pas encore quoi, mais Clémence n'était pas de celles qui annulaient un voyage professionnel. Il était évident qu'elle avait un souci et, phénomène plus incroyable encore, qu'elle avait choisi sa sœur pour en discuter plutôt que… n'importe qui d'autre, en fait ? C'était tellement invraisemblable que Juliette qui trois minutes auparavant s'était retrouvée comme un lapin dans les phares prit aussitôt les choses en main.

– Max, tu nous fais un café ? Viens Clem, assieds-toi au bar, on n'ouvre pas avant une bonne heure, tu as le temps de te poser et de m'expliquer ce qui t'arrive. Comment ça, tu as annulé les U.S.A. ? Qu'est-ce qui s'est passé ?

Clémence accepta le siège, le café, et la présence de Max malgré Juliette qui lui faisait les gros yeux.

– Tu n'as pas des crèmes brûlées à la cannelle à gérer, toi ?

Max se pencha en avant, les coudes sur le comptoir et la mine conspiratrice.

– Figure-toi qu'ils ont inventé des minuteurs pour les fours, ça permet de ne pas passer des heures à surveiller la cuisson, merveilleux, non ?

Juliette leva les yeux au ciel et lui fit signe de dégager quand sa sœur posa la main sur son bras pour l'arrêter.

– Non, laisse, ça ne me dérange pas qu'il soit là. Après tout…

Elle ne finit pas sa phrase, mais quelque chose passa. Max avait le droit d'être ici, parce que tout découlait d'un moment auquel il avait assisté, et ils n'eurent pas besoin de le verbaliser pour en avoir conscience tous les trois.

– Alors ? demanda Juliette dès que Clémence eut sa tasse entre les mains.

Cette dernière ferma ses beaux yeux bleus, prit une grande inspiration et se lança, comme on se jette du grand plongeoir.

– J'ai pris un congé sans solde. De six mois.

Juliette aurait été moins surprise si sa sœur lui avait annoncé la fin du monde pour la semaine suivante.

– Quoi ? Tu as... lâché ton travail ? Mais pourquoi ?

Clémence eut un sourire gêné.

– Écoute, ça va te paraître dingue mais...

– C'est à cause de ce qui s'est passé à Noël.

– Oui.

Les deux sœurs se regardèrent, et soudain Clémence rompit les digues, le flot de ses paroles se déversant sur eux.

– J'ai toujours aimé peindre. Je veux dire... j'aime ça. C'est moi qui ai remporté ce foutu concours, je m'en souviens, mais je n'arrive plus à me rappeler pourquoi j'ai arrêté, pourquoi j'ai fait de la finance, pourquoi toutes ces années... Je n'arrive plus à m'en souvenir, et je ne pense plus qu'à ça. Ce n'est pas possible, j'ai des livres à la maison, j'ai suivi les expos, j'ai même des crayonnés, alors pourquoi, tout ce temps...

Elle eut un geste vague, évoquant à la fois le temps perdu et le désespoir rattaché. Puis retombèrent ensemble ses mains et sa volubilité.

– Je veux peindre.

Clémence avait détaché ces trois mots fermement, et elle jeta un regard à sa sœur et à Maxime, comme pour les défier de réagir. Devant leur acceptation muette, elle acquiesça et redit, plus fort :

– Je vais peindre.

Juliette hocha la tête, à défaut de savoir quoi faire d'autre. Elle ne voyait toujours pas en quoi cette décision la concernait, ni imposait un congé de six mois sans solde à un moment où, et sa sœur avait insisté là-dessus, elle jouait sa carrière. Mais Juliette n'eut guère l'occasion de poser la question.

– Je vais préparer le concours des Beaux-Arts, expliqua Clémence. Pour me prouver, je ne sais pas. Que je peux. Je prends six mois et j'essaie. Et si ça ne marche pas... je saurai, n'est-ce pas ?

Juliette attendit, mais Clémence n'ajouta rien. Après un regard désespéré à Maxime qui écarta les mains en signe d'impuissance, elle se lança.

– D'accord, super, oui. Si ça te tient à cœur, oui, bien sûr, fais ça... C'est une bonne idée. Et il en dit quoi, Greg ?

Clémence retomba dans l'obscurité.

– Je l'ai quitté.

Un silence pesant s'installa. Juliette ne parvenait pas à croire ce qu'elle venait d'entendre.

– Tu as quoi ?

– Hier soir. Et j'ai annulé le mariage ce matin.

Chapitre 7

Les bouchons parisiens furent affrontés en silence. Juliette conduisait avec un stoïcisme proche de l'état de choc tandis que sur le siège passager Clémence restait silencieuse, son sac posé sur les genoux. De temps en temps, l'une tournait les yeux vers l'autre, guettant un contact, sans pour autant oser conjuguer au présent la conversation qui avait eu lieu quelques heures auparavant, là-bas au restaurant.

– Mais pourquoi tu l'as quitté ?

Oui, pourquoi ? Pour ne pas lui imposer ça, parce que Clémence se sentait soudain très différente de la fille que Greg connaissait et qu'il voulait épouser, parce qu'il avait ri quand elle avait parlé de son projet, comme si c'était une vaste blague, et qu'elle ne l'avait pas accepté. Son courage valait mieux que cette hilarité. Pour Clémence, tout ce qui était en train de se passer dans sa tête était bien trop sérieux pour supporter que Greg ait le droit de s'en moquer.

– Je comprends que ce soit super important pour toi, Clem, mais mets-toi à sa place ; la semaine dernière tu évoquait un poste à haute responsabilité à l'étranger, et maintenant tu t'engouffres dans six mois d'études pour réaliser un rêve dont tu ne lui avais jamais parlé !

– Mais c'est ça le truc, avait répondu Clémence fermement. C'est qu'il ne sait pas qui je suis. Je veux dire, en fait, tout ça, mon job, le reste, ce n'est pas moi. C'est comme si c'était une vie que je vivais pour eux. Mais là je sens que c'est ce que je dois faire, il n'y a aucun doute. La fille qui veut peindre, ça, c'est moi !

Juliette n'avait plus l'impression de connaître sa sœur non plus et restait à observer cette soudaine étrangère qui lui racontait son rêve. Elle n'avait jamais cessé de peindre, elle allait aux expositions, mais Greg avait cru que c'était comme aller au restaurant, sauf que non, c'était important, et elle n'en avait pris conscience que maintenant. Clémence vidait son sac, avalait ses mots dans sa hâte de remonter le temps perdu, dévoilant tous ces fils ténus qui lui prouvaient qu'elle n'avait jamais oublié ce fond d'elle-même. Qu'elle l'avait étouffée sans s'en rendre compte, cette flamme qu'il était désormais temps de rallumer. Juliette écoutait, éberluée, et même plutôt inquiète, à la vérité. Clémence était hors de portée.

– Si tu n'avais pas vingt-neuf ans, je me demanderais si tu ne nous fais pas une crise de la quarantaine.

– Je suis très sérieuse !

– Je vois ça.

Et du coup, pour vivre son rêve, pour le vivre vraiment et ne pas trahir Greg qui avait signé – pas encore mais presque – pour autre chose, Clémence l'avait plaqué sans autre forme de procès. Comme une évidence, parce que c'était ce qu'il fallait faire, parce que ça suffisait de s'être menti pendant des années, elle ne voulait plus lui mentir à lui aussi.

– Je ne suis pas sûre qu'il comprenne.

– Tant pis pour lui.

Clémence avait l'air triste, mais décidé.

– Il n'a qu'à considérer que je suis une connasse irresponsable, une psychotique, une hystérique qui l'abandonne devant l'autel, même, si ça le tente. Dans deux mois, il rira avec ses potes, la meuf était ouf, heureusement qu'on s'en est aperçu avant ! Et puis il en trouvera une autre. Des filles qui ressemblent à celle que j'étais, prêtes à se bouffer le nez pour gravir les échelons, il y en a plein. Je les connais, je les ai vues jubiler quand je me suis cassée. Six mois, ça va être largement suffisant pour que je n'aie jamais envie de retourner bosser à leurs côtés dans l'arène, si tu veux mon avis.

Clémence avait balayé d'un geste par-dessus l'épaule les gens de son travail, ses années à y trimer et Grégoire dans la foulée.

– Mieux vaut ça que de vivre cinquante ans avec quelqu'un que tu ne connais pas et que tu aimes pour de mauvaises raisons.

– Ce n'était pas à toi de décider ça.

– Non mais c'est à moi de décider de quelle vie j'ai envie. Et celle que Greg attendait de moi n'est pas celle que je veux vivre aujourd'hui.

– Sérieux, Clem, tout ça à cause de ton cadeau de Noël ? Ton mariage, ta carrière, à cause de quelques boîtes en bois ?

– Bien sûr que non.

Non, évidemment.

Mais ça avait été une étincelle, un déclencheur, une écharde dans la poitrine qui l'avait soudain empêchée de respirer. La réflexion permanente, l'incapacité de se concentrer. La recherche internet du concours des Beaux-Arts et de ses modalités. Les vieux carnets ressortis, la main qui se dérouille, la soudaine euphorie. Le doute aussi et les insomnies, mais la certitude derrière, un phare au fond de la conscience. Et puis cette idée que bientôt il serait trop tard.

– Je suis déjà trop vieille pour la classe prépa. Mais je peux encore tenter le concours en externe et voir. Je ne suis même pas certaine que ça prouvera quoi que ce soit… Je veux juste leur montrer ce que je fais et savoir ce qu'ils en pensent. Et puis me prouver que j'en suis capable aussi, je crois.

– Tu sais que ça va être difficile ?

– Bien sûr.

La possibilité d'échouer, c'était tout ce qui importait à Clémence. C'était l'unique raison pour laquelle elle visait ce concours, son jury, ses règles et son délai au lieu de se mettre simplement à peindre sur son temps libre. Il fallait qu'elle se confronte à une décision rendue par des gens ayant autorité, une décision tangible qui mettrait fin à tout ça. Qui avait raison, d'elle ou de sa mère ? Laquelle des deux y voyait clair ? Bien sûr qu'elle pensait à la difficulté, à l'échéance, aux heures qu'il lui restait. Elle ne pensait qu'à ça, car d'une certaine façon ce concours allait déterminer ce qu'elle aurait le droit de revendiquer ou pas. Mais pour l'heure, Clémence voulait revendiquer son ancienne victoire lycéenne, son talent enfoui sous les années et sa passion oubliée.

– Je ne peux pas rester chez Grégoire, tu comprends, il y aurait du temps perdu à lutter contre lui aussi, à justifier mes choix, je n'ai pas l'énergie pour ça. Il faut que je sois concentrée sur ce que je veux, maintenant. Et puis de toute façon, je l'ai quitté. Il me faut de l'espace pour me retourner…

– Tu veux venir habiter chez moi ?

– Non.

Clémence avait jeté à sa sœur un regard halluciné.

– Je veux aller à l'atelier.

– Pourquoi tu n'es pas allée demander à Simon directement ?

– J'y suis allée, mais il n'y était pas. Et c'est pour ça que je suis venue te voir. Parce que je sais que tu as un double de clefs pour son chat et que je voudrais m'y mettre sans attendre.

Elle avait soudain eu l'air noyée.

– J'ai besoin de peindre, de me réapproprier les outils, de me tester et de choisir une direction, et vite.

Le concours est difficile. Je n'ai pas, je n'ai plus le temps de traîner. Je suis déjà en retard de tellement d'années.

Juliette n'avait pas réellement essayé d'argumenter ; elle ne se sentait pas légitime pour le faire et ce n'était pas dans ses habitudes. Elle avait dit d'accord, après le service, on ira. Clémence s'était installée dans un coin et avait griffonné durant la totalité du service, à grands traits énergiques, sans plus rien voir de ce qui l'entourait. Puis elles s'étaient mises en route sous la pluie gelée de janvier. La voiture, les bouchons, le silence gêné. Le front brûlant penché contre la vitre, Clémence se taisait.

Juliette chercha de longues minutes une phrase à dire pour relancer la conversation, mais chacune de ses tentatives trouvait sa bouche sèche et ses idées creuses. Elle se demandait si Clem n'était pas en train de commettre une monumentale erreur et en même temps, elle ne pouvait se résoudre à suggérer cette idée, parce qu'elle admirait un peu cette sœur qui tentait de voler, et que la dernière chose dont elle avait envie, c'était d'être un nouveau Grégoire capable de lui briser les ailes.

De plus, malgré tout l'amour qu'elle lui portait, sa fascination pour son courage et tout le reste, elle n'était pas sans ressentir une certaine forme d'amertume. De la colère même, à l'encontre de la parfaite Clémence à la vie si lisse et bien rodée, à la réussite flamboyante et au mec parfait, qui venait de tout foutre en l'air pour une question d'orgueil, de vague passion adolescente et pour un concours gagné une dizaine d'années auparavant. Est-ce que ce n'était pas un peu vain, comparé à ce qu'elle avait accompli depuis ?

– Tu es certaine que c'est ce que tu veux faire ?

Mon Dieu. La pire phrase du monde pour commencer une discussion saine avec quelqu'un qui a décidé de changer de vie. Bien joué, Juliette Descroix. On dirait ta mère ; les deux pieds dans le plat.

– Non, répondit Clémence aussitôt. Mais tu sais, c'est un peu comme dans les films. Il y a un truc au fond de moi qui me hurle que si je ne le fais pas, je vais le regretter toute la vie. Je sais que ça a l'air débile, mais je ne peux pas m'imposer de vivre avec des regrets jusqu'à soixante-dix balais. Je n'ai pas la force pour ça.

Et elle n'avait même pas l'air de plaisanter.

Juliette relança le GPS qui affichait toujours une désespérante heure de trajet aux dix kilomètres et renifla.

– Tu sais, je crois que Grégoire t'aurait aimée pareil.

Clémence se tourna vers sa sœur et lui adressa un regard blasé.

– Peut-être. Ça n'entre pas en ligne de compte. J'ai pas le temps d'attendre qu'il fasse le point avec ce qu'il en pense et qu'il se positionne. J'ai pas le temps de savoir s'il peut faire avec ou de répondre aux questions qu'il a le droit de se poser. Faut que j'avance, Juliette. Alors voilà, je lui ai dit, j'ai besoin de six mois, je lui ai dit aussi que j'allais faire ça seule pour qu'il comprenne que je ne lui impose rien et on verra ce qu'il en pense plus tard, si jamais il se met d'accord avec lui-même. En vrai, j'ai pas le temps pour lui.

Juliette n'en croyait pas ses oreilles.

– Tu te rends compte à quel point ça a l'air fou, Clem ? Je veux dire, il y a deux mois, tu clamais que c'était l'homme de ta vie et qu'il représentait tout pour toi, que tu étais heureuse d'avoir trouvé ta parfaite moitié... Qu'est-ce qui se passe, là, exactement ? Tu arrives vraiment à renoncer à lui si facilement ?

– Bien sûr que non !

Sans prévenir, Clémence fondit en larmes. Pour faire écho, la pluie se mit à tomber dru sur la voiture arrêtée entre les camions puants et les citadines pressées. Un regain de culpabilité trouva Juliette. Elle ne se souvenait pas d'avoir jamais vu Clémence pleurer, et si elle n'avait pas été bloquée avec elle dans une voiture, la tentation de fuir aurait peut-être été grande. Clémence n'y prit pas garde, centrée qu'elle était sur ce qu'elle ressentait.

– Bien sûr que je l'aime autant qu'hier ! Mais je dois savoir, tu comprends ? Je dois savoir si je peux peindre, parce que si je ne le fais pas, je vais m'en vouloir et je vais finir par lui en vouloir à lui, et donc de toute façon on est foutus ! Je dois savoir si je peux peindre ! La seule façon de l'aimer encore, c'est de vérifier avant si je suis qui je pense être, parce que si ce n'est pas le cas, j'y penserai jusqu'à la fin de mes jours, et je ne l'aimerai plus jamais complètement comme je suis censée le faire !

– Calme-toi, Clem, je ne voulais pas...

– Mais je ne sais pas pourquoi je t'explique ça, tu ne peux pas comprendre, tu ne sais pas, ce truc qui te ronge en dedans et que tu dois faire par-dessus tout, tu sais pas ce que c'est…

La violence de la sentence coupa net l'empathie de Juliette.

– Je pensais que c'était ton mec, déclara-t-elle à plat.

– Ce n'est pas les mecs le centre d'intérêt, répliqua la fille qui n'avait jamais eu de mal à en dégotter un. Pas le mien en tout cas, et ça ne devrait pas être le tien non plus.

– Oui, bah ça ne risque pas.

– C'est parce que toi-même tu ne t'intéresses pas.

Juliette encaissa la réflexion comme un coup. Clémence dut lire sur son visage ce que Juliette en pensait, car elle blêmit.

– Pardon. Je ne voulais pas.

– Oh ben t'inquiète. C'est l'intention qui compte, et ça venait du cœur.

Clémence voulut insister, puis se ravisa. Le silence gagna à nouveau entre elles, épais et collant, pourrissant l'habitacle.

– Écoute, je ne sais pas si Grégoire reviendra, mais je sais que je dois tenter ce concours parce que…

– Parce que comme d'habitude, tu ne supportes pas l'idée que quelqu'un soit meilleur que toi.

Quitte à régler des comptes, autant y aller à la pelle. Ce fut au tour de Clémence d'être séchée par la réflexion et de rester comme deux ronds de flan. Juliette ne parvint même pas à s'en vouloir.

– La vérité c'est que t'es la meilleure en tout et tout le temps, Clémence, et que la simple idée que ce soit Simon l'artiste quand c'était toi qui avais gagné le concours, cette idée que maman ait pu oublier ce détail et qu'elle t'ait remplacée sur le podium, c'est insupportable pour toi. Je me trompe ? Une seule place de numéro un te manque, et tu lâches tout le reste pour la récupérer.

– Ce n'est pas vrai !

– Et mon cul, c'est du poulet fermier. Simon pourrait avoir une carrière internationale, tu t'en moquerais pas mal à partir du moment où tout le monde dans la famille reconnaît que tu étais capable d'autant, voire de mieux et que tu aurais pu être une sommité dans ce domaine si tu l'avais voulu. Mais maman a oublié, alors faut reprendre ta médaille, pas vrai ?

Clémence avait l'air parfaitement offusquée et Juliette se sentait parfaitement injuste, mais toujours sans l'ombre d'un début de culpabilité. Pas encore, aurait-elle pu prophétiser.

– Tu sais quoi ? dit-elle pour clore la conversation. Ce n'est pas grave. Prends tes six mois, prouve à tout le monde que tu es la meilleure, et arrête de te demander si je peux comprendre l'étendue de ton talent exceptionnel depuis ma médiocrité.

– Mais tu n'es pas médiocre du tout !

– C'est-à-dire que tu ne laisses pas beaucoup de place aux autres pour être autre chose que médiocre, Clem.

Juliette eut un sourire blasé teinté de dégoût.

– À côté de toi, on est tous passables, au mieux.

Comme la circulation tendait à redémarrer devant elles, Juliette en profita pour agresser le levier de vitesses et fuir l'échange. Clémence avait sans doute encore des cartouches à tirer ; elle n'était pas la fille de sa mère pour rien et s'avouait difficilement vaincue. Seulement, Juliette en avait marre de se battre. Marre de justifier par son infériorité les revendications de la famille, marre de s'entendre dire qu'il fallait qu'elle comprenne, et qu'en même temps on l'en jugeait incapable. Elle était fatiguée, et commençait à se demander si elle n'aurait pas dû mettre Clémence dans le métro avec les clefs de l'atelier. Comme c'était à elle que Simon les avait confiées, elle s'était sentie responsable de laisser Clem emménager là-bas et voulait assumer jusqu'au bout, mais ça lui coûtait bien plus d'énergie qu'elle ne l'avait anticipé. Comme d'habitude, quoi...

Le sacrifice, l'oubli de soi pour les réalisations forcément plus importantes du reste de la famille... Ça avait dû commencer quand elle était petite, un truc dont elle avait envie qu'on n'avait pas fait pour libérer de l'espace au talent des aînés, à leurs activités, leurs devoirs, leurs sports, leurs paroles. Et puis, ça devient une seconde nature. On grandit à la taille de son bocal, comme le poisson rouge. Juliette plaçait les autres avant elle, sans même y penser. Elle s'en voulait de ce travers et, malgré tout, elle était incapable de le corriger. C'était toujours après, toujours trop tard, toujours quand elle avait déjà fait le mauvais choix qu'elle évaluait sa fatigue et son investissement. Là, tout de suite, coincée dans sa Twingo, elle s'en voulait, par exemple.

Elle regrettait de ne pas être dans son canapé, au chaud, avec un thé et un bon roman, quelque chose de plaisant qui ne serait pas traverser Paris du nord au sud en plein après-midi du vendredi, quand la moitié des Franciliens avaient l'intention d'aller choper l'autoroute pour partir en week-end. La colère qui crispait ses mains sur le volant était dirigée contre elle-même et pourtant, Juliette se taisait, avec au cœur la satisfaction malsaine de laisser Clémence dans l'incertitude et la culpabilité. Si tant est que sa sœur fût capable de ressentir de tels sentiments...

– Ce n'est pas très juste, dit Clémence brusquement.

– Ouais, c'est ce que je me dis tout le temps, renchérit Juliette, mordante.

– C'est de toi que je parle.

Juliette se tourna, déterminée à rouvrir les hostilités à la première réflexion, mais Clémence ne la regardait pas.

– Ce n'était pas juste ni gentil de ma part de penser que tu ne pouvais pas ressentir les choses, tu sais, comme moi.

Juliette attendit la suite, dubitative.

– Je veux dire, tu as le vin, tu as le restaurant... toi aussi, tu as donné des choses pour obtenir ce que tu voulais.

– Ouais. Je ne sais pas si on peut dire ça comme ça.

Joli ton désabusé, couleur terne. Elle n'avait pas le même regard que Clémence sur la situation, elle était plus lucide malgré son aveuglement sentimental. Ce restaurant n'était pas autant son bébé qu'elle l'aurait souhaité. Maxime avait raison sur le sujet... C'était une idée de Ludovic, à qui elle laissait le contrôle au lieu de s'affirmer. Encore l'idée d'un autre, qu'elle avait suivi par facilité. Était-elle seulement capable de faire autrement ? Mais Clémence n'avait pas senti son scepticisme, ni ne disposait des outils pour suivre le fil de ses pensées.

– Ce n'est pas parce que ta réussite n'ébouriffe pas maman qu'elle est sans valeur, poursuivit-elle. Tu es associée de ton propre restau, à vingt-cinq ans, c'est exceptionnel ! Et puis, tu as eu les félicitations pour ton diplôme d'œnologie, et...

– Clem, fais-moi plaisir, arrête. Le restau, tu n'en as rien à foutre, le fait que je sois contente ou pas de ce que je fais, tu t'en fous aussi. Laisse tomber. Ce n'est pas que je ne t'intéresse pas, mais tes efforts, là, ils sont faits pour que toi tu te sentes bien, et là c'est moi que ça n'intéresse pas. Je préférerais qu'on ne dise plus rien.

Clémence se tut, vexée. Juliette se sentit soudain épuisée par la joute verbale et le reste. Elle acheva la route en silence, sa sœur mutique à ses côtés, chacune pressée d'être débarrassée de l'autre.

Il leur fallut encore une heure et demie pour atteindre la rue de l'atelier, et vingt bonnes minutes supplémentaires pour trouver une place où se garer à plus de cinq cents mètres de là. Elles firent le reste du trajet à pied, Juliette jouant avec les clefs et sa sœur serrant son sac contre elle comme s'il s'agissait de l'objet le plus important du monde. L'atelier était vide et froid quand elles y arrivèrent.

– Il est sûrement en expo, grommela Juliette. Tu as essayé de l'appeler ?

– Bien sûr, répliqua Clémence. Il n'a pas répondu.

Juliette hocha la tête, peu surprise, et ouvrit. Immédiatement, un énorme chat roux se faufila entre ses pattes en miaulant désespérément.

– Salut Syphilis.

– Ce nom, sans déconner !

– Oh, tu sais... Je crois que ça le fait rire, et tout ce qui arrache un sourire à Simon est bon à prendre.

Les filles entrèrent dans le couloir et Juliette prit aussitôt la direction de la cuisine pour nourrir le chat qui menaçait de la jeter par terre à chacun de ses pas.

– Il vit vraiment là ? demanda Clémence, dubitative.

Elle regardait autour d'elle avec un intérêt poli. Juliette suivit son regard et haussa les épaules. Pas de vaisselle dans l'évier, pas d'odeur de café, pas de vie. Elle avait déjà ouvert le frigo, pour n'y trouver qu'un paquet de gruyère râpé périmé, d'un joli bleu moisissure. Elle aussi s'était posé des questions, avant de cesser d'y penser. Dans son idée, Simon était du genre à manger au restaurant en permanence.

– Il est souvent absent, dit-elle en guise d'excuse.

– Tu ferais mieux d'emmener le chat chez toi.

– Pas sûr qu'il me le pardonnerait.

– Il n'a pas l'air de beaucoup lui manquer, pourtant.

– Je parle du chat. J'ai un studio, et il a ses habitudes ici.

Une fois le fauve repu, les filles abandonnèrent la cuisine et se dirigèrent vers l'atelier. En avançant, elles passèrent devant la chambre au lit défait, à peine discernable dans l'obscurité des volets clos. Elles s'entre-regardèrent et Juliette haussa les épaules une nouvelle fois.

– Au moins, tu sais où dormir en attendant qu'il rentre.

– Merci mais je prendrai le canapé.

Juliette eut un sourire devant le ton précieux de sa sœur, puis un second en imaginant la tête de son frère la découvrant sur son canapé en rentrant chez lui.

– Il faudrait peut-être lui laisser un message, quand même.

– C'est sans doute une bonne idée, oui.

Juliette referma la porte de la chambre et désigna le fond du couloir.

– L'atelier est par là, dit-elle en montrant une porte vitrée aux carreaux opaques d'où parvenait une lumière blanche et crue d'hiver.

L'atelier était un ancien garage automobile dont le toit de tôle avait été remplacé par une verrière donnant sur un ciel blanc et lisse. Les deux sœurs pénétrèrent dans la pièce avant de ciller dans la clarté vive qui se déversait par les immenses baies vitrées et de se figer, stupéfaites.

Un peu partout autour d'elles était éparpillé l'attirail du peintre idéal, toiles, pinceaux, chiffons et tout le reste. Rien que de l'attendu dans l'atelier d'un peintre, en somme, et rien qui aurait pu les surprendre à ce point, si ce n'était qu'où que portât leur regard, ce bric-à-brac avait l'air ancien, abandonné. Pas une seule des toiles en vue ne portait le début d'un coup de crayon. Elles étaient toutes vierges, certaines encore sous plastique, d'autres marquant même la teinte jaunâtre de la toile vieillie. Il n'y avait pas une seule peinture en cours.

– Eh bien je suppose qu'il est entre deux projets, déclara Juliette au bout d'une poignée de secondes, mal à l'aise.

Clémence ne répondit pas. Elle s'avança dans la salle, regarda les pinceaux et les tubes oubliés, se tourna vers sa sœur avec un air interloqué et secoua la tête.

– Il y a de la poussière partout, Juliette… Il n'a pas touché à son matériel depuis des mois. C'est… vieux. Je sais pas.

Elle eut un rire d'incrédulité qui glaça sa sœur.

– Est-ce qu'on est sûr que Simon soit peintre, au moins ? Parce que là, j'ai comme un doute.

Chapitre 8

Clémence avait écouté Juliette plaider pour un repli stratégique consistant à attendre dans son studio que Simon réapparaisse, mais elle avait décliné la proposition avec un entêtement qui lui ressemblait bien. Elle avait même décidé qu'au vu du frigo et des placards il n'avait pas l'intention de remettre les pieds chez lui avant plusieurs jours et avait agi en conséquence. Elle avait changé les draps, jeté le linge éparpillé dans la machine, rallumé les chauffages et s'était installée comme si elle était chez elle.

– Après tout, c'est papa et maman qui l'ont payé, cet atelier. Je ne vois pas pourquoi je me priverais.

Elle n'avait pas tort. Simon vivait aux crochets de la famille qui attendait sans en douter un seul instant le moment où ses prétendues toiles se vendraient des millions. Vu la vacuité de l'atelier, ses sœurs nourrissaient désormais quelques doutes à ce sujet, mais Clémence y vit surtout une opportunité.

– Puisqu'il n'y est pas, je vais pouvoir en profiter. Ce serait dommage que tout ce matériel de qualité se perde, n'est-ce pas ?

Juliette avait gravité autour d'elle pendant que Clémence s'installait. Au moment où il devint évident qu'elle la gênait et que l'après-midi s'écoulerait sans que Simon revienne, elle décida de vider les lieux sans avoir trouvé l'occasion de faire amende honorable. La dispute qui avait eu lieu dans la voiture la rongeait encore quand elle arriva au restaurant pour préparer le service du soir.

– Alors ? demanda Max, toujours avide de ragots frais.

– Simon n'était pas chez lui.

Au sourire satisfait que lui adressa le pâtissier, Juliette devina qu'il savait quelque chose qu'elle ignorait et son agacement creva le plafond.

– Balance, imposa-t-elle en le menaçant d'un index rageur.

Maxime éclata de rire et secoua la tête.

– C'est hors de question, j'ai promis.

– Tu as peut-être promis, mais si tu ne le balances pas, je téléphone ce soir à la très dangereuse Odile, je lui explique que l'atelier de son fiston est une banquise désertée, qu'il n'a sans doute pas peint depuis des lustres, et je le fous instantanément dans une merde noire.

Maxime ouvrit la bouche, effaré.

– Tu n'oserais pas.

– Regarde-moi bien et reconsidère ta position.

Ils se défièrent mutuellement, mi-sérieux, mi-morts de rire, sous les regards blasés des serveurs qui tentaient de préparer les tables.

– Tu sais que j'en suis capable, murmura Juliette sur le ton de la conspiration.

C'en fut trop pour Max, qui éclata de rire une nouvelle fois et leva les mains en signe de reddition.

– OK, OK, très bien. On en reparle après le service, mais ne t'attends pas à le voir pour lui demander des explications, il n'est pas en ville.

– Parce que tu sais où il est ? Tu couches avec, ou quoi ?

– Pas encore, mais j'y travaille, renifla Max, songeur.

Juliette secoua la tête.

– Combien de temps ?

– Pour quoi ?

– Pour se rendre là où il se trouve, banane.

– Quatre heures, je dirais.

– Et tu fais quoi demain après-midi ?

– Je dors. Tu conduis.

Le pacte signé, Juliette cessa de torturer son ami et se mit en devoir de préparer ses vins. Les clients furent assez nombreux, mais Ludovic trouva le moyen de s'engueuler ostensiblement avec Marshal un peu avant le second service, et Juliette ressentit toute la nécessité qu'il y avait à apprendre à son associé à contrôler ses emportements théâtraux au plus vite. Malheureusement, ce n'était pas le lieu ni le moment, et quand le restaurant eut fermé ses portes et qu'ils furent enfin seuls, elle ne trouva pas l'énergie de mettre le sujet sur le tapis malgré les regards insistants de Maxime, resté en renfort. Le lendemain matin, elle voulut de nouveau tenter sa chance, mais Ludo noya le poisson, détourna la conversation sur les vins à commander et lui fit un compliment. Juliette n'avait pas encore prononcé le moindre mot qu'elle décidait déjà de renoncer à corriger l'attitude de son partenaire.

– C'est parce qu'il sait t'embobiner, affirma Max dans la Twingo alors qu'ils quittaient la capitale sur ses vagues indications pour se rendre Dieu seul sait où à l'autre bout du monde.

C'était leur soir hebdomadaire de fermeture, et heureusement, parce qu'au vu des conditions, Juliette ne savait pas comment ils auraient pu ouvrir de toute façon. La dispute de la veille avait fait plus de dégâts qu'anticipé. Marshal n'était pas venu travailler.

– Il ne m'embobine pas, corrigea-t-elle cependant avec agacement, se demandant où elle trouvait encore l'énergie de défendre son associé. Il est juste… je ne sais pas comment dire ça. J'ai volage qui me vient en tête, mais ce n'est pas ça.

– Peut-être bien que si ? Ton inconscient te parle tu sais ?

– Oh, ta gueule. Ce que je veux dire c'est qu'il passe d'un sujet à l'autre sans réfléchir, et du coup, c'est super dur d'amener une conversation sérieuse sans avoir l'air de lui faire des reproches.

– C'est peut-être parce que tu dois lui faire des reproches que justement ça y ressemble ? Je ne sais pas, hein, je demande.

Juliette fit mine de donner un coup à Max, mais il pleuvait des cordes, il aurait fallu lâcher le volant pour l'atteindre et c'était une mauvaise idée de risquer l'accident pour nettoyer l'affront.

– Ludovic est grand, je ne suis pas là pour lui dire comment il doit se comporter !

– Tu devrais.

– Il ne gère pas si mal que ça !

– Disait le second du *Titanic* tandis que le capitaine fonçait sur l'iceberg.

– Tu sais que ça ne s'est pas du tout passé comme ça ?

– Tu sais que c'est une métaphore ?

Maxime fit la grimace, puis reprit son sérieux, changeant de position et de ton sans prévenir.

– Juliette, l'amour rend aveugle, mais c'est mon rôle de jouer Cassandre. Ludovic nous emmène droit dans le mur. Tu as vu les chiffres ?

– Il... s'en occupe.

– Il ne veut pas que tu y mettes ton nez, donc ?

– C'est son domaine.

– Mais tu as regardé quand même.

Ce n'était pas une question, et la réponse était évidente. Juliette renifla à son tour et se crispa. Maxime lui laissa le temps, mais il n'en avait pas fini avec elle.

– Tu as vu les chiffres, bien. Deux mois à ce régime, et on met la clef sous la porte. Or, je sais que tu es une parfaite gestionnaire et que tu es à même de faire de ce restaurant une comète. Ma question est : est-ce que tu vas vraiment attendre qu'il foute tout par terre avant d'intervenir ? Qu'est-ce que tu espères, qu'il aura besoin de toi pour le consoler ?

Juliette ne répondit de nouveau pas, adoptant sans le vouloir la mine contrite de l'enfant pris en faute.

– Parce que ça n'arrivera pas, tu sais ? appuya Max doucement. Pas que le restaurant se plante, hein, ça, il est bien parti pour le faire, mais que Ludo t'ouvre les bras en remerciement de l'échec qu'il aura provoqué et dont tu auras été témoin. En plus, il te devra des sous. C'est dire si ses sentiments pour toi seront dignes d'intérêt.

Cette fois-ci, Juliette accorda à son ami un regard meurtrier, mais Max leva les mains en signe d'impuissance. Il n'était pas l'ennemi, et ils le savaient tous les deux.

– Moi, ce que j'en dis, c'est que tu as encore le temps de rectifier le tir. Mais pour ça, il va falloir lui mettre le nez dans son caca, comme les bébés chiens, tu vois ?

– Cette méthode ne fonctionne pas.

– Je n'ai pas dit que ça allait marcher. En revanche, ce dont je suis sûr, c'est qu'il aurait bien besoin que quelqu'un le fasse avant qu'il n'ait fini de casser votre jouet commun.

Il prit un air inspiré à la sincérité douteuse.

– Ou alors tu répares un traumatisme d'enfance ? Tu as cassé le jouet de quelqu'un, une fois ? Oh ! Je sais !

C'est ta sœur et ton frère qui cassaient les tiens et tu revis la même situation encore et encore, comme dans l'enfer grec, pour expier ta passivité. Sisyphe, sors de ce corps !

– Ce n'est pas très gentil.

Maxime prit un air désolé en voyant la tête de son amie.

– Pardon, dit-il. Ce n'était pas fait pour être blessant.

– Pas grave.

Le silence cristallisa. Max jetait des regards par intermittence pour voir si Juliette lui en voulait, mais cette dernière pensait à autre chose. Pas à Ludovic, non, pas aux jouets cassés non plus, mais aux *Bouchées Doubles*. Bonjour, culpabilité, ma vieille amie. Elle ne s'en voulait pas de son éternelle passivité ou de l'argent fatalement perdu dans l'aventure ; elle s'en voulait pour le restaurant, pour l'opportunité gâchée, pour les gens qui y travaillaient, pour les gens qui y étaient venus, l'avaient aimé, s'étaient investis émotionnellement dans son projet et qui allaient voir ce petit morceau partir, comme tant de recoins de Paris à même de créer une douce mémoire et qui s'évanouissaient un matin au profit d'un nouveau commerce qui ne nous évoquait plus rien. *Les Bouchées Doubles* n'étaient pas là depuis longtemps ; il n'y aurait pas beaucoup de souvenirs perdus quand il fermerait, mais Juliette avait quand même de la peine pour l'étoile filante disparue. Pourtant, elle savait déjà comme Maxime que la fin était inéluctable.

Elle, elle rêvait du restaurant qui reste, celui où l'on vient parce qu'on est comme à la maison, comme au

Chêne vert, celui qui possède des coffres insondables où ranger de nouveaux instants à conserver, les nôtres, et ceux des gens qu'on aime aussi. Si on partait du principe que les gens du Chêne vert l'aimaient, bien sûr, mais c'était une autre discussion.

Peut-être qu'en réalité, c'était ce qu'elle essayait de faire : créer un nouvel endroit où elle serait reconnue, aux commandes, où accueillir les gens et leur affection, leurs étoiles dans les yeux et les futurs souvenirs en création. Si des gens se fabriquaient de chouettes souvenirs dans un lieu qu'elle aurait préparé entièrement pour eux, eh bien, elle en ferait un peu partie, quelque part. C'était du moins ce qu'elle pouvait espérer. Peut-être que c'était tout ce qu'elle voulait, faire partie de la mémoire des autres.

Maxime, en train de se méprendre complètement sur les raisons de son silence, revint à la charge et la sortit de ses réflexions.

– Tu sais, je ne dis vraiment pas ça pour te faire de la peine, mais je me demande si Ludovic ne tire pas avantage de la situation.

Juliette mit du temps avant d'émerger suffisamment pour comprendre la remarque.

– J'ai lu les comptes, il ne pique pas dans la caisse, si c'est à ça que tu penses.

– Mais non, nounouille, je ne parle pas de l'argent, je parle de toi. Je me demande si Ludovic ne sait pas que tu as le béguin pour lui, et s'il n'en profite pas.

– Pas assez à mon goût, dans ce cas, soupira Juliette.

Maxime ne trouva pas la force de caractère nécessaire à éviter d'éclater de rire, jusqu'à en pleurer d'hilarité.

– À la base, ce n'était pas drôle ! se plaignit-il dès qu'il eut réussi à reprendre son souffle. Ce que je voulais dire, c'est qu'il te manipule et qu'il gère tout parce qu'il sait que tu en pinces pour lui et que tu ne lui diras rien. Du coup, il saccage votre projet commun comme un sale gosse à qui personne n'a appris à bien se comporter. C'est un gamin égoïste.

– Il est plus vieux que toi.

– Certains ne vieillissent jamais réellement.

Juliette secoua la tête.

– J'ai l'habitude que les mecs sur lesquels je craque ne se rendent compte de rien.

– Ou alors ils font semblant.

Juliette lui accorda un regard plein de doutes.

– Dans quel but ?

– C'est toujours bien d'avoir quelqu'un à qui on peut demander la lune sans craindre d'essuyer un refus. C'est pratique.

– Tu as déjà fait ça ? demanda-t-elle, incrédule.

– Oui. J'ai été un connard, bien sûr, mais j'ai grandi, moi. Il a fallu désapprendre à être ce genre de sale gosse égoïste et j'ai fait des progrès, je crois.

Juliette fut sur le point de répondre, mais Maxime lui coupa la parole.

– Prends cette sortie.

– Sérieusement ?

Sur ses indications, ils changèrent de direction, s'enfonçant entre les champs humides en direction de l'ouest. La pluie frappait méchamment sur le pare-brise, pleine face, venant de l'océan. Juliette et Maxime gardaient à présent le silence, chacun perdu dans ses réflexions. À un moment, Juliette lui demanda jusqu'où ils allaient, comme ça, et Max lui répondit pensivement.

– Jusqu'à la mer si on a de la chance.

Juliette râla sur les voyages impromptus et Maxime sur les sœurs indélicates qui espionnaient leurs frères, puis ils finirent leur route en échangeant sur les prochains desserts et, bien évidemment, le vin qui irait avec. Au milieu de l'après-midi, ils atteignaient les côtes bretonnes.

– La grande question, lâcha Juliette en prenant une sortie en direction de Vannes, c'est comment et pourquoi tu sais où se trouve Simon alors que tu ne couches pas avec.

– On ne vend pas ses indics.

– Non, mais sérieusement !

Maxime eut un geste vague de personnage important, balayant l'air devant lui avec indifférence. À ce moment précis, il ressembla diablement à Simon dans son attitude de dandy.

– C'est-à-dire que pour parler franchement, ton frère en fait presque de la publicité, de ses déplacements.

– Mais je ne comprends pas, il est réellement peintre, alors ?

Maxime eut un sourire carnassier.

– Pas vraiment.

Ils atteignirent enfin Vannes, suivant des panneaux pour une exposition qui n'évoquait rien du tout à Juliette, et gagnèrent un parking bondé sur lequel le crachin breton se déversait avec enthousiasme. Il fallut encore se garer et sortir en courant pour ne pas finir trempés.

– Je te préviens, déclara Maxime avec ravissement, tu paies mon entrée. Ce sera le prix de ton indiscrétion et les trente deniers de ma trahison.

– Tu sais que tu as l'air beaucoup trop content de trahir pour que ta repentance soit crédible ?

– C'est-à-dire que je me sens très privilégié d'assister à cette entrevue entre vous, ici et maintenant. J'ai un peu hâte de voir ta tête, encore plus de voir la sienne, et je regrette de ne pas avoir de pop-corn.

Il ricana de nouveau et Juliette refusa d'insister, devinant qu'elle lui ferait bien trop plaisir. Ils arrivèrent devant le hall d'exposition et elle paya leurs places à la caisse.

– Japan Vannes Matsuri ? Qu'est-ce que c'est que ce truc, exactement ?

Maxime roula des yeux.

– Regarde autour de toi. Ça devrait te donner une vague idée du contexte.

Juliette avait déjà entamé des recherches sur la question, mais sans grand succès. Un peu partout, des gens allaient et venaient comme des chatons humides sous la pluie, portant des costumes bariolés, des perruques colorées et des accessoires invraisemblables. On aurait dit...

– Tu as déjà entendu parler de la Japan expo ? la taquina Max.

– C'est pas censé être à Paris, ça ? Il y en a plein le métro. Mais c'est en été, non ?

– Alors tu fais partie de ces Parisiens qui pensent qu'en dehors de Paris, rien n'est possible ? Tu me déçois grandement, Juliette Descroix.

– Non, dit Juliette, troublée. Je fais partie de ces gens qui pensent sincèrement qu'il n'y avait pas assez de gens passionnés par... ça pour organiser des événements partout en France.

– Femme de peu de foi.

– Et qu'est-ce que mon frère vient faire là-dedans ?

– Suis-moi. Je vais te montrer.

Ils se frayèrent un passage dans la foule épaisse et chatoyante. Maxime était comme un poisson dans l'eau alors que Juliette avait du mal à marcher droit, l'ensemble de ses sens accaparés par tant de couleurs et de bruits, d'odeurs nouvelles et de lumières inhabituelles.

Il y avait de tout : des stands de mangas, de vêtements japonais, de sabres factices, ou réels, qui aurait pu dire ? Des magnets, des posters, des perruquiers, des vendeurs de kimonos et de saké...

– Je te préviens, on passe par ce stand avant de repartir.

– J'aurais pu le parier.

... des jeux vidéo et des animés. La musique, trop forte, peinait à couvrir les harangueurs à micro et les exclamations joyeuses. Cette cohue du vendredi annonçait à l'avance un week-end bondé, et un soleil intérieur que la météo glaçante qu'ils avaient laissée dehors ne leur avait pas permis d'anticiper. Soûlée de bruit et de couleurs, Juliette s'était rarement sentie aussi peu dans son élément. Elle aimait lire, des romans policiers surtout, mais contrairement à plein de filles de sa génération elle était restée parfaitement hermétique aux bandes dessinées japonaises et découvrait cet autre monde avec la même stupéfaction qu'Alice dans le terrier du lapin.

Maxime, lui, ne cessait de sourire. Il s'arrêta finalement devant un stand d'éditeur bondé, où des gens faisaient la queue pour acheter ce qui était sans doute une série à la mode, ou un coffret, ou encore pour faire des photos avec un type déguisé comme le héros affiché en grand sur les posters.

– Ces gens sont cinglés, déclara Juliette.

– Comme toi avec ton vin. Chacun son truc.

– Et qu'est-ce qu'on fait là ?

– On vient voir le doubleur vedette de Shiro, héros de *Today Only*, et cosplayeur de talent qui gère une chaîne Youtube avec des milliers d'abonnés.

Il pointa du doigt vers le mec en costume entouré de perches à selfie et de groupies rayonnantes.

– Je crois que tu le connais. Il s'appelle Simon Descroix.

Chapitre 9

Il fallut attendre que Simon ait fini. Ils lui firent coucou, accusèrent réception de son regard assassin et partirent déguster des dorayakis et du thé vert en attendant la fermeture du festival. Juliette avait du mal à revenir de sa surprise.

– Mais pourquoi il ne nous a rien dit ?

Maxime haussa les épaules.

– Il faudra lui demander. Le fait que ses parents lui aient payé de coûteuses études d'art et un atelier dans la banlieue parisienne n'a peut-être pas aidé à leur avouer qu'il avait tout plaqué pour être doubleur de mangas japonais ?

– Comment il en est arrivé là ?

– Aucune idée. Moi, je l'ai découvert parce que je suis fan de *Terry for good*, le manga précédent du même auteur que *Today Only*. Simon était déjà doubleur français de l'animé quand il s'est mis à faire une chaîne Youtube avec la bénédiction de la maison d'édition de la série, et... enfin, voilà. Ton frère est beau gosse, il est cosplayeur, les héros de *Terry* et *Today* sont hyper populaires, il bénéficie de leur aura par rebond. Et puis, il streame ses costumes en création, depuis le dessin jusqu'à la dernière couture. Il a un succès fou et des partenariats partout. Je ne te raconte pas ma tête lorsque j'ai découvert que c'était ton frère.

– Ben mais tu avais son nom, non ?

– Pas du tout ! Il streame sous le nom de Kensuke Chan, c'est aussi le nom de sa chaîne, et il a toujours une perruque et du maquillage. Dans la rue, je ne l'aurais pas forcément reconnu, mais chez toi, quand j'ai posé la question…

Maxime se prit à rire.

– Je l'ai mis super mal à l'aise et il m'a fait jurer de ne rien vous dire.

– Il va t'en vouloir.

– Je me ferai pardonner, affirma Max avec un air gourmand qui ne devait rien au dorayaki.

Après le thé, ils flânèrent dans les allées, à la recherche de goodies et de saké. Ils traînèrent d'un stand à l'autre, Max acheta des mangas et des animés jusqu'à ne plus pouvoir les porter, et ils firent même des photos avec ce qui semblait être des gens déguisés en personnages connus.

– On appelle ça des cosplayeurs. Ne m'oblige pas à refaire ton éducation.

– Pitié, non.

– Tu aimerais ça. Il y a même un manga qui parle d'œnologie.

– Quoi, c'est vrai ?

Maxime traîna Juliette sur le stand idoine, lui paya les cinq premiers volumes, affirma avoir la collection complète d'une autre série vouée à la pâtisserie et s'enflamma pour de bon.

– Il n'y a pas une seule passion qui n'ait pas ses mangas. En réalité, ils n'écrivent que sur la passion, sous toutes ses formes. C'est fascinant.

– Je te dirai ça quand je les aurai lus.

– Je te prêterai la série où ton frère joue, si tu veux.

Juliette frissonna.

– Je ne suis pas hyper convaincue que ce soit une bonne idée.

Finalement, la soirée tomba gentiment sur le festival et une voix agréable et apaisante annonça que le Salon allait fermer ses portes. Maxime et Juliette gagnèrent de nouveau le stand de Simon, où ils le trouvèrent en grande discussion avec un quarantenaire en tee-shirt de geek. Simon les aperçut du coin de l'œil, salua vivement son interlocuteur et les rejoignit. Il était toujours en costume et avait l'air passablement mécontent.

– Je t'avais dit de la fermer, balança-t-il à Max dès qu'il fut à portée de voix.

– Elle m'a menacé, se plaignit Maxime avec beaucoup de trémolos en se cachant derrière Juliette.

Simon se tourna vers sa sœur et avant qu'il n'ouvre la bouche, Juliette le coupa net d'un soupir excédé.

– On aurait fini par le savoir, argua-t-elle avec bon sens. Et je ne vais pas baver aux parents, si c'est ce qui te fait peur. Mais c'est surtout pour te prévenir qu'on est là. Clémence sait aussi que tu ne peins pas.

Simon eut un geste d'agacement et sembla sur le point de leur hurler dessus, puis il se reprit et secoua la tête.

– Vous faites chier. J'ai besoin d'une bière. On passe à mon hôtel, que je me change.

Il se tourna ensuite vers le stand, où toute une équipe de petits bras se chargeait de couvrir les mangas.

– Didier, dînez sans moi ! Ma sœur et son pote sont passés, je mangerai en ville.

Le geek eut l'air interloqué.

– Ils ne veulent pas manger avec nous ?

– C'est moi qui ne veux pas, répliqua Simon. Je ne les aime pas, je vais pas en plus vous les imposer. On se voit demain !

Sur le stand, tout le monde rit. Juliette eut une moue offusquée.

– C'était pour plaisanter, affirma Simon qui n'avait pas l'air de plaisanter du tout. Venez.

Ils sortirent sous l'inévitable pluie et la nuit précoce de janvier. Juliette reprit la Twingo pour emmener Simon à son hôtel près de la mer, et ils patientèrent dans le hall le temps qu'il se change et les rejoigne, radicalement différent de ce qu'il paraissait quelques minutes auparavant.

– Le maquillage te rajeunissait, nota Juliette.

– C'est pas pour ça que les femmes en mettent ? demanda Simon à plat. Je croyais. Venez, on y va. J'ai la dalle.

Il les guida jusqu'à un restaurant proche où il demanda une table éloignée de la porte et où ils s'installèrent dans un silence hostile. Simon avait toujours l'air fâché, Juliette dubitative, et Maxime, hilare.

– Bon, dit finalement Simon quand la bière fut sur la table de même que la planche de charcuteries et fromages. Qu'est-ce que vous foutez là ?

Max se tourna vers Juliette, laquelle chercha la bonne entrée en matière et échoua lamentablement à la trouver.

– Clémence a quitté Greg. Elle a lâché son job, plaqué son appart et s'est installée chez toi pour peindre. Elle veut préparer le concours des Beaux-Arts.

Simon la regarda comme si elle était folle, puis leva la tête et observa attentivement le plafond.

– Qu'est-ce que tu fous ?

– Je cherche la caméra.

Maxime pouffa, incapable de se contrôler.

– C'est pas une blague. Je la soupçonne même de dormir dans ton lit.

Simon haussa les épaules.

– C'est pas très grave, je n'y suis jamais. J'espère juste que ça ne la dérange pas de dormir avec Syphilis. Qu'est-ce qui lui a pris, bon sang ? Elle a vraiment quitté son mec ?

La tension qui flottait entre eux jusque-là fondit enfin et Juliette soupira de soulagement avant d'acquiescer.

– Je crois bien que oui. Et puis c'est Clémence, elle est super sérieuse. Dans son sac, il y avait des vêtements de rechange, mais aussi plein de bouquins d'histoire de l'art, la perspective, des trucs comme ça. Je crois qu'elle va vraiment essayer de le faire.

– Bon courage à elle ! Les Beaux-Arts, ce n'est pas une partie de plaisir.

– Elle dit qu'elle veut juste tenter sa chance. Que le reste elle s'en fout mais que ça prouvera...

Juliette haussa les épaules avant de saisir son verre.

– En fait, j'ai aucune idée de ce qu'elle essaie de prouver.

Simon et Max la regardèrent prendre une longue gorgée, puis échangèrent un regard et burent à leur tour.

– Elle veut sans doute démontrer à maman que l'artiste, c'est elle, déclara Simon.

– Maman n'est pas près de revoir son jugement, ironisa Juliette.

– Et Clem ne doit rien à personne. Nous, on le sait bien qu'elle est la meilleure.

L'amertume dans ses paroles frappa sa sœur qui avait cru jusque-là qu'elle était la seule de la famille à nourrir ce type de sentiments.

– Tu n'es pas mauvais, défendit-elle, tu as réussi ton concours d'entrée, toi aussi.

– Je suis un tâcheron sans imagination, déclara Simon sur le ton de l'évidence. Je suis un excellent exécutant, maintenant que mon petit secret est révélé, tu pourras aller jeter un coup d'œil à mes costumes si le cœur t'en dit ; mais je ne crée pas, moi. J'imite. Je ne suis pas Clémence.

– Clémence n'est pas une artiste non plus, défendit Juliette, fâchée de voir son frère se rabaisser autant.

– Non.

Simon eut un sourire désabusé.

– Mais si elle essaie, on sait tous les deux qu'elle va le devenir.

Un silence songeur s'installa entre eux. Juliette aurait eu du mal à remettre en question cette affirmation.

– Je ne suis pas d'accord, déclara soudain Maxime abruptement.

Juliette et Simon relevèrent la tête, interloqués. Max fixait Simon avec insistance et paraissait étrangement fâché.

– Tu es un acteur, et un bon.

– Je ne suis que doubleur, démentit Simon.

Max balaya la remarque.

– Tu es un tellement bon acteur que je regarde *Today Only* en français au lieu de la VOSTFR, juste parce que ton interprétation de Shiro est meilleure que celle du Japonais.

Simon siffla entre ses dents.

– C'est un sacré compliment.

– C'est la vérité.

Ils s'entre-regardèrent un moment, puis Simon sourit et leva son verre.

– Merci, dit-il simplement.

Max hocha la tête comme s'il venait d'accomplir quelque acte d'importance.

– Et que je ne t'y reprenne plus, dit-il d'une voix menaçante qui les fit rire.

À partir de ce moment-là, l'ambiance se détendit pour de bon. On parla de tout, de Juliette et du restaurant, de Clémence et d'Odile et aussi de Simon et de ses études d'art.

– Je n'ai pas passé la première année, avoua-t-il en finissant sa deuxième bière. Je m'ennuyais ferme, et il n'y avait que des connards. Et puis, je séchais les cours, donc j'ai planté l'examen, et je me suis dit qu'il fallait que je me finance pour que papa et maman ne l'apprennent pas. J'ai commencé à bosser sur des doublages grâce à un ami d'ami qui trouvait que ma voix collait et qui savait que j'avais une bonne culture japonaise. Du coup, j'ai doublé une première série, puis une seconde… j'aimais bien. J'ai fait un peu de cosplay, le site a posté des photos de moi pour vendre le coffret, j'ai commencé la chaîne Youtube… et voilà.

Juliette secoua la tête.

– Tu racontes ça comme si c'était d'une banalité affligeante.

– C'est pas loin d'être ce que je pense, répliqua Simon avec un sourire en coin. Cela dit, ça m'étonnerait que cette carrière prestigieuse plaise à papa ou à maman.

Juliette ouvrit la bouche, jeta un regard à Max qui écarta les mains mais se permit un regard d'avertissement, et se jeta à l'eau quand même.

– Et c'est la seule chose que tu leur… nous… caches ?

Simon plissa les yeux, tourna la tête vers Max qui lui fit un sourire candide, et soupira.

– Je me disais bien que je t'avais déjà croisé quelque part. Vu ta question à Noël, je croyais que c'était à la Japan Expo.

– Pas exactement.

– Du coup, rafraîchis-moi la mémoire ?

– Dans le Marais. Pour l'anniversaire de Nathan, au restaurant.

Simon hocha la tête, accusant réception des souvenirs partagés, puis se tourna vers sa sœur.

– Et donc, je suis gay. Autre chose ? Hum, non, je crois que j'ai fait le tour.

Il finit sa bière en une seule longue gorgée. Juliette ne savait plus où se mettre. Heureusement, on pouvait compter sur son frère pour réchauffer l'ambiance.

– Et toi, tes amours, tes préférences sexuelles ?

Pendant qu'elle piquait un fard, Max décida qu'il était de bon ton de répondre à sa place.

– Elle est raide dingue de son patron, un connard égocentrique et raté, ce qui me fait dire qu'elle a un bon fond de masochisme. Bien évidemment, il fait semblant de ne rien voir pour jouir de façon figurative et abominablement frustrante de la situation.

– Encore ? déclara Simon, atterré. Il faudrait arrêter de tomber amoureuse de blancs-becs belle gueule de surface.

Juliette fut outrée.

– D'abord, tu ne sais rien de mes amours, et ensuite...

– Oh, je t'en prie, Juliette. Je n'ai que deux ans de plus que toi, bien sûr que je connais tes amours, on était dans le même collège. Et ils avaient tous cette gueule-là, tes crushs : le beau gosse imbu de sa personne, incapable d'aimer quelqu'un d'autre que lui-même et le plus souvent aussi fiable qu'une planche pourrie. Tu tombes pour les cool kids de pacotille, pour peu qu'ils se vendent bien.

Juliette fut sur le point de protester une nouvelle fois, mais Maxime abondant dans le sens de son frère, elle préféra jurer entre ses dents et recommander une bière.

– Ces mecs ne sont jamais que dans le paraître ; tout l'inverse de toi. Je me suis toujours demandé comment tu pouvais tomber pour leur camelote.

– C'est sûr que mon apparence à moi, ce n'est pas ça, déclara sa sœur, acerbe. C'est gentil de me le rappeler.

Simon ouvrit de grands yeux.

– Tu te rends bien compte que ce n'était pas du tout ce qu'il était en train de dire ? demanda Max, luttant farouchement contre une nouvelle hilarité.

– Juliette a du mal avec les compliments, commenta Simon.

Avant que sa sœur n'ait le temps de protester, il poursuivit.

– Ce que j'essayais de dire, donc, ce n'est pas que tu étais négligée, comme tu as eu l'air de le croire, mais plutôt que tu étais une fille tout sauf superficielle, qui allait passionnément au fond des choses, et qui ne se laissait pas avoir par les apparences... sauf avec tes mecs, donc. C'est ça que je ne comprends pas.

Il haussa les épaules.

– Par exemple, tu ne t'es jamais fait avoir par maman, pas comme Clémence. Les simagrées de maman, son talent permanent, ce mythe de sa réussite, sa beauté, son exquis humour et ses reparties parfaites, tu ne les as jamais gobés.

– Si.

Juliette eut l'air encore plus honteuse. Simon sembla étonné.

– Pourtant, t'avais pas l'air. Tu ne respirais pas l'admiration sans bornes que maman espérait. Peut-être que c'est même pour ça qu'elle est si dure avec toi.

– Ce n'est pas que je ne la croyais pas. C'est que je me jugeais à l'aune de ses réussites. Ou à l'aune de celles de Clémence, ce qui revenait au même. Ça faisait de moi une ratée, si j'étais honnête. Pour admirer quelqu'un et le lui signifier, faut déjà un peu se sentir digne de son regard. Ce n'était pas mon cas.

Simon s'était crispé. Il la regarda pensivement pendant de longues minutes, prit Max à témoin sans dire un mot et quand il desserra les dents, ce fut pour mordre.

– Putain, mais tu es bien consciente que personne dans cette famille ne te juge à moitié aussi méchamment que tu le penses ? Tu es bien consciente que personne, absolument personne dans la famille ne pense ça de toi ?

– Maman...

– ... croit que tu la méprises. Elle se sent jugée par toi.

– N'importe quoi !

– Bien sûr que si. Tu l'as déjà vue agresser qui que ce soit qui ne l'avait pas d'abord mise en danger ?

Juliette chercha sans trouver.

– Elle m'agresse parce que je ne suis pas assez bien.

– Non. Elle t'agresse parce que tu es agacée par son numéro de charme, et qu'elle ne supporte pas de ne pas t'avoir dans sa poche comme les autres. Elle ne te maîtrise pas. C'est ça qui la rend aussi combative.

– Je ne suis pas certaine.

– Moi, si.

Juliette leva un regard plein de doute sur son frère, mais il avait l'air convaincu de ce qu'il avançait. Elle hocha la tête pour lui faire plaisir, et Maxime déclara qu'il fallait rentrer, ce qui était tout à fait exact. Ils se saluèrent avant que Simon ne retourne à l'hôtel et décidèrent ensemble qu'ils essaieraient de gérer Clémence lorsqu'il reviendrait. Alors que Juliette allait partir, Simon la rappela.

– Tu sais ce que j'ai dit au sujet de maman, c'est la vérité. Je comprends que tu ne puisses pas le voir, cela dit. Moi aussi il y a des trucs qui m'agacent chez elle et que je ne comprends pas mais que tu serais peut-être capable de m'expliquer. Tu devrais essayer, pour voir, de juste entrer dans son jeu. À mon avis, elle te recevrait plus chaleureusement.

– Je ne suis pas certaine de pouvoir y arriver.

Simon pouffa.

– Ouais. C'est aussi ce que je pense, et c'est ce que je disais. T'es entière, tu ne sais pas jouer les choses à moitié.

Il se désigna, faisant la révérence.

– C'est moi le comédien de cette famille. Tout dans les apparences, rien derrière.

Sa sœur se détourna, souriant malgré elle devant autant de cinéma.

– Hey ! la rappela Simon alors qu'elle s'éloignait.

– Quoi, encore ?

– J'arrive dimanche à neuf heures à la gare Montparnasse… tu passes me chercher s'il te plaît ? Ma valise pèse un âne mort.

– Je ne suis pas un taxi !

– Je croyais qu'on devait gérer Clem ?

Juliette poussa un soupir retentissant et accepta d'un geste. Simon remercia et s'éloigna d'un pas bondissant avant de se raviser une troisième fois.

– T'auras qu'à venir aussi, Maxime ! beugla-t-il sur le parking de l'hôtel, faisant se retourner les rares promeneurs. Plus on est de fous, plus on rit !

– D'accord ! beugla Maxime sur le même ton, résolument mort de rire.

– Vous me fatiguez, décida Juliette en retournant à la Twingo.

Ils rentrèrent sous un ciel chargé mais enfin vidé de son eau, sur une autoroute où les voitures fuyaient plutôt dans l'autre sens, à la recherche d'un week-end plaisant promis par les plages bretonnes.

– On pourrait croire qu'ils iraient plutôt au ski, à cette saison.

– C'est plus de route et plus de frais, grommela Max qui tentait de s'endormir sur le siège passager.

Juliette hésita.

– Dis-moi.

– Hum ?

– C'est vrai, tu penses ? Ce qu'il a dit, sur moi et mes amours ?

– Que tu ne choisis que des tocards ? Oh oui. Je crois que c'est cent pour cent vrai.

Juliette sentit ses yeux brûler sous ses paupières.

– Mais pourquoi est-ce que je fais ça ?

– Tu veux la vérité ?

Max ouvrit un œil et soupira.

– Mon analyse à deux sous, c'est que tu essaies juste de coller à la merveilleuse image que tu penses que ta mère a de toi. Juste pour lui faire plaisir, et lui donner raison au moins une fois.

Juliette se mit à pleurer silencieusement.

Chapitre 10

Maxime et Juliette allèrent ensemble accueillir Simon à la gare lorsqu'il revint le dimanche. Il trimballait comme promis une valise plus grosse que lui qui devait contenir une armée de costumes et soupira d'aise lorsqu'il la poussa dans le coffre avant de poser ses fesses sur la banquette arrière de la petite Twingo verte.

– Merci. Des nouvelles de ma colocataire ?

– Pas encore, répondit Juliette, l'air sombre. Elle ne répond à aucun de mes messages, et je n'ai pas vraiment eu le temps de passer à l'atelier.

– Des soucis au restaurant ?

– Principalement le boss en charge, intercepta Max avant de prendre un coup de coude dans les côtes.

– Rien de grave, compléta Juliette manifestement peu désireuse de s'étendre sur le sujet.

Ils roulèrent tranquillement jusque dans la banlieue sud, Max et Simon discutant mangas, cosplay, et un tas d'autres trucs qui dépassaient Juliette dans les grandes largeurs. Cette dernière se désintéressa de la conversation pour réfléchir à son principal problème du moment, à savoir : Ludovic.

La journée du samedi avait laissé une amertume certaine, et il était désormais impossible d'ignorer les dysfonctionnements du restaurant. Marshal avait donné sa démission, et il avait fallu gérer le week-end avec les commis, résolument moins bons et atrocement pressés d'emboîter le pas à leur supérieur en fuite après cette unique journée avec Ludo sur le dos. Juliette avait déboulé dans son bureau après le service pour lui dire que ce n'était plus possible, qu'il fallait recruter quelqu'un et ne pas le décourager comme il l'avait fait avec Marshal. Ludovic avait dit oui, s'était excusé et avait affirmé qu'il avait compris et que tout irait bien à l'avenir, qu'il avait passé une annonce et qu'ils auraient quelqu'un dès lundi. Juliette n'était pas soulagée pour autant. Ce n'était pas la première fois qu'il lui faisait le plan.

Hélas, dès qu'il commençait à s'excuser et à admettre ses fautes avec un air de chiot malheureux, elle perdait ses moyens et se laissait convaincre que ça allait changer. Elle se faisait l'impression d'être dans une relation malsaine avec un manipulateur, sauf qu'en plus, Ludo n'était pas son mec. Toute cette lucidité et ne pas réussir à décrocher pour autant... Elle se détestait.

Ils gagnèrent la banlieue sans problème, le dimanche n'étant pas le jour le plus chargé en matière de circulation parisienne. Max aida Simon à sortir la valise du coffre où elle s'était encastrée avec une efficacité redoutable. À l'atelier, il y avait manifestement quelqu'un en activité malgré l'heure matinale. La musique était à fond.

– Qu'est-ce que c'est que ce truc ? demanda Juliette, éberluée.

– Philip Glass, répondirent en même temps Simon et Max avant de se regarder et de se sourire.

L'échange échappa à Juliette. Elle ouvrit la porte de l'atelier après avoir frappé en vain, et Syphilis en profita pour passer entre ses chevilles. Simon le récupéra de justesse.

– M'est avis que ton chat n'est pas fan de l'ambiance musicale.

– Il préfère Bérurier Noir.

Ils entrèrent ensemble. Dans la cuisine désormais vivante et désordonnée, des plats commandés étalaient leurs boîtes vides près de l'évier, de même que des verres contenant de l'eau, de la peinture ou un autre liquide non identifié. Il y avait des vêtements dans le couloir, qui semaient la route du Petit Poucet entre la chambre et la salle de bains. De la porte ouverte sur l'atelier montaient la musique et un étrange bruit de grattement. C'est là qu'ils se rendirent en premier.

Clémence s'était mise au travail.

Elle était en jeans et en tee-shirt malgré la fraîcheur de la saison et s'acharnait délicatement sur une toile entièrement blanche dont elle ôtait des éléments que les trois autres ne pouvaient voir. Près d'elle, trois autres toiles déjà peintes évoquaient des horizons brumeux entre lumière et obscurité. Les ombres évanescentes qui naissaient sur la ligne médiane figuraient une fumée diffuse, sur l'une colorée, et les autres en noir et blanc. Les trois tableaux évoquaient une même idée d'horizon parfois central et parfois légèrement décalé, en volutes floues et subtiles. Juliette avait l'impression de contempler une matinée d'hiver.

– Clem ? tenta-t-elle.

L'enthousiasme du poste ne lui laissait aucune chance. Simon haussa les épaules et se dirigea vers la chaîne pour couper le son. Dans le silence, les grattements prirent toute la place. Et puis soudain, semblant réaliser que Philip Glass s'était tu, Clémence se retourna, surprise et échevelée.

– Ah, c'est vous, dit-elle seulement.

Elle se redressa, les cernes hauts et la queue-de-cheval indistincte, les bras tachés de gouttelettes blanches, les mains usées comme celles d'un maçon, et fronça les sourcils.

– Qu'est-ce que vous foutez là ?

Simon écarta les bras pour prendre les autres à témoin.

– J'habite ici, figure-toi.

– Ah.

L'instant d'avant, elle n'avait pas eu l'air de s'en souvenir, mais elle posa ses outils – une fourchette et une truelle microscopique – et passa ses mains maculées de peinture sur son jeans comme si elle voulait en ôter une poussière inexistante.

– Est-ce que ça t'embête, si je reste un peu ? Disons... six mois ?

Simon ouvrit de grands yeux, et Juliette le sentit se tendre.

– Je vais faire le café, déclara Max.

– Bonne idée, dit Clem. J'ai très envie de café mais je n'ai pas eu le temps d'en faire.

Simon avait l'air d'un chat qu'on vient de plonger dans une bassine gelée. Il regardait le désordre de son atelier, les toiles les unes derrière les autres, sa sœur dépenaillée, et semblait naviguer en plein cauchemar. Comparée à son habituel air détaché et serein, cette attitude avait de quoi surprendre. Clémence ne paraissait pas en avoir conscience. Elle frotta de nouveau les mains sur son jeans et emboîta le pas à Max en direction de la cuisine.

– Attends, je suis certaine d'avoir racheté du café, mais tu ne vas pas le trouver.

Quand elle eut disparu, Juliette se rendit alors compte que ce n'était pas sa sœur qui mettait Simon dans cet état. C'étaient les toiles. Il alla les observer les unes après les autres avec une délicate attention. Il ne touchait à rien mais auscultait minutieusement chaque œuvre avant de passer à la suivante, l'air toujours aussi désarçonné. Finalement, il se tourna vers Juliette. On aurait dit qu'il avait pris un verre de trop, ce qui la fit pouffer nerveusement malgré elle. Étrangement, ce simple rire rendit à Simon son sérieux. Il secoua la tête, à la fois incrédule et blasé.

– On l'avait prédit, annonça-t-il, mais ça reste impressionnant. Elle est très douée.

Juliette était manifestement incapable de discerner ce que son frère voyait. Comme il ne lui expliqua rien, elle tenta de trouver quelque chose à dire.

– C'est vrai, dit-elle, c'est beau.

Simon éclata de rire.

– Sœurette, c'est le vin ta spécialité, et je pense qu'il ne faut pas que tu en changes.

Il y avait une légère amertume dans cette remarque qui n'était pas agréable, mais Juliette devina que cette peine ne lui était pas destinée. Et même si elle en comprenait l'origine, elle ressentit un élan de compassion pour son frère, encore une fois second derrière leur aînée dans ce qui aurait dû être son domaine de compétence.

– De toute façon, je n'ai jamais aimé peindre, dit-il, comme s'il lisait dans ses pensées.

– Café ! appela Max depuis la cuisine. Clémence est sortie chercher des croissants, et je crois que Syphilis en a profité pour se faire la malle !

Sans se concerter, Juliette et Simon partirent à la recherche du chat. Ils eurent le temps de le dénicher avant que Clémence ne revienne, et ils s'installèrent tous d'autant plus volontiers pour prendre le petit déjeuner que Max avait pris les choses en main, fait des œufs brouillés, et poussé le vice jusqu'à la supérette du coin pour acheter des muffins, du bacon, des fruits frais et du sirop d'érable. La pâte à pancakes reposait en attendant que les œufs aient été engloutis. Tout le monde mangea avec appétit.

Par-dessus son assiette, Simon observait Clémence, qui dévorait. Max et Juliette, eux, observaient Simon, mais sans doute pas pour les mêmes raisons. Quand on attaqua la salade de fruits frais et les pancakes au sirop d'érable, Clémence poussa un soupir d'aise.

– Ouh, ça fait du bien de manger quelque chose qui n'a pas été surgelé ou réchauffé au micro-ondes.

– Grâce à nous, tu échappes au scorbut, commenta Max en faisant une nouvelle fournée de pancakes.

– Je l'aime bien, dit Simon, rêveur. On peut lui donner une carte de membre de la famille ?

– Je ne suis pas sûre qu'il en ait très envie, déclara Juliette à plat.

– Je ne suis pas certaine que maman serait d'accord, asséna Clémence à peu près au même moment.

Elle s'assombrit brusquement avant de soupirer une nouvelle fois, de lancer un regard fatigué au plafond, puis un autre décidé à son frère.

– Très bien, dit-elle, je t'écoute.

Simon afficha l'air ennuyé de l'élève pris en faute.

– Qu'est-ce que tu veux que je te dise ? Tu as envie de rester, tu...

– Non, ce n'est pas de ça que je parle, balaya Clémence avec une agressivité nouvelle. Tu as regardé les toiles, je le sais. Tu es resté à l'atelier, tu les as vues. Je t'écoute.

Simon poussa à son tour un soupir, mais excédé, cette fois-ci.

– C'est super, Clémence, bravo, tu cartonnes, dit-il sur le ton de l'infinie lassitude.

Juliette sentit, avant même que sa sœur ne réagisse, que ce n'était pas du tout ce qu'il aurait fallu dire. Elle nota avant Simon la main de Clémence qui se fermait, son air tendu, sa mâchoire serrée qui la faisait tant ressembler à leur mère.

– Arrête de te foutre de ma gueule.

– Mais je ne me fous pas de ta gueule, je...

– Toi aussi, tu penses que je fais n'importe quoi, c'est ça ? Toi aussi, tu penses que je devrais retourner à mon job, et à mon mec, à ma vie ?

L'ouragan s'était levé et il désarçonna Simon qui ne l'avait pas vu venir. Il n'avait pas réalisé que sa question était sérieuse et qu'elle souhaitait réellement son avis sur ses premiers tableaux. En la traitant comme il l'avait fait, il l'avait mortellement froissée, car Clémence s'était bien entendu méprise sur les raisons de sa désinvolture.

– Je vais te dire, vous croyez bien ce que vous voulez, et c'est peut-être nul ce que je suis en train de faire, mais si je dois me planter, eh bien je le ferai quand même et ce sera au jury de me le dire !

– Clem, ce n'est pas..., commença Simon, se débattant comme un noyé.

– Ce n'est pas parce que maman pense que c'est toi qui as gagné le concours que c'est ce qui s'est passé !

– Mais je sais je...

– C'est moi qui ai gagné ce putain de concours, et tu le sais très bien, c'est moi qui l'ai gagné !

– Mais bordel !

Simon s'était levé à son tour, exsangue.

– Tu crois que je ne le sais pas, que tu l'as gagné, ce concours de merde ? Tu crois que je n'y ai pas pensé, chaque heure de chaque journée de chaque année où j'essayais de percer, sans me rendre compte que ce que je tentais de faire, c'était juste d'être à ta place, d'être un tout petit peu remarquable, moi aussi ? Tu ne comprends pas que t'es la seule ici à croire que t'as besoin de défendre l'idée que t'es la meilleure ?

Il éclata d'un rire de dément.

– Clémence est la meilleure, Juliette, ça te coupe le sifflet de l'apprendre, hein ? Quel scoop, mes aïeux ! Il faut prévenir maman, elle n'en reviendra pas... Oh, attends... mais en fait, elle le sait déjà ! Tout le monde le sait, alors si tu pouvais arrêter de le gueuler sur tous les toits, on se sentirait moins comme de la merde, nous autres en bas !

Clémence reprit son souffle, sembla de nouveau sur le point de crier, puis fondit en larmes sans prévenir et se prit la tête dans les mains comme une enfant inconsolable. Simon lâcha une bordée de jurons. Pour se donner une contenance et une raison d'être debout, il entra en guerre avec les portes des placards dans le but manifeste de nourrir son chat. Max retournait les pancakes avec un stoïcisme impressionnant et Juliette, raide comme un piquet, avait oublié de respirer. On n'entendait plus que les grésillements de la pâte, les miaulements désespérés de Syphilis, les placards malmenés et les larmes de Clémence. Tout dans la cuisine sentait le conflit au sirop d'érable. Juliette aurait voulu avoir une excuse pour fuir. Maxime soupira.

– Je crois que ce qu'essaie de te dire ton frère, Clémence, c'est que tu es très douée et qu'il est fort impressionné par ton travail sur les toiles que tu as commencées.

Il déposa une pile de pancakes devant Clémence, qui ressortit ses yeux et son nez rougis de ses bras croisés, incertaine.

– Et je crois que ce que veut te dire ta sœur, Simon, poursuivit Max en versant le sirop d'érable comme s'il dosait un médicament puissant, c'est qu'elle aurait besoin de ton expertise sur ses toiles pour savoir quelle direction prendre, et si les techniques qu'elle emploie sont satisfaisantes ou perfectibles à la lumière de tes connaissances d'un sujet qu'elle n'a pas étudié.

Simon claqua une énième porte trop fort et Syphilis s'enfuit.

– Bien évidemment, acheva Max, vous pouvez aussi mutuellement croire que l'autre vous méprise.

Il pointa sa spatule vers Juliette.

– Vous semblez tous très doués à ce petit jeu-là.

– J'exige qu'il prenne sa carte de membre de la famille, déclara Simon d'un ton sans appel.

– Est-ce que je suis obligé de psychanalyser l'intégralité du clan Descroix pour obtenir ce résultat ?

– Évidemment.

– Très bien. Je vous ferai un prix de groupe.

Clémence éclata de rire entre ses larmes et se prit la tête dans les mains, désespérée. Max lui servit un café fumant et entreprit de couper des petites bouchées de pancake, comme s'il gérait une enfant récalcitrante. Simon nourrit Syphilis, songeur, et Juliette osa de nouveau respirer un peu.

– Ta technique est atypique, mais elle n'est pas mauvaise, déclara Simon en tournant le dos à la tablée. Tu essaies d'obtenir des effets de matière en malmenant la toile et en utilisant de la colle et de la peinture. La matière peut s'obtenir de plein de façons, pour pas mal de résultats. Si tu me dis ce que tu cherches à faire, je pourrais peut-être t'aider. Mais je te préviens…

Il fit volte-face et lui vola son café.

–... je n'ai pas suivi beaucoup plus de cours que toi.

Clémence le considéra quelques secondes, puis elle hocha la tête en reniflant.

– Je te paierai la moitié du loyer, ou plus si tu veux. Et puis je vais racheter de la peinture et des toiles, promis, je…

Simon balaya l'air de sa cuillère, comme s'il dessinait une formule magique devant lui.

– La moitié, ce sera très bien, et tu achètes ton matériel, oui. Je reprends ma chambre, mais on pourra ajouter un lit dans l'atelier, si tu veux. En échange de ces bons procédés, je veux bien te tuyauter pour la peinture, mais je veux ton avis financier sur ma petite entreprise, madame je-suis-diplômée-d'une-grande-école-de-commerce.

Clémence ouvrit de grands yeux rougis.

– Tu as une petite entreprise ?

Simon se drapa dans sa dignité avec élégance.

– J'ai plusieurs milliers de followers, annonça-t-il.

Clémence resta quelques secondes éberluée, puis elle éclata de nouveau de rire, prit sa fourchette et attaqua les pancakes.

– OK, dit-elle juste après avoir enfourné la première bouchée.

Simon, hocha la tête avec satisfaction.

– Parfait. Et maintenant, si ça ne vous dérange pas, je vais aller me doucher parce que je suis claqué de mon week-end et que je voudrais bien pouvoir lézarder en pyjama dans mon canapé pour le reste de la journée.

– Besoin d'aide pour ta douche ? demanda Max innocemment.

L'intégralité de la fratrie Descroix le toisa, incrédule ou pleine de jugement.

– Quoi ? demanda Max, candide, la spatule toujours à la main.

On finit le petit déjeuner sans plus échanger ni sur les choix de Clémence ni sur les propositions de Maxime. Ce dernier, ayant achevé de détendre convenablement l'atmosphère, mangeait avec appétit tout ce qui traînait encore. Puis il aida les filles à ranger et à faire la vaisselle le temps que Simon revienne et prenne leur relais, leur intimant d'arrêter de faire le ménage chez lui.

– J'ai une nouvelle colocataire pour ça, dit-il sur le ton de l'impatience. Fichez-moi le camp, j'ai un cours particulier de peinture à donner et vous avez certainement mieux à faire que de rester dans mes pattes.

– Ouais, et de rien pour t'avoir ramené chez toi, rappela Juliette, blasée.

– Merci, dit Simon. Tu es merveilleuse.

Juliette haussa les épaules et sortit, Maxime et Syphilis sur ses talons. Il fallut rattraper le chat, le tenir le temps des dernières salutations et, enfin, mettre les voiles.

– J'aime bien ta famille, commenta Max en soufflant un petit nuage de buée une fois dehors. Mais celle que je préfère c'est quand même toi.

Juliette sourit.

– Que dirais-tu de passer l'après-midi à boulotter du pop-corn au cinéma ?

– J'en dis que c'est un chouette projet.

– Alors, faisons ça.

Chapitre 11

Juliette n'était pas préparée psychologiquement à reprendre si rapidement la route du Chêne vert. D'ordinaire, un passage à Noël, un autre pendant l'été, et c'était plié. Six mois d'écart entre les deux, le temps de se remettre, c'était un bon rythme. Mais pas cette année. Parce que contre toute attente, Odile l'avait appelée.

Odile l'avait appelée, elle, et étrangement non pas pour l'agonir de reproches, mais pour lui demander de passer afin de régler « des formalités sur lesquelles tu seras sans doute plus qualifiée que moi ». Tout un programme, quand on connaissait un tant soit peu Odile et ce qu'elle pensait généralement des aptitudes de sa petite dernière. Juliette avait tremblé sur ses bases mais s'était résolue à répondre à l'appel maternel avec la boule au ventre, bon petit soldat accourant au clairon le matin de l'inévitable boucherie. Elle n'était pas tranquille, mais quoi que sa mère ait à lui demander, elle lui avait promis que ça ne prendrait pas plus de deux jours, et Juliette se sentait les épaules à tenir le front quarante-huit heures. Elle l'espérait, du moins.

Le printemps n'était pas encore totalement là, mais il montait élégamment dans l'air, tentant par ses timides percées de décourager l'hiver. Il y avait ce soleil froid permanent, et le vent qui agitait les bourgeons déjà formés ne cessait de balayer à la fois la pluie et les nuages. Il y avait le vert de l'herbe, dans les bas-côtés qui n'étaient pas à l'ombre, et la gelée qui s'attardait là où le soleil n'avait pas su l'atteindre. Il y avait les oiseaux surtout, partout, et l'éclat jaune des premières primevères. Les arbres attendaient le signal du départ. Juliette faisait la route tranquillement, pour profiter et ne pas arriver trop tôt. Elle avait la sensation que le temps fuyait. Le temps et le reste, ses journées, et les fonds de réserves du restaurant.

Moins de trois mois auparavant, elle s'était promis que les choses allaient changer pour elle, manifestement en vain. L'hiver s'achevait et elle se sentait engluée pareil, ses amours et ses indécisions, ses envies et sa raison. Pour l'heure, c'était surtout Simon et Clémence qui changeaient, qui orientaient leur vie dans de nouvelles directions, satellites familiaux aussi inspirants que désespérants. Son frère, sa sœur, et maintenant sa mère. Odile aussi avait entamé une métamorphose certaine, si elle réclamait de l'aide. Tout était nouveau, comme la saison. Tout sauf elle.

Juliette avait hésité à parler de ce voyage dans le Perche à son frère et à sa sœur avant d'y renoncer. Elle avait choisi de taire le coup de fil d'Odile, mue par une intuition qu'elle aurait été bien en peine d'expliquer. Elle avait beau se dire qu'il ne s'agissait que de régler les détails de l'annulation du mariage, comme sa mère le lui avait annoncé, elle sentait qu'il y avait autre chose et approchait de la maison en essayant de refouler son appréhension grandissante. Quand elle entra dans l'allée les primevères étaient passées à l'arrière-plan de ses préoccupations. Elle gara la Twingo devant la maison, et Cacahuète fonça à sa rencontre en aboyant comme une folle.

– Là, ma belle, là, ce n'est pas la peine de me sauter dessus, je ne vais pas disparaître.

La porte de la cuisine s'ouvrit et Odile se montra souriante, droite et impeccable, égale à elle-même.

– Salut maman, dit Juliette. Je t'ai apporté du vin.

– Bienvenue à la maison. Viens vite, sinon je perds la chaleur du poêle.

Un accueil semblable aux précédents ; peut-être n'y avait-il pas lieu de s'inquiéter. Certaines choses ne changeaient pas complètement, en vrai. Juliette gagna l'intérieur de la maison en soupirant, non sans avoir d'abord récupéré la caisse de vin placée dans son coffre avant le départ. Dans la cuisine, ça sentait bon la tomate aux herbes.

– Qu'est-ce que tu prépares ?

– Une lasagne. Ton père avait envie de viande.

Juliette se retint de commenter que ce que son père entendait par là impliquait certainement davantage un gros steak que de la viande hachée perdue au milieu des épices et sourit poliment avant de s'éclipser pour aller le voir. Aurélien était dans son bureau, en train de classer de nouvelles pièces.

– Coucou papa. J'ai amené du bourgueil, de 2003.

– Une excellente année, commenta son père en levant les yeux, son regard brillant se posant sur sa fille avec plaisir. Moi j'ai trouvé une pièce de 1803 à un prix très raisonnable. Nous y étions presque, à deux cents ans près.

Juliette rit de bon cœur et vint admirer le dernier achat de son père, s'entretenant avec lui du jardin, de sa collection et des amis du village. Odile vint les déloger pour annoncer que le repas allait être servi, et un je-ne-sais-quoi dans son ton alerta sa fille sur son état d'esprit. Odile Descroix était mécontente. Comme d'habitude, Juliette se demanda ce qu'elle avait bien pu faire.

Ils passèrent à table, et le repas sembla abominablement artificiel. Il y avait quelque chose de bizarre à manger au Chêne sans Clémence et Simon. La discussion ne décollait pas, se limitant à la cuisine, au vin, au nouveau voisin, à des platitudes, et chacun attendait depuis sa position qu'arrive sur la table le sujet principal sans savoir vraiment de quoi il s'agissait. Bien évidemment, Odile était aux commandes du menu réel autant que figuré, mais elle paraissait tâtonner, et cette somme d'hésitations mit sa fille au supplice tant ces incertitudes maternelles étaient inhabituelles. Il fallut attendre le dessert, qui se limitait à un choix de yaourt régime et de fruits, pour qu'Odile se jette enfin à l'eau avec un élan propre à décourager les gens de lui tenir tête.

– Bien, alors en ce qui concerne le mariage, j'ai décidé de prendre en main l'organisation.

Juliette qui était sur des charbons ardents depuis son arrivée avait à peu près imaginé tous les scénarios, mais définitivement pas celui-là. À la mine inspirée qu'elle afficha après cette déclaration, sa mère lui adressa un regard courroucé. Quand Juliette se tourna vers son père, ce dernier sembla si absorbé par les grains de raisin dans son assiette qu'elle sut qu'elle n'obtiendrait aucun soutien de ce côté-là. Odile poursuivit donc.

– Il ne faut pas que dans quelques mois, lorsque ta sœur reprendra ses esprits, elle soit dans l'incapacité de dénicher les professionnels adéquats pour la fête. Je voulais cependant avoir ton avis sur le traiteur, parce que je trouve que les tarifs qu'il me propose sont, comment dire, prohibitifs. Alors je sais qu'il y a des arnaqueurs dans la restauration, mais là, je suspecte ce type de me prendre pour un lapereau de six jours.

– Maman, tenta Juliette, marchant sur des œufs avec précaution, Clémence a quitté Grégoire.

– Je le sais bien, répondit sa mère avec impatience. Je l'ai eu hier au téléphone, il fait tout ce qu'il peut pour ramener ta sœur à la raison, mais il a l'air de penser qu'elle aura besoin de temps, et on ne peut pas se permettre de laisser filer les meilleurs prestataires sous notre nez pendant qu'elle fait… je ne sais pas, sa crise d'adolescence en retard, je suppose ?

Juliette posa doucement ses couverts.

– Maman, je ne crois pas que Clémence fasse une crise d'adolescence, enfin...

– Qu'est-ce que tu en sais ? coupa abruptement sa mère sans douceur. Tu lui as parlé ?

– Un peu, mais...

– Je ne pense pas que Clémence ait réellement envie de te confier ce qui la préoccupe, de toute façon, coupa Odile avec un soupçon de condescendance. Tu sais, vous n'avez jamais été proches au point qu'elle te livre ses moindres pensées. À mon avis, elle finira par nous dire ce qui ne va pas, mais à ce moment-là, il sera trop tard pour finir l'organisation du mariage, tu comprends ? Nous devons nous en occuper à sa place et c'est quelque chose que tu sauras très bien faire.

Juliette fronça les sourcils, abasourdie. Elle ne savait pas si elle devait rire, se mettre en colère, ou encore prendre au sérieux ce qui ressemblait à un délire de toute-puissance.

– Maman, est-ce que tu t'es une seule seconde posé la question de ce que Clémence essayait de faire, de son côté ?

Odile la regarda comme si elle était demeurée.

– Bien évidemment. Clémence a, comme la plupart des jeunes femmes à l'aube de prendre une grande décision, eu besoin de vérifier qu'elle ne renonçait à rien de capital. Elle va prendre quelques semaines à faire ses...

– Maman, ça fait deux mois.

– ... expériences, et puis elle reprendra ses esprits.

– Maman…

– Bon, ça suffit, Juliette, ça va bien, là. Tu ne veux pas m'aider à sauver le mariage de ta sœur, c'est ça ?

Juliette se recroquevilla par réflexe. Sa mère entreprit de débarrasser furieusement la table dans une grande débauche de gestes inutiles qui rappela Simon à sa sœur.

– Si tu ne veux pas m'aider, tu le dis directement, mais n'essaie pas de comprendre ce qui se passe dans la tête de ta sœur, c'est inutile. Tout ce que je dis, c'est que ce n'est qu'une passade. D'ailleurs, ton père pense comme moi, et Grégoire également.

– Et tu lui as posé la question ? demanda Juliette, à plat. À Clémence ?

– Je n'en ai pas eu besoin, dit sa mère en regagnant la cuisine. Ça se voit.

Juliette soupira, excédée. Son père eut un sourire d'excuse à ses côtés.

– Donc, j'ai besoin de toi pour revoir les devis du traiteur, reprit Odile en revenant, et également pour le barnum. Je sais que ce n'est pas dans tes cordes, mais je pense qu'il est trop petit pour la quantité d'invités prévue. Le loueur m'assure que c'est amplement suffisant, mais si on danse…

– Maman…

– Ah, et j'oubliais, il y a la robe. Elle est disponible pour les retouches, mais Clémence n'a pas répondu au message que je lui ai laissé, et Simon, qui a admis qu'elle logeait chez lui, refuse également de me la passer. Il dit qu'elle travaille, mais je sais par Grégoire qu'elle n'a pas repris son poste à la banque.

– Elle travaille sa peinture, maman.

– La peinture de Simon ? Ne dis pas de sottises.

Juliette en déduisit qu'il y avait des choses qui n'étaient pas parvenues jusqu'au Perche, ou qui n'avaient en tout cas pas percé les solides murailles d'Odile Descroix. La véritable occupation de Simon était l'une d'entre elles, et le marché passé avec Clémence en était sûrement une autre. Elle chercha ses mots, du coup, essayant de ne trahir personne, et sa mère dut interpréter son silence pour une forme de gaucherie car elle eut un léger sourire et s'en fut dans la cuisine avec le plat. Juliette baissa la tête en rougissant, se sentant plus stupide que jamais.

– Ta mère essaie juste d'arranger les choses, nuança son père depuis le bout de la table.

– À sa façon, comme d'habitude, trancha Juliette, mécontente. Elle oublie juste de demander aux autres si ça leur convient.

– Je connais mes enfants, déclara Odile en revenant chercher une nouvelle fournée de couverts. Clémence ne sait pas ce qu'elle fait, la proximité du mariage l'a beaucoup trop stressée. J'aurais dû m'en rendre compte avant. Quant à sa volonté de changer de carrière, ça lui passera dès qu'elle remarquera que son compte en banque fond comme neige au soleil. Grégoire s'inquiète des traites de la voiture. Je ne sais pas si elle se rend compte des ennuis dans lesquels elle a mis son ménage.

– Ils ne sont plus ensemble ! s'impatienta Juliette. Il a gardé la voiture, il n'a qu'à la payer, c'est la sienne ! Clémence n'a même pas le permis !

– Elle n'a jamais eu besoin de le passer, nota Odile en haussant les épaules.

– Bien évidemment que non. Elle avait trouvé un fiancé, elle.

Juliette se leva et fila dans le jardin, les joues en feu et les tempes bourdonnantes. Cacahuète lui emboîta le pas, trop contente de profiter d'une promenade impromptue. Dehors, le vent s'était levé, glacial.

Juliette fit quelques pas sur la pelouse, puis chercha dans ses poches une cigarette et l'alluma avant de cracher la fumée avec rage. Elle ne savait pas ce qu'elle essayait de prouver ou de défendre en tenant tête à sa mère de cette façon. Ce qu'elle savait en revanche, c'est qu'il n'en sortirait sans doute rien de bon. Odile cédait rarement à une opposition frontale. Odile cédait rarement à une opposition tout court. Juliette eut un rire sans joie. Derrière elle, une porte claqua. Quand elle se retourna, ce fut pour voir son père venir à sa rencontre.

– Tu as fâché ta mère, dit-il sur le ton du reproche.

– Pardon, papa.

– Tu as d'autant plus de raisons de t'excuser que ce n'est pas toi qui vis avec. C'est moi.

La réflexion fit sourire Juliette.

– Allez, file-moi une cigarette, gamine, et allons marcher pour que ta mère ne me voie pas fumer. Le chien a besoin de courir un peu, de toute façon.

Juliette hocha la tête et se mit en route aux côtés de son père silencieux. Ils fumaient tranquillement, marchant d'un pas léger sur le chemin longeant la propriété. Cacahuète courait devant, faisant fuir les corbeaux avec force aboiements. Dans la vallée proche, un tracteur labourait, suivi par une armée de mouettes. L'air était frais mais léger. Juliette sentit le poids du déjeuner quitter ses épaules pour un temps.

– Qu'est-ce que tu penses de la séparation de ta sœur avec Grégoire ? demanda soudain Aurélien avant de ramasser un long bâton pour le jeter à la chienne.

Juliette haussa les épaules.

– Tu sais papa, vu comment mes amours prennent l'eau, je ne crois pas que je sois la mieux placée pour analyser celles de Clémence. Ce n'est pas comme si elle avait un train d'avance sur la question. Elle est à sa troisième station quand je suis encore à la gare, si tu vois ce que je veux dire.

Son père laissa échapper quelque parole désobligeante inintelligible et agita la main.

– Je ne vais pas te faire le laïus du père chinois dans le dessin animé, là, avec sa fille...

– Mulan ? ricana Juliette.

– Mais je n'en pense pas moins ! Ce n'est pas la peine de te comparer à Clémence, ça ne t'apprendra rien sur toi. Et il ne s'agissait pas de toi. Que penses-tu de la rupture de ta sœur ?

Juliette fut attristée par la réflexion, mais essaya de ne pas le montrer.

– Je crois qu'elle a quitté Grégoire pour de mauvaises raisons et qu'elle travaille dur à ne pas y réfléchir.

– Elle l'a quitté pour quoi ?

– D'après ce que j'ai compris, parce qu'elle allait essayer d'être quelqu'un d'autre que la fille dont il était tombé amoureux et qu'elle ne voulait pas l'obliger à aimer cette fille-là. Un truc du genre.

Cacahuète revint, extatique, son bâton en travers de la mâchoire. Aurélien prit quelques secondes pour le lui renvoyer. La chienne repartit à vive allure, faisant s'envoler une buse d'un merisier proche.

– Du coup, tu penses qu'elle l'aime toujours ?

Juliette ne s'était même pas posé la question.

– Je crois que oui. C'est juste que là, il n'est pas prioritaire.

– Et lui, tu penses qu'il l'aime encore ?

Juliette ricana sans amertume.

– Je crois qu'il n'y a pas le moindre doute sur le sujet, déclara-t-elle sombrement.

– Dans ce cas, je ne vois pas pourquoi le mariage ne pourrait pas se faire.

Juliette se tourna sur le côté pour observer son père. Aurélien souriait tranquillement. Elle attendit, histoire de voir s'il allait ajouter quelque chose, mais il ne le fit pas. Le vent se leva une nouvelle fois, faisant chanter les fourrés. La chienne avait disparu dans un bosquet.

– Ils se sont séparés. Clémence ne l'a pas revu depuis janvier, je vois mal comment ils pourraient se marier dans six mois, tenta Juliette.

Aurélien haussa les épaules.

– Il suffit d'un rendez-vous en mairie et d'une paire d'alliances. S'ils s'aiment, qu'est-ce qui les empêcherait de sauter le pas ? Tu crois que Grégoire va cesser d'aimer ta sœur parce qu'elle a peinturluré quelques semaines de congé sabbatique dans l'atelier de son frère ?

– Non, mais…

– Alors pourquoi penses-tu qu'ils ne se marieront pas ?

Juliette n'en revenait pas. Elle regarda son père, se demandant s'il plaisantait. Ça n'avait pas l'air d'être le cas.

– Je ne sais pas, dit-elle, peut-être juste le fait qu'elle m'ait dit qu'elle voulait annuler le mariage ?

– Tu as toi-même reconnu que ses raisons n'empêcheraient pas qu'il ait lieu quand même.

– Elle dit que non !

– Pour l'instant. Est-ce qu'on peut vraiment en vouloir à ta mère de lui ménager une porte de sortie, au cas où elle changerait d'avis ?

– Mais ce n'est pas ce que fait maman !

Juliette sentit bien qu'elle s'énervait toute seule, sans raison valable et contre la mauvaise personne. Pourtant, elle ne parvint pas à s'en empêcher.

– Ce que fait maman, ça n'a rien à voir avec ménager une porte de sortie à sa fille ! Elle fait ce qu'elle a toujours fait, à savoir décider à notre place ce qui est bon pour nous, et agir de telle sorte que les choses se déroulent comme elle l'a décrété, et pas autrement ! Ce qu'elle fait, c'est qu'elle refuse de laisser la décision à Clémence de son propre mariage ! C'est ça qu'elle fait !

– C'est vrai, dit Aurélien. Ça, et ménager à ta sœur une porte de sortie. Au cas où elle changerait d'avis.

Un craquement retentit dans les sous-bois et une harde de biches en sortit précipitamment. Les bêtes stoppèrent net en sentant les promeneurs avant de s'enfuir plus vite encore. Quelques secondes plus tard, Cacahuète émergeait à son tour, ventre à terre et langue pendante, ravie. Les biches maintinrent la distance, entraînant sans peine la chienne dans leur sillage. Aurélien la siffla, mais dut assortir ses appels de quelques jurons pour que le berger allemand daigne revenir, enchanté et fourbu.

– Crétine, dit Aurélien en la caressant tandis qu'elle soufflait comme une forge près de lui. Tu cours même si tu sais que tu n'en attraperas aucune, hein ?

Comme moi, se dit Juliette en se demandant ce que cette pensée fichait là.

– Ce que je veux dire, déclara son père sans paraître noter son trouble, c'est que ta mère essaie juste de tenir les morceaux fuyants de cette famille de ses mains.

– C'est nous les morceaux fuyants ?

– Bien sûr.

Il rit, un bon rire chaud et agréable.

– Moi, j'ai arrêté de fuir depuis longtemps.

Ils achevèrent la promenade en silence, Cacahuète devant, et eux derrière. Bientôt, ils devinèrent derrière la haie d'aubépiniers les hautes cheminées du Chêne vert.

– Eh bien, dit Aurélien, qu'est-ce que tu vas faire ?

Juliette soupira.

– Aider maman, je suppose, dit-elle. Sinon, elle va se faire arnaquer par tous les prestataires de services, se mettra à dos à cause de son humeur de dogue ceux qu'elle aura engagés, paiera trop cher des gens mécontents, et trouvera un moyen de dire que c'est ma faute.

Aurélien ne se priva pas de rire.

– Ou la mienne. Elle ne t'a pas toujours sous la main.

Juliette posa la tête sur l'épaule de son père.

– Je t'aime, mon papa.

– Moi aussi, petite. Moi aussi.

Chapitre 12

Le printemps avançait doucement. Clémence travaillait d'arrache-pied, Simon avait disparu de l'atelier et Juliette s'occupait de sauver son restaurant autant que possible tout en répondant laconiquement aux douze millions de messages que sa mère laissait quotidiennement sur sa messagerie. Dans l'absolu, elle aurait sans doute mieux fait de lui demander un répit, voire de l'informer que *Les Bouchées Doubles* requéraient toute son attention, mais Juliette répugnait à mettre Odile au courant de ses déboires professionnels. Elle préférait que sa mère la harcèle au sujet du potentiel mariage de sa sœur plutôt que d'avoir à confesser le désastre qui menaçait d'engloutir le seul projet qu'elle ait osé lancer. Sa mère en avait prédit le naufrage bien avant l'ouverture ; lui donner raison était au-dessus de ses forces. Juliette observait l'anéantissement de son rêve avec d'autant plus d'amertume qu'en parallèle, sa sœur et son frère donnaient l'impression de s'être enfin mis à vivre les leurs. Lapin devant les phares, elle cherchait en vain l'énergie qui la rendrait capable d'amortir la chute inéluctable.

Chaque jour, elle arrivait au restaurant pleine de fermes résolutions qui volaient en éclats dès qu'elle se trouvait dans la même pièce que Ludovic. Elle repoussait la discussion jusqu'à l'heure du service, pour juger ensuite que c'était trop tard. Il fallait pallier les urgences, le manque de personnel, le coup de feu, la fermeture, et l'épuisement qui paralysait jusqu'au soir, où le cycle recommençait. Si le personnel des *Bouchées* atteignait Pâques en s'éreintant de la sorte, ce serait un miracle en soi, sans même qu'il soit question des finances. Juliette ruminait le plus souvent son manque de détermination à la cave, mais elle ne pouvait décemment pas s'y enterrer éternellement. Elle soupira avant de remonter les marches avec la bouteille de merlot 2011 qu'on lui avait réclamée.

La salle était comble et bourdonnait du bruit ininterrompu des conversations. Les serveurs et serveuses couraient partout et la belle saison s'annonçait dans les tenues légères et la finesse des blousons de la clientèle. Il faisait chaud, en ce début avril. Suffisamment en tout cas pour faire mentir le proverbe et ouvrir la terrasse, ce dont Ludovic ne s'était pas privé malgré le manque de personnel. Juliette apporta la bouteille au bar et Cyril, qui en avait la charge, l'informa du bout des lèvres qu'Odile avait appelé. En plein service. Juliette s'empourpra.

– Écoute, si elle rappelle, il faut l'envoyer balader maintenant. Au sens propre, insista-t-elle. Dis-lui d'aller marcher un peu, que je suis en train de me prendre la tête avec un client, que je me suis ébouillantée, ou n'importe quelle excuse qui fera qu'elle ne pourra pas insister pour me parler.

– Elle ne risque pas de s'inquiéter ? demanda Cyril, éberlué.

– Pour moi ? Aucune chance.

Juliette laissa là le barman interdit et repartit en cuisine pour faire le point des commandes du jour. C'était une mauvaise idée, comme elle s'en rendit compte dès qu'elle eut passé les portes battantes. Olivier, le nouveau chef, était en pleine discussion avec Ludovic, si tant est que l'on pût appeler discussion le début de crise qui s'annonçait.

– Il n'y en avait pas assez, donc je l'ai remplacé. Personne ne s'est plaint, que je sache !

– Moi ! Moi, je me plains, déclara vertement Ludovic. Quand les serveurs sont obligés de rectifier la carte alors qu'elle a été affichée ce matin, qui crois-tu qui passe pour un imbécile ?

Le visage d'Olivier exprimait dans les grandes largeurs qu'il trouvait que Ludovic n'avait pas besoin de faire beaucoup d'efforts pour parvenir seul à ce résultat. Il modéra cependant ses propos lorsqu'il décida de répondre.

– Ludovic, personne n'en a rien à carrer que la carte change au pied levé. Ça arrive chaque jour, dans tous les restaurants. Personne n'en fait un foin.

– Et le vin ? protesta Ludovic avec véhémence parce qu'il venait d'apercevoir Juliette. Utiliser les morilles à la place des pleurotes, ça change tout, pour le vin, tu t'en rends compte ?

Juliette faillit déclarer que non pour faire taire la discussion, mais elle ne put empêcher la question de franchir ses lèvres, malgré la certitude d'être en train de jeter de l'huile sur le feu.

– Pourquoi on a remplacé les morilles ? demanda-t-elle, avant d'ajouter, gênée : Je n'ai pas testé les pleurotes avec le merlot, mais l'association est surtout pour la purée de patates douces au gingembre, donc je ne crois pas que ça nuira outre mesure.

– Ah, tu vois ? appuya Ludovic exactement comme s'il n'avait rien écouté de ce qu'elle venait de dire, ce qui était peut-être le cas. Elle ne l'a pas testé, si ça se trouve c'est un carnage !

Olivier eut un regard fatigué pour Juliette, puis balança assez fort pour que tout le monde entende :

– La raison pour laquelle on n'a pas de morilles, Juliette, c'est parce que le producteur ne nous a pas livrés, et la raison pour laquelle il n'a pas livré, c'est parce que personne ne l'a payé !

Un silence de mort engloba les cuisines. Ludovic était écarlate. Les commis avaient la tête dans leurs casseroles, battant les sauces aussi discrètement que possible. Max apparut entre deux congélateurs et fit une grimace à Juliette, qui l'ignora.

– Ludovic, il faudrait…

– Il ne faudrait rien du tout ! coupa Ludovic avant qu'elle ait pu ajouter quoi que ce soit. Qu'est-ce que tu sous-entends, exactement, Olivier ?

– Je ne sous-entends rien, déclara le chef, le nez à moins de trois centimètres de celui de son patron. Je crois que j'ai dit les choses très clairement, au contraire.

Juliette sentit l'urgence en voyant Olivier crisper les poings tandis que Ludovic tremblait de colère en face de lui. Si elle n'intervenait pas, c'était le pugilat.

– Ludo, trancha-t-elle d'un ton qu'elle espéra sans réplique. Il faut qu'on parle. Maintenant.

Tout le monde eut l'air très soulagé qu'elle intervienne, sauf Ludovic qui lui adressa un regard surpris teinté de rage froide. Il se retourna vers Olivier et lui brandit un index menaçant sous le nez.

– Ce n'est pas terminé.

Puis il quitta la cuisine, bousculant Juliette au passage, et fit claquer la porte battante contre le mur, au risque d'envoyer valser une serveuse et d'attirer l'attention de la clientèle. Juliette leva les yeux au ciel. Quand le vin est tiré, dit-on... Elle se résigna au sacrifice essentiel, s'arma de courage et des pouces levés de Maxime en coulisse, puis gagna le bureau la boule au ventre. À l'intérieur, Ludovic fulminait. Dès qu'elle eut refermé la porte derrière elle, il laissa échapper l'intégralité de son mécontentement.

– Tu ne t'adresses plus jamais comme ça à moi devant les employés, dit-il en détachant chaque syllabe. C'était inapproprié et très infantilisant de ta part. Je ne suis pas ton sous-fifre, je suis ton associé dans ce putain de restaurant que je tiens à bout de bras pendant que tu joues avec tes bouteilles à la cave !

Juliette encaissa la première salve avec stoïcisme. Elle s'y était attendue, et Ludovic avait un certain sens de l'exagération. Il se serait sans doute très bien entendu avec Odile : ils auraient passé des soirées entières à faire le tour de toutes les choses que Juliette aurait pu améliorer dans son apparence et son comportement. Cette idée la fit frissonner.

– Je ne t'ai pas infantilisé, et le service n'est pas le meilleur moment pour engueuler notre chef devant son équipe. Il a autre chose à foutre, non ?

Ludovic écarta les bras avec fureur.

– En revanche, c'est le meilleur moment pour avoir une discussion au sommet entre gestionnaires, alors que tu n'as même pas vérifié que le vin se mariait avec le plat du jour ?

– J'aurais vérifié si j'avais su qu'il y avait changement avant que les assiettes arrivent sur les tables, mais comme personne ne m'en a informée...

– C'est parce qu'Olivier a changé la carte sans nous en faire part, et c'est bien le problème ! beugla Ludovic assez fort pour que la salle l'entende et même pour réveiller les morts du Père-Lachaise à trois rues de là. Tu crois toujours que ça ne valait pas le coup de le rappeler à l'ordre ? Au lieu de ça, tu m'as ridiculisé !

Juliette sentit une chaleur désagréable envahir son visage et l'arrière de ses yeux, ce qui était mauvais signe.

– Je ne t'ai pas ridiculisé, Ludo, bon sang. Je voulais juste que tu laisses la cuisine bosser pour qu'ils puissent assurer le service. On les engueulera ensemble après, si tu veux.

– Les engueuler ensemble ? Et quelle crédibilité tu crois que ça me donnera, après le coup d'éclat que tu viens de faire ? Ils n'en auront rien à foutre, parce que tu viens d'agir comme si c'était moi qui avais fait n'importe quoi !

– Je sais pas, il a été payé le producteur, ou pas ?

Juliette se mordit la langue, mais il était trop tard pour retirer ses paroles. Elle sentit son cœur s'emballer. Ludovic avait du mal à respirer. D'écarlate, il était passé à blême.

– Alors, on en est là, c'est ma faute, c'est ça ?

Le ton était calme, mais si plein de fiel et si désabusé que Juliette ne s'y trompa pas. Elle arma ses défenses, banda ses muscles et se recroquevilla.

– Je m'occupe de tout, pour que tu n'aies pas à t'en soucier, je gère l'intégralité de l'administratif, les coups de fil et les papiers pour que tu puisses te concentrer sur ta cave et tes mariages parfaits, et c'est comme ça que tu me remercies ?

Le ton montait peu à peu. Ce n'étaient que les préliminaires : il était loin, très loin d'avoir fini.

– Sans moi, ce restaurant ne serait pas sorti du caniveau ! Si tu as pu ouvrir cet endroit, comme tu en rêvais, c'est parce que j'y ai mis ma thune, et parce que j'y passe mes week-ends et mes soirées ! Je me tape la gestion, alors qu'on est censés être deux, et toi, toi, tu viens m'accuser de ne pas le faire correctement ? J'ai bien envie de te dire de te démerder, tu sais quoi ?

Il secoua la tête, la mine parfaitement outrée.

– Tu te donnes le beau rôle de celle qui sait ce qu'il faut faire, mais il n'y a que ceux qui ne font rien qui ne font pas d'erreurs. Est-ce que tu prendras une initiative, un jour, Juliette ? Franchement ça m'étonnerait. Il est confortable, hein, ce rôle où tu en branles pas une et où tu peux te contenter de critiquer ma gestion ? Pour venir après te plaindre que rien ne fonctionne et que ça irait mieux si c'était toi qui t'en chargeais, évidemment. Tu crois que je ne sais pas ce que disent les serveurs dans mon dos ?

Il fit la moue, jouant merveilleusement le drame personnel du gentil pote offensé.

– Vraiment, ça me dégoûte ce que tu fais. Ton hypocrisie me dégoûte. Je ne sais pas si je ne ferais pas mieux de m'en aller et de te laisser gérer seule la fin du service.

Juliette sentit ses tempes bourdonner et ses yeux la brûler encore davantage. Il ne lui en faudrait pas beaucoup plus pour fondre en larmes.

– Tout ce cirque pour éviter d'avoir à me dire que tu n'as pas payé le fournisseur ? demanda-t-elle pourtant.

Ludovic ouvrit la bouche et la referma, désarçonné. Juliette n'avait plus qu'une envie : qu'il s'en aille avant la première larme. Rien ne pourrait plus empêcher le désastre. Elle appuya au contraire là où ça faisait mal, pour accélérer le processus. Maintenant qu'elle avait commencé à tout briser, il aurait été insupportable et même contre-productif de ne pas achever le travail.

– Te fatigue pas, l'interrompit-elle avant qu'il se soit repris. Je vois déjà le cheminement potentiel de ta disculpation. Tu ne l'as pas payé parce qu'on ne fait pas assez de rentrées d'argent, et on ne fait pas assez de rentrées d'argent parce que mon vin coûte trop cher, pas du tout parce que tu ne gères ni l'approvisionnement ni le personnel, non. Pas non plus parce qu'on a dû payer des indemnités de licenciement quatre fois depuis le début de l'année car les gens que tu avais recrutés ne te convenaient plus au bout d'un mois et trois jours, bien sûr, après la période d'essai, le summum de la lâcheté. Faire comme si ça venait d'eux, toujours, alors que tu avais juste à assumer ton erreur. Mais ça, je ne suis pas certaine que tu saches ce que ça signifie !

Juliette avait échoué. Elle pleurait. Elle n'arrivait plus à discerner Ludovic à travers ses larmes, mais au point où elle en était, ça n'avait plus aucune importance.

– Ah oui, tu t'occupes de tout. Mais à chaque fois que j'ai essayé de t'aider, de te donner des conseils ou de m'investir dans la gestion, qui a été condescendant ? Qui a été infantilisant, méprisant, paternaliste ? Malgré la somme des conneries que tu accumulais, j'ai laissé faire, c'est vrai, et tu sais pourquoi ? Parce que je me disais que tu avais à cœur autant que moi que le restaurant fonctionne, que tu ferais de ton mieux pour qu'il avance convenablement. Et en fait, je me trompais, parce que la seule chose qui t'intéresse, c'est de trouver une excuse expliquant tout ce que tu rates et que tu ne veux pas assumer !

Il va penser que je suis hystérique, songea-t-elle, et cette pensée lui arracha un rire nerveux.

– Je vais te dire une chose, Ludo, si ce restaurant a vu le jour, c'est effectivement parce qu'il y a ta thune dedans, mais aussi parce qu'il y a la mienne, et je commence à en avoir ras le cul que tu la gères n'importe comment, ma thune, alors quand tu te seras décidé à arrêter de tout foutre en l'air, appelle-moi ! En attendant, puisque manifestement, c'est moi le problème, t'as qu'à finir la semaine sans moi !

Incapable d'en supporter davantage, Juliette quitta le bureau en claquant la porte derrière elle et gagna la salle sans cesser de pleurer, hurlant intérieurement contre son manque de professionnalisme manifeste. Un reste de conscience la fit obliquer vers les cuisines pour choisir de sortir par l'arrière et elle traversa sans répondre aux questions d'Olivier ni aux regards affolés de Maxime. Elle se contenta de secouer la tête, de ne bousculer personne et de vider les lieux avec la tentation de ne jamais revenir. Quand elle arriva dans l'arrière-cour, elle tomba sur une mamie en train de fouiller les poubelles et elle s'immobilisa, le souffle coupé. La vieille femme lui accorda un regard interrogateur. Au bout d'un instant elle se reprit et eut un geste de désintérêt.

– Faut excuser, madame, mais c'est qu'ici, c'est toujours plein de trucs, comme si qu'ils vidaient direct les frigos dans le caisson, alors bon…

Juliette hoqueta, encore pleine de larmes, puis elle se mit à rire et à pleurer en même temps, s'adossa au mur et lâcha une longue plainte. La femme l'observait, éberluée, quand Maxime déboula la seconde d'après. Il jeta un coup d'œil navré à la sans-abri, un second à Juliette qui pleurait, de nouveau à la sans-abri, et rentra dans les cuisines avant de ressortir avec un sandwich complet réalisé en moins d'une minute.

– Tenez, dit-il à la vieille dame. Ce sera toujours moins périmé que ce que vous pourriez trouver là-dedans, et je voudrais causer avec ma copine.

– C'est toi qui l'as mise dans cet état, mon gars ? demanda-t-elle d'une voix menaçante, tout en prenant le sandwich.

– Non, c'est un crétin, se défendit Max.

– J'pourrai revenir après ?

– Autant que vous voulez.

La femme s'éloigna. Juliette s'était laissée aller contre le mur. Maxime la prit par l'épaule.

– Allez, ma grande. Il fallait bien que tu lui rentres dedans à un moment ou à un autre. De préférence avant que le restaurant se casse la gueule, d'ailleurs.

Juliette secoua la tête.

– Je me suis juste ridiculisée. Je ne sais pas à quoi je pensais quand j'ai décidé d'ouvrir ce restaurant... J'ai tout perdu, ma crédibilité, mon argent, et le seul mec que j'aimais vraiment.

– Concernant le dernier point, je ne suis pas certain que ce soit une grosse perte.

– Mais tu ne comprends pas, pleura Juliette, qu'au moins une fois dans ma vie, j'aimerais réussir quelque chose ? Juste réussir un truc, je ne sais pas, l'ouverture de mon restau, ou mon couple, peut-être pas tout, mais juste un truc, une fois ? Une fois seulement, c'est trop demander ?

Maxime ne trouva rien à répondre.

– T'es une chouette amie, tu as réussi ça, et puis tes diplômes aussi, et…

– Oui super, railla Juliette blasée. Ça me fait une belle jambe.

Maxime lui frictionna le dos, mais ils furent interrompus par Cyril qui déboula à son tour, paniqué.

– Ludovic vient de se barrer par la grande porte sans rien expliquer et en râlant que tu étais hystérique et qu'on ne peut pas bosser avec toi. Qu'est-ce qu'on doit faire ?

Hystérique. Bien sûr. Juliette sécha ses larmes d'un revers de manche rageur.

– On finit le service, déclara-t-elle fermement. Et quand les clients seront partis, on boit un coup pour se remettre. C'est ça qu'on va faire. En attendant, *Show must go on*, comme on dit.

Elle rentra dans les cuisines sans trembler, bien qu'elle fût en réalité aussi épuisée moralement que physiquement. Les employés qu'elle croisa l'observaient avec un regard neuf, mais elle ne le vit pas. Elle se sentait misérable.

Chapitre 13

Le service fut épuisant, et pas seulement parce que Ludovic les avait laissés en plan. La tension avait gagné tout le restaurant, des serveurs à la clientèle inconsciente. Juliette aurait aimé se réfugier à la cave, mais elle était seule aux commandes et c'était par conséquent hors de question. Elle avait fait de son mieux pour assumer et était ressortie de l'épreuve lessivée. À la fin, elle essaya d'improviser deux mots sur la débâcle pour rassurer les troupes mais ne parvint qu'à étaler sa fatigue et sa culpabilité, et les employés avaient fini le rangement avant de repartir chez eux en colère ou déprimés.

– Il est tout bonnement insupportable, nota Max en piquant une bouteille de cognac pour se servir un verre et un autre à Juliette qui faisait les comptes du bar.

– Il est inquiet. Il y a de quoi. On a de plus en plus de mal à recruter des chefs, et je ne suis pas certaine qu'Olivier veuille rester après le coup qu'il vient de lui faire.

– Ça t'étonne ?

Max eut un rire sans joie.

– C'était couru d'avance. Au moins, aujourd'hui tu as réagi. Il faudra tenir bon quand il va revenir.

Juliette sentit la moutarde lui monter au nez.

– Qu'est-ce que tu attends de moi exactement ? Que je le prenne entre quatre yeux pour lui dire qu'il a fait de la merde mais que c'est terminé ? Qu'il peut aller se mettre les doigts de pied en éventail pendant que je répare ses conneries ? Il va certainement me répondre oh, mais oui, bien évidemment, Juliette, pourquoi ne t'ai-je pas laissée aux manettes dès le début, tu sais bien mieux que moi ce qu'il faut faire ! Comment tu crois qu'il peut le prendre ? Comment il va justifier son salaire ? Et même s'il disait ça, ça n'arrangerait rien parce que ce n'est pas vrai, en plus. Rien ne dit que je serais capable de gérer ce restaurant mieux que lui.

– Je suis intimement persuadé du contraire.

Juliette s'esclaffa.

– Tu m'accordes plus de crédit que je n'en mérite, non ?

Maxime fit semblant de ne pas avoir entendu avant de feindre un sursaut au bout de quelques secondes.

– Ah, pardon, c'était une vraie question ? Je pensais que tu faisais de la rhétorique. Si je te pense capable de gérer mieux que lui ? C'est évident.

– Qu'est-ce qui te fait dire ça ?

– Tu veux dire, hormis le fait que faire pire semble impossible ?

– C'est toi qui es impossible.

– Et c'est aussi pour ça qu'on m'aime.

Juliette lui balança une légère tape sur l'épaule et soupira en reprenant ses comptes. Max jouait avec son cognac.

– Tu as des nouvelles de ta sœur ?

Juliette secoua la tête.

– Non, aucune, pour l'instant. Pour la première fois, la personne de ma famille dont j'ai le plus de nouvelles, c'est ma mère. Elle tient absolument à ce que je l'aide pour organiser le mariage annulé.

– Au pire, elle pourra toujours rééposer ton père.

– S'il est d'accord.

– Stockholm a écrit un excellent bouquin là-dessus.

Juliette lui jeta une serviette en papier que Max évita sans mal. Puis, comme elle reprenait ses comptes et qu'il ne faisait pas mine de s'en aller, elle releva les yeux sur lui.

– Quoi encore ?

– Des nouvelles de ton frère ?

Juliette ne put cacher son sourire.

– Tu sais, si tu veux des nouvelles de Simon, tu peux aussi lui en demander !

– Et prendre le risque qu'il pense que je suis amoureux ? Plutôt mourir !

Max adopta un air de conspirateur.

– Je vais plutôt rester en silence dans son entourage et le dévorer des yeux sans jamais rien lui dire en espérant qu'à un moment, entre deux parties de jambes en l'air avec d'autres, il se rende compte que j'existe.

Il termina son verre d'un trait, ravi de son effet.

– Toute ressemblance avec une personne ou une situation réelles ou ayant existé serait parfaitement fortuite.

– Je te hais.

– Même pas vrai. Tu sais ce qui est pire que de ne pas dire ce que tu ressens par simple crainte de prendre un vent ? Ne pas dire ce que tu ressens quand la personne en question prend le mur. Parce que si elle prend le mur sous tes yeux son orgueil ne te le pardonnera jamais. Pour peu que la personne soit orgueilleuse, bien sûr. Mais c'est une projection, je ne parle évidemment pas de quelqu'un en particulier.

– Bien sûr, commenta Juliette en achevant ses comptes. De toute façon, après le coup d'aujourd'hui, ma crise, la sienne, et nos finances, j'aurais tendance à dire que j'ai cramé mes dernières chances.

– À quel point on est dans le rouge ?

– Entre saignant et à point.

– Tu me crois quand je te disais qu'il fallait t'en mêler avant, maintenant ? Et tu me croiras, si je te dis qu'en tant qu'associée, il est de ta responsabilité de lui mettre le nez dedans ?

Juliette releva les yeux sur Max, mais il ne plaisantait pas du tout.

– Il y a huit employés à plein temps, et je ne parle pas pour moi, je sais que je retrouverai du travail en claquant les doigts. Mais les autres ? Les apprentis ? Il faut que tu fasses quelque chose, Juju, parce que sinon, te connaissant comme je te connais, tu ne te le pardonneras pas.

– Il n'y a pas grand-chose que je puisse faire, grommela Juliette en relisant son calcul. À part réussir à le convaincre de se mettre tout seul sur la touche, je ne vois pas.

– Essayer serait pas mal.

Juliette rassembla ses livres de comptes en soupirant avant de jeter à Max un regard entendu.

– Je vais dans le bureau. Si je dois tenter quoi que ce soit, il faut au moins que j'aie des munitions à tirer.

– Bon courage, annonça Maxime sans compatir un seul instant. Je nettoie le bar et je me sauve, j'ai un rencard.

Il ignora à dessein le regard de Juliette qui s'éloigna en secouant la tête et en pestant contre les amis indignes.

Pénétrer dans le bureau sans que Ludovic s'y trouve lui parut étrange. Elle resta un moment le dos à la porte avec ses papiers, incertaine, à regarder autour d'elle l'empreinte de son absence. Ce bureau était le sien, et non le leur. Aucun doute là-dessus.

Le meuble qui donnait son nom à la pièce avait sans doute été chiné sur une brocante quelconque. Le bois brut avait gardé la marque de trop nombreuses tasses de café. Il y avait un trieur posé en coin, dans lequel on avait entassé enveloppes et courriers en vrac, les laissant se répandre honteusement sur le côté, froissés, coincés, et selon toute probabilité, entassés sans la moindre velléité d'organisation. Les classeurs noirs qui contenaient les chiffres et les statuts du restaurant, les contrats et les bilans, étaient rangés sur une étagère proche, bien sagement étiquetés. Au moins, Juliette saurait par quoi commencer.

Elle gagna le siège du patron et se demanda pour quelle obscure raison elle se sentait de trop. Elle était censée être la cogérante. Ludovic n'avait-il pas raison, quelque part ? Avait-elle fui ses responsabilités ? Est-ce que c'était vraiment lui qui désirait régner seul ? Parmi les reproches qu'il lui avait faits, c'était le seul qui la mettait mal à l'aise. Avant qu'il ne mentionne ses fuites à la cave, elle était certaine que Ludo ne voulait rien déléguer. Elle n'en était plus aussi sûre à présent. Est-ce qu'au fond ce n'était pas, même un tout petit peu, sa faute ?

Avoue que ça t'arrangerait bien. Ça te donnerait une raison de t'excuser platement demain et de faire comme si rien ne s'était passé.

Même maintenant, alors qu'elle avait annoncé qu'elle allait réagir et que Maxime, de l'autre côté de la porte, ne la laisserait pas ressortir sans poser des questions, elle répugnait à empiéter sur les plates-bandes de Ludovic.

– Ce sont mes plates-bandes aussi, murmura-t-elle. Je mets les pieds dedans si je veux.

Mais elle ne bougeait pas, et les classeurs attendaient le long du mur, accusateurs. Elle n'osait même pas les regarder. Instinctivement, elle quémanda un miracle, mais il ne prit pas la forme qu'elle attendait et elle sursauta comme une enfant prise en faute quand on frappa à la porte.

– Je suis désolé de te déranger, dit Maxime en passant la tête par l'entrebâillement de la porte, mais il y a quelqu'un qui te demande, et je crois qu'il faudrait que tu viennes...

Juliette aurait pu croire comme la fois précédente qu'il s'agissait d'un démarcheur quelconque ou d'un jeune à la recherche d'un stage, mais quelque chose dans l'attitude de Maxime la persuada instantanément du contraire. Elle s'était mise au travail, il aurait éconduit n'importe quel candidat pour la laisser gérer, et voilà qu'il venait la chercher. Elle osa même s'en amuser.

– En fait, tu ne veux pas que je prenne les choses en main, avoue.

– Je pense surtout qu'il faut gérer les urgences quand elles se présentent, et je refuse de gérer celle-là seul.

Juliette se leva un peu plus inquiète, craignant la présence de la police, la répression des fraudes, ou pire, Ludovic, mais c'était à la fois moins grave et plus inquiétant. Dans l'entrée, avec sa tenue négligée et ses yeux rouges, se tenait Grégoire. Juliette se figea, puis se passa une main épuisée sur les yeux.

– Il a frappé à la porte, il avait l'air si malheureux... je l'ai fait entrer, souffla Max en lui tapotant le dos.

Quand Juliette releva la tête, Greg parut encore plus désespéré en voyant la mine qu'elle arborait.

– Juliette, je sais que ce n'est pas bien de ma part de venir sur ton lieu de travail, mais je t'en supplie, il faut que je te parle, j'en suis malade, je dors plus et...

Juliette enfouit son visage dans ses mains de nouveau.

– Pourquoi, mais pourquoi est-ce qu'il faut que je règle les problèmes de la Terre entière ? Les miens, les tiens, ceux de Clémence, ceux de Maxime et ceux du restau ?

– Hey, je n'ai pas de problèmes ! se plaignit Max en retournant derrière le bar.

– Tu essaies de te taper mon frère !

– Ce n'est pas un problème, ça. Il avait l'air consentant la dernière fois que je l'ai vu.

Juliette lui fit signe de se taire et se tourna de nouveau vers son ex-futur beau-frère.

– Je suis désolé, geignit Grégoire en reniflant.

Juliette fit un signe pour montrer qu'on n'était plus à ça près et se tourna vers Max, qui boudait derrière le bar en essuyant les verres rageusement.

– Est-ce que tu veux bien nous faire deux cafés, s'il te plaît ?

– Je peux même mettre du cognac dedans, si tu me le demandes. Il n'est pas encore rangé et on en a tous besoin.

– Deux cafés ce sera super. C'est le milieu de l'après-midi et j'ai encore toute la paperasse à contrôler, il paraît.

Grégoire renifla son approbation. Après des mois passés à jouer le gendre idéal, il était à présent le cliché parfait de l'amoureux éconduit. Juliette était fatiguée par avance de la discussion, mais elle lui fit signe de s'asseoir malgré tout, parce qu'elle avait souhaité une diversion et que contre toute attente, on avait décidé de l'exaucer.

– Bon, je t'écoute, dit-elle une fois qu'il eut trempé les lèvres dans le café et soupiré à sa surface, la lèvre tremblotante.

– Je ne dors plus, dit-il en enfonçant toutes les portes ouvertes de la création, je n'arrive pas à penser à autre chose qu'à elle, je n'arrive même plus à travailler. J'ai été obligé de prendre un congé, Juliette. Un congé ! Et je n'arrive même pas à rester chez moi, parce que tout m'y rappelle qu'elle est partie.

Deux grosses larmes roulèrent sur ses joues gonflées pour venir humecter son menton fraîchement rasé. Juliette aurait aimé compatir, mais elle avait du mal.

– Bienvenue dans le monde des gens qui ont pris un râteau, commenta Max en lui servant un verre d'eau et en apportant des mouchoirs. Ça arrive. Tu t'en remettras.

– Mais je n'ai pas pris de râteau ! protesta Grégoire. On était fiancés ! Et puis... et puis... elle est partie !

C'en fut trop pour lui et il fondit en larmes, plongeant la tête entre ses bras croisés pour y déverser la somme de son désespoir. Max et Juliette échangèrent un regard. Elle se sentait épuisée mais lui souriait, contenant difficilement une hilarité évidente. Juliette lui fit les gros yeux et exigea un second café. Max se mit au garde-à-vous et s'exécuta en gloussant.

– Clémence a besoin de temps pour faire ce qu'elle a en tête, déclara Juliette, à plat. Elle a besoin de temps, et de soutien. Elle ne voulait pas t'imposer son changement de vie, alors elle est partie, c'est sa décision et tu n'y peux rien. Autant accepter l'idée, et attendre de voir si elle revient.

– Elle ne répond pas à mes messages, chouina Grégoire d'une voix désespérée, la tête toujours enfouie entre ses bras. Moi, je voulais qu'on en discute, je voulais lui expliquer…

– Clémence ne veut pas qu'on lui explique, elle veut tenter sa chance. Si tu essaies de la dissuader de réaliser son rêve, faut pas t'étonner qu'elle te dégage de sa route.

Ce fut au tour de Max de lui faire les gros yeux, mais Juliette décida de l'ignorer. Grégoire émergea de ses bras, yeux explosés et sourcils froncés.

– Je n'essaie pas de la dissuader ! gémit-il. Je voulais juste qu'on en parle ! Mais elle est partie, elle ne me répond plus, et moi, je vais être incapable de vivre sans elle ! Je ne peux même pas réfléchir sans elle !

– Et qui lavera tes chaussettes ? laissa échapper Max négligemment.

Juliette remercia tous les dieux de la création que Greg ne l'ait pas entendu.

– Moi, je veux bien qu'elle passe son concours si ça lui fait plaisir, mais je ne veux pas qu'elle nous foute en l'air pour ça ! Ce n'est pas juste ! Je n'ai rien fait ! Rien n'a changé, à part elle !

– Un conseil, dit Max, si tu veux lui causer pour lui reprocher d'avoir changé, renonce immédiatement à la récupérer.

– Mais...

– Max a raison, dit Juliette. Tu sais pourquoi elle s'est barrée, Clémence ? Parce qu'elle n'a pas le temps pour ces simagrées. Je ne sais pas si tu t'en rends compte, mais elle est en train d'essayer de préparer le plus dur de tous les concours d'art parisiens. Elle a autre chose à foutre que de te tenir la main parce que tu déprimes, de te rassurer ou de justifier ses décisions. Si elle t'a plaqué, c'est qu'elle avait ses raisons. Soit tu les acceptes, et je pense que tu peux au moins les comprendre en faisant un effort, soit tu les refuses et cries à l'injustice et dans ce cas, à mon humble avis, ce n'est pas la peine d'aller te traîner à ses pieds parce que je ne suis pas bien certaine qu'elle ait envie de t'écouter. Moi c'est limite, déjà.

Juliette s'était échauffée malgré elle. Elle se rendait bien compte qu'elle était en train de se passer les nerfs de sa dispute avec Ludo sur le malheureux Grégoire, mais c'était trop pour une seule journée. Maxime hallucinait.

– Holà, doucement, Juliette, tu es vache, là.

– Je suis juste lucide.

– Ouais, un peu d'empathie ne ferait pas de mal. Hôpital, charité...

Juliette fusilla Maxime du regard. Ce dernier soutint son accusation muette tandis que ses lèvres formaient un « *J'ai raison* » silencieux au-dessus du comptoir. Grégoire, lui, semblait complètement ailleurs.

– Quoi qu'il en soit, conclut Juliette, ce n'est pas en pleurant comme ça que tu la récupéreras, et je ne peux rien faire pour toi.

– Oui, dit-il, tu as raison.

Son air sérieux et pénétré fit douter Juliette du fait qu'il l'ait entendue, ce qu'il confirma en poursuivant.

– Elle est en train de tout risquer pour accomplir quelque chose de grand, et je me plains. Je ramène tout à moi.

Il eut un rire sec, puis une grimace de dégoût.

– Je suis un égoïste. Je vais arrêter de lui dire de revenir.

– Bonne idée.

– À la place, je vais l'aider à accomplir son rêve.

– Hein ?

Grégoire s'emballa. Un éclat de folie subite filtra entre les paupières gonflées de ses yeux rouges et il ferma le poing, victime à la fois d'un enthousiasme démonstratif et d'un nouvel accès de cliché aigu.

– Je vais aller lui dire qu'elle peut compter sur moi. Je ne voulais pas annuler le mariage, parce que ta mère disait qu'elle allait revenir, mais je vais lui prouver que j'ai compris. Je vais l'annuler, et payer à sa place, et je vais lui rendre sa liberté !

– Elle l'a déjà reprise, rappela Juliette à froid.

– Je vais lui dire que je suis avec elle, et quand elle aura réussi, alors je serai là !

– Avec des roses, proposa Maxime, se servant à lui-même un cognac. Rouges, de préférence.

– Non, s'emballa Grégoire, avec des hortensias ! Elle aime les hortensias !

– Ce n'est pas bientôt fini, oui ?

– Et quand elle aura réussi, je lui redemanderai de m'épouser !

Grégoire saisit les mains de Juliette et plongea son regard dans le sien, entièrement accaparé par sa dévotion.

– Je n'étais qu'un crétin, mais j'ai compris. Tu crois qu'elle m'aimera encore, qu'elle peut encore m'aimer ? Moi je l'aime, c'est certain ! Je n'ai jamais aimé personne comme j'aime aujourd'hui ! Jamais plus je n'aimerai autant, dis-moi que j'ai encore une chance, Juliette !

Ce fut sur les derniers trémolos de cette superbe déclaration que Ludovic entra dans le restaurant par les cuisines. Maxime s'étrangla dans son cognac, Juliette perdit tout contact avec sa capacité de réflexion et le silence s'invita dans la salle.

– Qu'est-ce que c'est que ce bordel ? gueula Ludovic, exsangue.

Par miracle, Juliette trouva au fond d'elle l'énergie de répondre. Il fallait bien s'y résoudre ; aucun des deux garçons ne l'aurait fait à sa place.

– C'est privé, Ludo. C'est une affaire de famille, affirma-t-elle comme si elle ne se rendait pas compte que Greg, les mains dans les siennes, avait parfaitement l'air d'être en train de lui déclarer sa flamme.

Ludovic gonfla les joues comme une grenouille mécontente.

– Les affaires de famille ne se règlent pas au boulot, Juliette ! aboya-t-il. Je revenais faire les comptes parce que je me doutais bien que personne ne les ferait à ma place, et je te trouve en train de faire… ça ? Franchement, ce n'est pas la peine de me faire la morale sur la façon dont je gère les *Bouchées Doubles* si c'est pour traîner au bar avec ton mec de la nuit ! Ah, c'est facile de donner des leçons, mais faire le taf c'est moins évident !

Outrée, Juliette se leva pour répliquer quand tout à coup, la silhouette de Greg se matérialisa entre elle et Ludovic.

– Tu ne lui parles pas comme ça, déclara Grégoire comme la première racaille venue. Tu lui présentes tes excuses immédiatement.

– De quoi tu te mêles ? T'es dans mon restaurant ici, je ne te connais pas, et c'est un établissement privé. Tu dégages, ou j'appelle les flics.

– Vas-y, baudruche ! En attendant, tu ne parles pas comme ça à Juliette, c'est clair ? Quand on est un roquet de bas étage, on évite de bomber le torse comme tu le fais, sinon on est ridicule ! Alors un bon conseil, tu…

Grégoire ne put achever. Le poing de Ludovic venait d'atterrir sur son nez.

Chapitre 14

– Aïe.

– Tu m'en diras tant.

Grégoire ouvrit un œil tuméfié. Sa belle-sœur affichait un sourire en coin.

– Ça fait vraiment mal, tu sais ?

– Je n'en doute pas un seul instant, vu que ton visage dessine cinquante nuances de pourpre, mais j'ai du mal à compatir. Je ne comprends toujours pas ce qui t'a pris.

Juliette tâchait de réparer autant que possible les dégâts infligés au visage de Grégoire avec les maigres ressources de la trousse de secours du restaurant. Ludovic avait battu en retraite moins de quinze minutes auparavant, après qu'elle lui eut aboyé dessus pour son accès de violence.

– Tu sais que tu n'étais pas obligé d'en faire autant ? Avec Ludovic, je veux dire. Que tu veuilles défendre l'honneur de ma sœur, passe encore, c'est ton ex. Mais personne ne t'a demandé de réparer les injustices jusque dans mon jardin.

– Ce mec est un con.

– C'est ce que je n'arrête pas de lui dire, fit remarquer Maxime qui pilait des glaçons sur le plan de travail du bar.

– La ferme Max, imposa Juliette, son sourire disparu.

– T'en pinces pour lui ? devina Grégoire, abasourdi. Mais c'est un naze, ça se voit tout de suite ! C'est le modèle même du bobo condescendant !

– Tout le monde ne peut pas être le cliché du gendre idéal, nuança Maxime en annexant la moitié des glaçons pour faire des virgin mojitos avant de mettre l'autre dans un linge propre destiné au blessé.

– J'ai été bête de lui gueuler dessus, déclara Grégoire dans un sursaut de lucidité.

– Je ne te le fais pas dire.

– J'aurais dû le taper direct.

– Greg !

– Est-ce que tu vas avoir des ennuis à cause de moi ?

Juliette fit la moue.

– Non, je ne pense pas. Il me doit la moitié de ce restau, et vu comment on prend l'eau, il n'aura pas les fonds pour racheter ma part s'il me fout dehors. Je pense qu'il va faire exactement comme s'il ne s'était rien passé.

C'était d'ailleurs en partie de cette façon qu'il avait réagi après avoir donné son coup de poing. Grégoire s'était effondré, et Juliette avait hurlé sur Ludovic comme sur du poisson pourri pendant que Maxime essayait de réanimer son ex-futur beau-frère. Ludovic avait été incapable d'en placer une. Quand Juliette s'était exclamée qu'elle ne savait pas si elle voulait encore bosser avec un mec comme lui, il avait fini par déclarer platement qu'elle était hystérique, qu'on ne pouvait pas discuter avec elle et qu'il préférait s'en aller avant de prendre une décision qu'il allait regretter. Comme la virer ? Juliette n'y croyait pas une seconde. Malheureusement, elle ne croyait pas davantage à sa démission. Ludo avait mis les voiles sans annexer la compta du jour, au moins. C'était aussi bien. Elle s'en occuperait elle-même plus tard.

– C'est un lâche, avait ponctué Max quand Ludo avait pris la porte.

Sur le coup, Juliette n'avait pas commenté. Pourtant, elle n'était pas loin de le penser à présent.

– Il n'aurait pas dû te taper. C'est lui l'hystérique, dit-elle sombrement.

– Pas grave, j'en avais bien besoin, répondit Grégoire en soupirant. Ce n'est pas comme si je ne le méritais pas.

– Tu sais qu'il existe des façons plus simples et moins douloureuses de se remettre les idées en place ? La méditation, par exemple.

Grégoire fit la grimace, mais c'était probablement de douleur.

– Je ne sais pas, je n'ai jamais vraiment eu besoin de ça. Les choses étaient faciles, jusqu'à Clémence. Et même avec elle, pour tout dire.

Il eut un sourire d'excuse.

– J'ai fait les études qu'on attendait de moi, j'ai été brillant, pas trop mais un peu, j'ai eu le concours de mon école, j'ai rencontré Clémence, je l'ai courtisée à l'ancienne, ça a marché, on s'est fiancés…

Il haussa les épaules.

– Elle était comme moi.

– Cliché, dit Max en sirotant son verre.

– Traditionnelle, rectifia Grégoire avec un regard sévère. Elle appréciait d'avoir un plan d'avenir précis.

– La maison, la barrière blanche, le labrador, un garçon, une fille, un poney.

– Et alors ? Qu'est-ce qu'il y a de mal à ça ?

Grégoire s'échauffa, ignorant le flux écarlate qui ruisselait de son nez.

– Qu'est-ce que ça peut faire si ce qu'on souhaite c'est juste une vie normale, avec un quotidien sans histoires ? Ce n'est pas un crime, si ?

Juliette ne répondit rien et Max leva les yeux au ciel.

– Tout aurait été parfait, on aurait été heureux, comme ça ! Mais… tout à coup…

Sa lèvre inférieure, violette et gonflée, se remit à trembler.

– Tout à coup, ce n'était plus ce qu'elle voulait.

– Elle a le droit de changer d'avis, dit Juliette doucement en lui posant la main sur l'épaule. Et puis si ça se trouve, elle n'a pas changé d'avis d'ailleurs, elle veut juste essayer d'être qui elle est vraiment, pour voir, et elle reviendra plus tard à la barrière et au labrador. Elle a besoin de temps, pour se prouver qu'elle peut le faire.

Grégoire hocha la tête, l'air le plus malheureux du monde. À cet instant, il évoquait davantage le labrador de ses fantasmes qu'autre chose.

– C'est vraiment elle qui a remporté ce concours quand elle était au lycée ?

Juliette acquiesça.

– Oui, c'est elle. Mais comme Simon a choisi de s'engager dans des études d'art moins de trois ans après, Odile a tout mélangé, je suppose. Clémence a toujours été douée en peinture… C'est juste que quand tu es douée en peinture et que tu as dix-neuf de moyenne en terminale, ben tu fais une classe prépa, tu ne te barres pas en école d'art.

– Et Simon alors ?

Ce fut au tour de Juliette de grimacer.

– Il n'avait pas dix-neuf de moyenne. Et il était déjà, comment dire ? Un peu éthéré. Un peu artiste. Maman l'a encouragé dans cette direction. Elle a dû oublier que la peinture, c'était la passion de Clémence et pas celle de Simon.

Grégoire hocha la tête sans réelle émotion.

– Où est ma place, là-dedans ?

Juliette jeta un regard à Maxime qui écarta les bras en signe d'ignorance. En face d'elle, Greg attendait son avis comme un noyé la bouée de sauvetage. Elle se jeta à l'eau.

– Tu peux faire ce que t'as dit, déjà. Lui dire que tu annules le mariage et que tu prends les frais engagés à ta charge pour la laisser vivre son rêve. À mon avis, c'est une bonne façon de commencer les choses et de lui faire comprendre que tu l'aimes toujours.

– Juliette, amour et couple, expertise et conseils.

– Ta gueule, Maxime.

Grégoire restait pensif. Puis il acquiesça exactement comme s'il venait de prendre une décision importante.

– D'accord, dit-il. Je vais faire comme ça. Il faut que je la voie.

Et, se tournant abruptement vers Juliette.

– Emmène-moi la voir.

– Hein ? bredouilla Juliette. Mais qu'est-ce qui te laisse à penser que je sais où elle est ?

Grégoire lui accorda un regard de pitié, et quand Juliette se tourna vers Maxime pour chercher du secours, elle s'aperçut qu'il la regardait de la même façon.

– Elle n'allait pas demander à tes parents ou à Simon. Elle est en conflit avec les premiers, en compétition avec le second, elle s'est forcément tournée vers toi.

– Grégoire, psychologie et…

– Tais-toi, Max !

Juliette soupira avant de considérer sombrement le visage tuméfié de Greg, les deux yeux réduits à des fentes brûlantes, le nez hémorragique et les deux taches pourpres qui gagnaient les joues, et elle secoua la tête.

– C'est aux urgences que je vais t'emmener. De ce pas, même. De toute façon, si elle te voit maintenant, elle ne te reconnaîtra pas.

– Je ne vais nulle part si je ne la vois pas, s'entêta Grégoire, avant d'éternuer un caillot de sang qui marbra sa belle-sœur. Oh, pardon.

Juliette se leva dignement, alla se laver au robinet du bar en essayant d'ignorer le fou rire de Maxime, et revint en s'essuyant les mains.

– Très bien, dit-elle, je vais lui envoyer un SMS pour la prévenir qu'on se rend aux urgences de Tenon, et libre à elle de venir me remplacer pour te tenir la main dans la salle d'attente. Parce que soyons honnête, il va y en avoir pour cinq heures d'attente au moins : tu es très moche, mais clairement pas prioritaire.

– Tu crois que c'est cassé ?

– Oui, mais ce n'est qu'un nez.

Grégoire eut un sourire piteux.

– Si je m'étais relevé à temps pour lui rendre la monnaie de sa pièce, on aurait peut-être attendu moins longtemps.

– Juste un nez, c'est bien déjà.

Juliette se tourna vers Maxime.

– Je laisse la voiture là, on va y aller à pied. Je ne trouverai jamais à me garer à Tenon et ce n'est vraiment pas loin. Si Ludo se pointe pour le service du soir, dis-lui de se passer de moi.

– Tu peux compter dessus, affirma Max avec un sourire gourmand.

Juliette faillit lui demander ce qu'il entendait par là, mais elle se retint et secoua la main en signe d'indifférence.

– Allons-y.

– Est-ce que je peux me laver vite fait, histoire d'être présentable avant l'arrivée de Clémence ?

– Si elle vient, rappela Juliette. Je lui dis quoi ?

– Dis-lui juste que je veux lui parler, et que si elle ne vient pas, je respecterai sa décision et elle ne me reverra pas. Dis-lui que je suis de tout cœur avec elle et que je sais qu'elle y arrivera. Elle lira peut-être ton message, à toi.

Juliette regarda son ex-futur beau-frère disparaître dans les toilettes en se demandant ce qu'était cette impression étrange laissée dans son sillage.

– Bon Dieu, il l'aime, commenta Max, lui donnant la réponse à sa question.

Juliette vit à son air rêveur qu'il l'enviait un peu. Un pincement au cœur l'informa qu'elle aussi, sans doute, mais elle n'avait pas envie d'y penser. Ce qui se rapportait à ses amours l'écorchait, et plus encore après ces dernières heures à affronter la seule personne pour qui elle avait ressenti quelque chose ces trois dernières années. Elle n'avait jamais autant douté de la possibilité d'être un jour heureuse.

– Notre bonheur ne devrait pas dépendre de quelqu'un d'autre, maugréa-t-elle en envoyant le SMS à Clémence et en priant avec le peu de romantisme qu'il lui restait que sa sœur le reçût avant que Grégoire ne baisse les bras.

– La plupart du temps, il dépend de nous et des choix que l'on fait, répondit Maxime, sans appel.

Une nouvelle fois, Juliette le fusilla du regard, mais il se contenta de finir son virgin mojito et de claquer la langue exactement comme s'il venait de déguster un grand cru.

– Allez, je vais préparer le service du soir. Mon rencard a annulé, il est trop tard pour rentrer chez moi, et cette crème anglaise ne va pas se faire toute seule. Maintenant que tu as commencé à affronter Ludovic, tu me diras quand tu prévois de le finir au sol ? Que je sois là pour en profiter.

Juliette fit la moue. L'idée que *Les Bouchées Doubles* périclitent n'était pas agréable, mais davantage que celle de se confronter à Ludovic sur le sujet. Ce retour à des réalités plus pragmatiques la déprima.

– Laisse tomber. Il ne me passera pas la main et si ça se trouve, l'engueulade lui aura ouvert les yeux, il va redresser la barre.

– Droit dans l'iceberg, donc. Au risque de me répéter, je t'assure que ce que tu risques, c'est que le restaurant s'effondre, essentiellement. Ça ne sauvera pas Ludovic de la déchéance et surtout, il ne tombera pas amoureux de toi pour autant.

Juliette agita les bras comme un moulin.

– En gros, si Grégoire se sacrifie pour que Clémence réalise son rêve, c'est romantique, mais si je me sacrifie pour que Ludovic réalise le sien, je suis une crétine ? Pour quelle obscure raison il y a deux poids et deux mesures ?

Maxime entreprit de compter sur ses doigts.

– Déjà, tu n'es pas en couple avec lui. Secundo, ce n'est pas toi qui te sacrifies, c'est lui qui te sacrifie avec ta bénédiction, ce qui n'a rien à voir. De trois, j'ai comme l'impression que Grégoire va demander son accord à Clémence avant de sacrifier quoi que ce soit. Tu as parlé à Ludo de ton béguin ?

– Il m'a demandé mon accord avant d'ouvrir *Les Bouchées Doubles*, bouda Juliette, de mauvaise humeur.

– Tu es censée être sa partenaire, pas juste un punching-ball rempli de billets de banque. Mais tu fais comme tu veux, hein. Moi, je retourne à ma crème anglaise.

Max s'éclipsa avant que Juliette ait pu répondre. Son téléphone vibra, signalant l'arrivée de la laconique réponse de sa sœur.

Dis-lui d'attendre que j'arrive avant de s'évanouir. Crétin.

– Elle aussi, elle l'aime, marmonna Juliette entre ses dents.

Grégoire sortit enfin des toilettes, la chemise rosâtre et les cheveux ramenés en arrière. Il avait fait le maximum sans obtenir de miracle : ses traits étaient aussi tuméfiés que ceux d'un boxeur en fin de match. Juliette estima que le plus urgent était de le conduire jusqu'aux urgences et qu'elle démêlerait le reste plus tard. Si elle s'obstinait à vouloir tout résoudre en même temps, sa tête allait exploser.

– Allez, on y va, dit-elle à son ex-futur beau-frère qui s'était collé un bouchon ouaté dans chaque narine.

Les endorphines vont cesser de faire effet au bout d'un moment, et tu vas danser la gigue. J'aimerais pouvoir t'abandonner au personnel compétent quand ça arrivera.

Grégoire grommela une réponse qui souligna que la douleur avait déjà commencé à apparaître et ils se mirent en route.

Il ne fallait pas plus d'une quinzaine de minutes pour se rendre des *Bouchées Doubles* aux urgences de Tenon. Greg commençait à accuser le coup. Il marchait lentement, la tête en arrière, et frissonnait dans son manteau.

– C'est le choc, articula-t-il avec difficulté quand Juliette s'en inquiéta.

Il ne demanda pas si elle avait bien envoyé son SMS ni si elle avait reçu une réponse. Juliette fit de la rétention d'information sans trop savoir pourquoi. Ils atteignirent finalement Tenon en silence, chacun perdu dans ses pensées. Bien évidemment, les urgences étaient bondées. Greg s'enregistra, on les prévint gracieusement qu'ils en auraient pour au moins quatre heures, et ils s'assirent dans un coin contre le mur entre un radiateur et une plante verte. Juliette se sentait abominablement déprimée.

– Fais pas cette tête, plaisanta Grégoire, les mâchoires serrées. C'est pas toi qui m'as mis dans cet état.

– Non, je pensais au restaurant.

– Il y a un souci avec le restaurant ?

L'instant d'avant, Juliette aurait pu jurer que c'était le dernier sujet de discussion qu'elle avait envie d'aborder. Pourtant, elle se surprit à répondre avec soulagement.

– Je me suis pris le chou ce midi avec mon associé. Avant qu'il te tape, s'entend. On a encore changé de chef, et il... bref. Notre carte est trop variable, et Ludovic ne gère pas aussi bien qu'il le prétend. Du coup, on a des soucis de personnel et d'argent, et ça se voit. On pourrait être très bons, notre concept plaît, mais la gestion...

Elle lui déballa tout, sans retenue. Grégoire écouta vraiment, patient et attentif. Juliette lui expliqua pour commencer les enjeux financiers. Contrairement à ce qu'avait affirmé Ludo, elle suspectait qu'ils étaient dans le rouge, et non pas « limite ». En plus de ça, les anciens cuisiniers répandaient après leur départ une aura de mécontentement qui commençait à faire d'eux, Ludovic bien évidemment mais elle également, des patrons peu fiables et trop exigeants. Elle avait même découvert sur un réseau professionnel un message de Marshal qui reprochait à « la cogérante » de « briller par sa passivité et de ne rien faire pour redresser la barre, ne se souciant que de sa précieuse cave ». Le milieu de la restauration parisien était petit, et sa réputation jusqu'ici sans tache était en train d'en prendre un coup. Tout ça parce qu'elle passait à Ludovic un comportement qu'elle n'aurait accepté de personne d'autre...

– Je suis une andouille, acheva-t-elle, morose. Il faut que je fasse quelque chose, mais je ne sais ni quoi ni comment. Si ça se trouve il est déjà trop tard, et d'un autre côté, c'est peut-être un mantra que je me répète pour ne pas avoir à agir. Je suis nulle... je n'aurais jamais dû me lancer dans cette histoire. De toute façon, comment je pourrais faire quoi que ce soit alors que Ludo est aux commandes ? Il ne me les laissera pas.

– Mais ce n'est pas aussi ton restaurant ? demanda Grégoire qui ne s'y était pourtant jamais intéressé avant.

Juliette esquissa un geste d'impuissance.

– Si. Mais Ludovic préfère le gérer seul. Il dit que c'est plus facile quand les gens n'ont qu'un seul interlocuteur, la banque, les fournisseurs, tout ça...

– Oui enfin, sauf que d'après ce que tu me dis, il fait n'importe quoi et il vaudrait mieux que ce soit toi qui t'en charges plutôt que lui.

– Tu penses comme Maxime. Mais rien ne dit que je serais meilleure que lui.

– Humfr. Ça n'a pas l'air très compliqué, c'est un connard.

– Mais non...

– Et tu en pinces pour lui.

C'était la seconde fois que Grégoire faisait ce constat et Juliette se rembrunit. Il la considéra un moment, puis secoua la tête.

– Il en pince pour toi ?

– Pas que je sache.

– Donc il se sert de ça pour faire n'importe quoi ?

– C'est aussi ce que dit Maxime.

– Dans ce cas, largue-le.

– On n'est pas ensemble.

– Je parlais du restaurant.

Grégoire renifla du sang, et secoua la tête.

– En tout cas, si tu as besoin d'un coup de main pour purger les comptes ou lui refaire le portrait, tu penses à moi, hein ? Je serais ravi de t'aider sur les deux tableaux.

Juliette ne put s'empêcher de rire, mais pas très longtemps, car une furie blonde passa la porte des urgences à peu près à cet instant et les rejoignit avec la grâce de la tempête. Clémence se planta devant eux, tous les regards tournés vers elle sans qu'elle en ait le moins du monde conscience, imposant sa présence flamboyante au milieu de la pièce. Elle mit les mains sur les hanches pour faire face à un Grégoire rencogné au fond de la banquette et prit une grande inspiration.

– Nous deux, c'est terminé, Greg. J'ai du travail, et tu sais que je n'aime pas me répéter. Et qu'est-ce que tu as foutu pour te mettre dans cet état ? C'est pas bientôt fini, ce cirque ? Tout ça pour me forcer à venir te voir ?

– Bonsoir mon amour, dit Grégoire, avec plus d'assurance dans la voix qu'il n'avait l'air d'en contenir tout entier. Il faudrait qu'on parle.

Chapitre 15

Juliette tenta d'ignorer le fait que la totalité des urgences avait les yeux rivés sur eux, ce qui n'était pas une mince affaire. Elle se demandait s'il lui serait possible de s'éclipser discrètement, mais coincée entre la plante verte et Greg avec Clémence qui lui barrait le passage, cette idée semblait compromise. Elle se résigna donc à assister à la suite, puisque manifestement ni sa sœur ni Grégoire ne faisaient cas du malaise général et du sien particulier. Clémence, les cheveux en bataille et les poings serrés, affichait la froide résolution de celles qui entendent régler leurs comptes. Elle pointa un index rageur sous le nez tuméfié de son ancien fiancé.

– Qu'est-ce qui t'a pris de te faire casser la gueule ? C'était pour t'assurer que je rapplique ?

– Alors, ce n'est pas exactement ce qui s'est passé, mais je suis content que tu sois là. Cela dit, ça aurait été plus simple si tu avais répondu à mes douze mille messages, et pour ta gouverne, je n'ai pas fait exprès de me faire péter le nez.

Grégoire s'était raffermi. La loque larmoyante avait disparu pour laisser place à un garçon calme et décidé, un garçon que Juliette ne connaissait pas et qui forçait le respect, même avec un bouchon de coton dans chaque narine. Ne lui avaient-ils pas dit, tout à l'heure, que ce n'était pas en pleurant qu'il la récupérerait ? Soit il les avait pris au mot, soit il avait toujours été comme ça et Juliette n'en avait jamais eu conscience. Cette deuxième possibilité était sans doute plus proche de la vérité.

– Je vais peut-être vous laisser, déclara-t-elle soudain, mal à l'aise.

Malheureusement, les deux acteurs principaux de ce spectacle improvisé firent exactement comme s'ils ne l'avaient pas entendue.

– Ah ! Alors comme ça tu n'as pas fait exprès de te faire péter le nez, aboya Clémence en prenant la salle à témoin, laquelle était dramatiquement silencieuse pour l'occasion. Par contre tu t'es dit, quitte à poireauter aux urgences, je vais faire en sorte que mon ex soit au courant, histoire qu'elle puisse venir pleurer à mon chevet ? Et pour faire bonne mesure, il a fallu que tu demandes à Juliette de m'écrire à ta place, bien sûr ?

– Pas du tout, rectifia Grégoire doctement, mais j'étais avec ta sœur quand c'est arrivé, j'avais les mains pleines de sang, ce qui n'est pas pratique pour taper un SMS, et pour être tout à fait honnête, je me suis effectivement dit que tu lui répondrais peut-être, à elle.

Juliette comprit soudain que si Grégoire avait décidé de la mêler à ses affaires, c'était uniquement pour cette raison. Le laisser sans réponse ne dérangeait pas Clémence tant que personne n'était au courant, mais il avait suffi que Juliette entre dans l'équation pour que cette indifférence disparaisse. Clémence n'aurait jamais supporté l'idée qu'on puisse la croire lâche. Elle était obligée de se montrer. Le nez en miettes n'était qu'un dommage collatéral.

– Qu'est-ce que tu voulais à Juliette ? Et qui t'a mis dans cet état ?

– Son cogérant. Il n'a pas aimé me trouver dans son restaurant, et j'ai peut-être été un peu désagréable avec lui.

– C'est-à-dire que je suis comme lui, je me demande ce que tu foutais là-bas.

– J'essayais de savoir comment agir au mieux pour moi, nous, et toi, surtout.

Clémence se redressa, estomaquée.

– Ce que tu peux faire pour m'aider, sans déconner ? Ce n'est pas moi qui ai besoin d'aide on dirait ! Commence par te faire soigner, Grégoire !

Un silence incrédule s'installa, suivi d'un double éclat de rire nerveux qui détendit enfin l'atmosphère. Dans la salle les conversations reprirent, timidement d'abord, puis un peu plus vaillamment, comme si rien ne s'était passé. Clémence essuya les larmes de son fou rire d'un revers de main et alla chercher un pouf coloré. Juliette hésita une seconde fois à partir, mais ne trouva pas de façon convenable de s'excuser et quand sa sœur revint, l'occasion passa sans qu'elle l'ait saisie.

– Bon, se résigna Clémence. Maintenant que je suis là, quelqu'un peut m'expliquer ce qui s'est passé ?

– Son collègue est un con, déclara Greg avant que Juliette ait pu dire quoi que ce soit. Il lui hurle dessus et d'après ce que j'ai compris, il gère le restaurant comme un pied et personne ne lui fait aucune remarque sur le sujet.

Clémence se tourna vers sa sœur, sourcils froncés.

– Je ne crois pas que la façon dont nous gérons les *Bouchées* soit votre principale préoccupation, râla Juliette.

– Bref, poursuivit Grégoire en tâtant son nez du bout de l'index, je me suis interposé, et comme il semble avoir le self-control du doberman, il m'en a collé une avant de foutre le camp aussi sec quand ta sœur lui a hurlé dessus, disant qu'il n'était qu'une misérable brute agressive et tyrannique.

Clémence ouvrit de grands yeux ; Juliette disparut dans son col.

– Vraiment ? interrogea Clémence avec dans la voix un je-ne-sais-quoi d'admiration incrédule.

Sa sœur marmonna un « mais non mais pas du tout mais ça n'est pas ça » avant de se recroqueviller sur son siège.

– Vraiment, acheva Grégoire, implacable. Enfin, je retranscris, parce qu'à ce moment-là, j'embrassais le carrelage. La suite, c'est que ça pisse le sang, que Juliette pense que c'est pété, que j'accepte de me faire soigner, comme tu dis, à la condition qu'elle plaide ma cause auprès de toi. Elle a eu la délicatesse de répondre favorablement à ma requête, et toi celle de venir.

– J'ai très envie de te cogner aussi.

– S'il te plaît, retiens-toi.

Clémence soupira avant de se pencher en avant, les avant-bras posés sur ses cuisses et les mains jointes.

– Je vois bien que tu fais des efforts pour qu'on ait une vraie discussion, Greg, mais ce n'est pas la peine de harceler ma famille.

– Surtout, vous voulez l'avoir ici la discussion ? Dans la salle des urgences, vous êtes sûrs ?

Juliette aurait aussi bien pu être invisible, ou déjà partie. Ce fut au tour de Grégoire de se pencher en avant, ses deux bouchons sanglants à quelques centimètres du visage de son ex-fiancée.

– Je ne veux pas discuter de la rupture, Clémence. J'ai compris. Je veux que tu m'expliques ta passion. Je veux juste savoir ce qui est si important pour toi, comprendre un peu qui tu es, pour m'en souvenir si vraiment tu t'en vas. Je ne voudrais pas partir en me disant que je ne te connaissais pas, comme tu me l'as reproché. Je t'aime encore, je serais un imbécile de prétendre le contraire. Je t'aime encore, mais si je ne sais pas qui tu es, alors c'était un mirage. J'ai besoin de savoir. S'il te plaît, raconte-moi ta peinture, explique-moi ce qui te fait vibrer.

Juliette crut une seconde que sa sœur allait se remettre à lui crier dessus, mais il faut croire qu'elle connaissait Clémence aussi mal que Greg, car au lieu de hausser le ton, Clem rougit.

Qu'elle était belle, sa sœur, toute négligée qu'elle fût. Elle portait un pull en grosse laine bleu pastel, épais et brillant, dont le col était distendu. Son jeans était moucheté de taches de peinture, et ses vieilles baskets avaient disparu derrière une couche plus épaisse encore. Ses cheveux, bien qu'attachés en queue-de-cheval lâche, laissaient s'échapper des mèches ondulées et souples. Même ce relâchement avait l'air classe. Juliette observa cette grâce naturelle en une fraction de seconde et se détourna, la boule au ventre. Elle n'aurait jamais la moitié de ce charme, pas même le tiers ou le quart, et jamais elle n'aurait un mec qui, comme Grégoire, braverait le ridicule des cotons dans le nez pour parvenir jusqu'à elle.

Mais Grégoire va se faire envoyer sur les roses, songea-t-elle.

Seulement, elle eut du mal à s'en convaincre et s'en voulut même un peu de souhaiter la fin du couple si parfait qu'elle détestait pourtant du fond du cœur depuis des mois. Comme Clémence hésitait, Grégoire se mit à poser des questions. Quel style avait-elle choisi ? Comment travaillait-elle, avec quels outils ? D'abord réticente à parler, Clémence se prit peu à peu au jeu et se laissa aller à commenter sa démarche avec plus de légèreté et de bonne volonté. Auditoire exemplaire, Grégoire écoutait scrupuleusement. De même que Juliette, d'ailleurs, un peu envieuse, un peu admirative, spectatrice d'une conversation à laquelle elle restait étrangère.

La facilité s'imposa. Clémence et Grégoire échangeaient naturellement. Leurs yeux ne se rencontraient pas, pas plus que leurs gestes, mais une complicité invisible les reliait pourtant. Grégoire trouvait sans difficulté les adjectifs que Clémence cherchait, et finissait ses phrases pour mieux lui permettre d'enchaîner. Tout était aussi naturel que mignon.

Comme eux, songea Juliette avec amertume.

Peu à peu, Clémence s'ouvrit et parla avec plus d'emphase. Elle se mit à détailler les textures, couleurs et vernis. Elle leur expliqua qu'elle tentait quelque chose, qu'elle était partie de paysages impressionnistes mais qu'elle commençait à s'en émanciper, que ces horizons flous qu'elle avait découverts la fascinaient. Elle avait la sensation de dessiner sans cesse le même tableau et pourtant, chacun d'entre eux charriait quelque chose de différent, comme l'aube. Elle perdait la notion du temps à chaque fois. Elle expliqua l'énergie qu'elle y mettait, les gestes gourds qu'il avait fallu détendre, la sensation retrouvée, l'odeur enivrante, la musique qui jouait dans sa tête lorsqu'elle se perdait dans les couleurs et les volutes de fumée.

Grégoire posa mille questions, s'intéressa à tout, se renseigna sur les termes qu'il ne comprenait pas, tenta de trouver des métaphores pour aller au plus près des sensations que Clem tâchait de lui faire passer. Centimètre après centimètre, il franchissait la distance qui existait entre eux depuis qu'elle avait décidé de changer de vie. Elle se mit à sourire et lui aussi. Leurs yeux brillaient. Leurs mains se joignirent. Juliette décida qu'il était temps de partir, mais cette fois-ci, ce fut l'infirmière qui l'en empêcha.

– Monsieur Chanvin ? On va s'occuper de vous.

Grégoire se leva et Clémence avec lui, leurs doigts entremêlés sans qu'ils parussent en avoir conscience.

– Un seul accompagnateur en salle de soins, déclara l'infirmière à l'intention de Juliette.

– Je vais m'en aller, assura cette dernière avec soulagement.

– Attends !

Clémence jeta un regard paniqué à Grégoire, un autre à l'infirmière et les deux comprirent.

– Nous serons en salle trois, dit cette dernière en attrapant Grégoire par le bras pour l'emporter d'autorité avec elle.

Juliette avait hâte de partir, mais sa sœur cherchait ses mots.

– Merci, dit-elle enfin. Mais ça m'arrangerait si tu... enfin, si tu n'en parlais pas à maman.

Elle releva les yeux sur sa cadette qui encaissait stoïquement la douche froide.

– Tu sais que ça ne me serait pas venu à l'idée, Clem ?

– Je sais que maman est douée pour obtenir des infos, et je voulais juste prévenir que ce n'est pas parce que je m'occupe de ce crétin ce soir que je vais l'épouser demain.

– Tu peux lui dire toute seule.

– Oui, je sais, mais ce n'est pas ça, c'est juste...

– Je ne bave rien à maman, assura Juliette, épuisée et un peu en colère.

– D'accord. Merci.

Mais tu ne me crois pas, songea amèrement Juliette.

– Autre chose, poursuivit Clémence avec cette fois-ci le pragmatisme de celle qui pense à tout. Je ne sais pas pour combien de temps on en a, mais je ne sais pas si on pourra encore rentrer à l'atelier en transports en commun quand on sortira... On peut échanger nos appartements pour cette nuit ? Le tien est à côté et... celui de Simon a une baignoire.

– Et Simon ?

Clem haussa les épaules.

– Je ne sais pas où il dort, mais pas à l'atelier. Avec la Twingo, toi tu peux y aller, et...

– Pas de souci.

Juliette donna ses clefs avec une pensée pour le fouillis qu'elle avait laissé en quittant son studio le matin même.

– Moi j'ai toujours des affaires de rechange au restaurant, dit-elle en prenant les clefs de l'atelier, mais toi ?

– Je laverai ma culotte dans le lavabo.

Devant l'air incrédule de sa cadette, Clémence lui sourit et lui tapota l'épaule avant de faire volte-face pour aller tenir la main de Grégoire en salle trois. Juliette la regarda partir avec un mélange d'épuisement moral et d'énervement. Enfin, elle quitta ces urgences où depuis le début elle n'avait rien à faire. Dehors, le soir était tombé depuis des lustres et le service devait battre son plein aux *Bouchées Doubles*. Juliette n'avait aucune envie de se pointer en plein milieu de la soirée pour, horreur, y croiser Ludovic et de plus, la baignoire la tentait terriblement. Si elle était honnête avec elle-même, vu la journée qu'elle venait de passer, rien n'était plus indiqué qu'une longue nuit de sommeil. Avide d'air frais et de solitude, elle prit lentement le chemin du retour, ruminant des pensées déprimantes.

Comme elle s'y attendait, les *Bouchées* étaient animées malgré l'heure tardive. Ils devaient être au début du second service, mais le taux d'occupation des tables était satisfaisant. Il n'y avait pas moyen de faire autrement, aussi Juliette traversa-t-elle la salle en essayant d'ignorer les regards de Cyril derrière le bar, ceux des serveurs, et surtout en priant tous les dieux de la création de lui épargner Ludovic. Vu l'état dans lequel elle se trouvait, si elle le croisait, elle allait s'aplatir comme une crêpe et elle avait encore la lucidité de savoir que ce n'était pas la solution. Heureusement, la porte du bureau était fermée et dès qu'elle eut passé celle des cuisines, elle soupira de soulagement en constatant qu'il n'y était pas non plus. En revanche, Maxime en profita pour lui sauter sur le râble.

– Alors ce nez ? Est-ce que Roxane est venue au chevet de Cyrano ? Raconte-moi tout, je l'exige.

Juliette l'arrêta d'un geste.

– Rien du tout, je suis épuisée. Mon seul objectif est de rentrer et de prendre un bain.

– Tu as une baignoire ?

– Je vais à l'atelier, j'ai prêté mon appart à Clem pour la nuit. On n'a aucune idée de l'heure à laquelle ils vont sortir de l'hosto.

– Et ils vont dormir chez toi ? Tous les deux ? Faudra penser à changer les draps après.

– Maxime, pitié.

Il l'avait suivie jusqu'aux vestiaires, et s'accouda au mur pendant qu'elle récupérait ses affaires. En voyant son air morose, il modifia l'angle d'attaque.

– Qu'est-ce qui se passe, Juju ? C'est juste parce que tu t'es pris le chou avec Ludo ?

– C'est... un tout, avoua Juliette en poussant ses vêtements dans son sac pour que ça rentre. Tu lui as dit que je ne venais pas ce soir ?

– Oui, et il s'est barré aussi sec. C'est Olivier qui assurera la fermeture. Il est ravi, ça lui fait de l'air.

– Je ne sais pas si je viendrai demain midi non plus, je ne me sens pas très bien, et j'ai besoin de dormir.

Les mots qui franchirent ses lèvres n'étaient qu'une partie de la vérité. Si elle avait dû être honnête, elle serait convenue que ce qu'elle voulait, c'était repousser l'affrontement qu'elle savait inévitable. Maxime fut un excellent ami, comme toujours. Il ne releva pas.

– Repose-toi. On te couvre.

– Je peux avoir une gamelle ?

– Je demande à Olivier de te faire un truc.

Un câlin et un plat à emporter plus tard, elle s'éclipsa pour rejoindre sa Twingo, les rues désertes, le périphérique et la morne solitude de ses pensées. L'atelier était désert quand elle y arriva. Syphilis l'accueillit avec des miaulements affamés de chat trop bien nourri. Une fois qu'il eut reçu son obole de croquettes, Juliette plaça son filet mignon aux morilles au micro-ondes et s'ouvrit une bière. Il n'était plus question de codes ni de simulacre, ce soir. Elle avait donné, sans qu'il lui soit possible de détailler quoi ni comment. Réfléchir était hors de sa portée. Elle voulait dormir, et profondément.

Elle mangea en lisant un magazine d'art, puis lava la vaisselle comme un automate, gagna la salle de bains et ouvrit le robinet de la baignoire sur la température la plus élevée. Pendant que l'eau coulait, Juliette céda à la tentation et entra dans l'atelier. Elle tâtonna jusqu'à trouver l'interrupteur et alluma les grands plafonniers. L'art de Clémence apparut en pleine lumière.

Il y avait une vingtaine de tableaux à présent, de toutes formes et de toutes tailles. Juliette laissa son regard glisser de l'un à l'autre pendant que son cerveau calculait rapidement pour elle. Clémence avait dû en peindre trois ou quatre par semaine, pour obtenir un tel résultat, et pourtant, aucun n'avait l'air bâclé. Elle n'avait aucune idée du temps qu'il fallait pour produire une seule de ces œuvres, mais il lui sembla comme une évidence que sa sœur ne devait pas beaucoup dormir.

Juliette se rapprocha. Le tableau en cours était encore entièrement blanc, bien que laissant déjà deviner du relief et toujours cet horizon invisible habité de volutes en devenir. Les autres tableaux étaient alignés le long du mur, posés au plus près avant de passer au suivant. Les plus récents étaient uniquement faits de brumes indistinctes quand certains autres, plus anciens, avaient l'air de posséder quelques éléments figuratifs : des fusées vertes s'élevant comme des arbres fantômes, d'autres vermillon, cheminées d'usine perçant le brouillard. Et partout, toujours, cet horizon d'obscurité dont une haleine de fumée blanche s'échappait, parfois agitée et parfois calme, brume au point du jour. Clémence dissipait les illusions.

L'un des tableaux plut particulièrement à Juliette sans qu'elle pût s'expliquer pourquoi. C'était toujours le même horizon, la même ligne obscure sur un monde lointain de nuit et d'océan, mais les fumées blanches lui dressaient une couronne luisante, et un halo vert ou bleuté évoquait un ciel indiscernable mais déjà présent. Un petit cercle orangé s'y trouvait, comme un enfant dessine le soleil dans un coin, mais flou, léger, la seule couleur réconfortante dans cette froideur. Le soleil arrive, disait ce tableau, les matins d'hiver cèdent la place ; le soleil arrive. Juliette recula.

Elle trouvait que les tableaux de Clémence étaient beaux. Elle aurait préféré que ce ne soit pas le cas. Elle aimait sa sœur de tout son cœur et ne voulait pas la voir échouer, et pourtant cette victoire éclatante la blessait. Clémence triomphait. Son art était vivant, il vibrait. Elle n'avait pas touché un pinceau depuis des années, et voilà que son talent explosait, en toute simplicité. Juliette, elle, avait juste participé à l'ouverture d'un restaurant qu'elle devrait sans doute bientôt fermer. Au temps pour la gloire.

– La vie est injuste, déclara-t-elle dans le silence de l'atelier, levant sa bière à toute cette réussite qu'elle ne vivrait pas.

Elle éteignit derrière elle et gagna la baignoire où elle se coula, essayant de panser ses imperfections avec de l'eau brûlante et du savon.

Il était probable que Clémence se remette en couple avec Grégoire, après un coup pareil. La plupart des gens choisissent le bonheur. Peut-être pourrait-elle, de son côté, cesser de choisir la souffrance. Juliette ferma les yeux.

Chapitre 16

Juliette dormit mal, se perdant entre rêves désagréables, réveils ponctuels, et nouvel assoupissement douloureux. Le soleil en se levant nimba l'atelier d'ombres chaudes qui vinrent teinter ses songes d'une demi-réalité fantastique. Les reproches l'avaient suivie chez Morphée. Dans l'un de ses rêves, elle se trouvait en charge de la gestion du mariage de Clémence et Odile la suivait partout parce que le pâtissier, qui se trouvait être Maxime, avait fait une pièce montée au foie gras. Elle se plaignait que le résultat serait une catastrophe car ça ne se marierait jamais avec la marmelade. Juliette avait du mal à écouter sa mère et à choisir l'alcool idéal pour aller avec ce dessert atypique. Quand elle trouva enfin un vin sucré susceptible de faire l'affaire, elle en informa sa mère qui l'engueula alors parce que la mariée s'était sauvée et que c'était sa faute, vu qu'elle n'avait pas trouvé de solution à temps.

Un second rêve la propulsa au restaurant, mais Ludovic n'était pas là. Chaque employé venait demander à Juliette des informations sur les menus, les livraisons, les commandes et les contrats, alors même qu'ils étaient en plein service et elle ne parvenait pas à répondre à leurs questions, car elle était au téléphone, et la personne avec laquelle elle parlait – elle ne se rappelait pas qui, mais c'était trop important pour qu'elle prenne le risque de raccrocher – refusait de lui répondre.

Juliette se réveilla fiévreuse et en sueur pour découvrir les ombres matinales sur le mur. Bien qu'elle fût assoiffée et que sa tête lui fît un mal de chien, la fatigue fut la plus forte. Elle se retourna et se rendormit. Cette fois-ci, le sommeil la ramena dans l'atelier. Juliette pouvait presque sentir l'odeur de la peinture, celle de la toile enduite et des pinceaux humides. Sa sœur peignait en écoutant des vieux tubes des seventies qui parlaient de fleurs et de Californie, d'une génération précédente qui croyait aux miracles. Ses tableaux, chatoyants et hyperréalistes, représentaient tous le Chêne vert. Comme souvent dans les rêves, Juliette s'y vit alors transportée, retrouvant la maison de son enfance et un crépuscule d'automne intensément vieux. Elle jouait sous l'appentis de la terrasse avec sa sœur. Clémence avait ses beaux cheveux blonds et bouclés relevés en queue-de-cheval et Juliette pleurait, car elle avait coupé une mèche des siens à cause d'un chewing-gum qui s'y était collé. La mèche, trop courte, lui arrivait juste en dessous de l'oreille, et malgré l'absence de sa mère dans la scène, Juliette entendit sa voix :

– Mais quelle stupidité ! Il va falloir égaliser, maintenant !

Et elle pleurait parce qu'elle ne voulait pas, parce qu'elle allait être hideuse avec ses cheveux courts et qu'elle voulait les avoir longs comme Clémence, qui était si jolie. Clémence, accroupie devant elle, lui disait :

– Ce n'est pas grave, tu sais. Les cheveux ça repousse.

Et avec des ciseaux d'enfant à bouts ronds, elle coupait mèche après mèche les cheveux de sa petite sœur en larmes.

Juliette se réveilla groggy, l'oreiller et les joues trempés, la peau moite d'une sueur glacée. Dehors, il faisait grand jour, et sa fièvre était tombée. Le réveil l'informa qu'elle revenait au monde pour le début de l'après-midi. Elle hésita à se déshabiller et à se rendormir, mais elle entendait encore les cliquetis des ciseaux dans sa tête, et c'est ce qui la décida à se lever pour de bon.

Cette scène ne s'était jamais produite. Le chewing-gum collé dans ses cheveux, oui. L'égalisation aussi, mais personne ne lui avait coupé les cheveux avec des ciseaux à bouts ronds, surtout pas Clémence. Odile, quand elle avait vu que Juliette avait coupé la mèche incriminée, l'avait embarquée chez le coiffeur sans rien dire. Là, à la grande honte de la fillette, elle avait expliqué ce qui s'était passé à un parterre de mémés hilares aussi bien qu'au professionnel chargé de remédier à la situation. Ce dernier avait suggéré une frange, et Juliette s'était retrouvée affublée d'une large barre de cheveux épais associée à un carré sage qui ne lui allait pas et qui faisait ressortir la rondeur de son visage. Le coiffeur avait plissé le nez devant ce résultat peu probant.

– Désolé, mais je ne peux pas faire beaucoup mieux avec la base de départ.

– C'est toujours mieux qu'avant, avait répondu Odile en le payant.

Juliette était ressortie humiliée et en larmes de la boutique avec une coiffure qu'elle haïssait de tout son cœur.

– Et ne pleure pas ! lui avait asséné sa mère, mécontente. J'avais autre chose à faire de mon après-midi, sincèrement… J'espère que c'est la première et la dernière fois qu'il te pousse l'envie de te mettre du chewing-gum dans les cheveux !

Juliette était certaine que ce n'était pas elle qui l'y avait collé. Elle ne se souvenait pas de ce qui s'était passé, elle était trop petite, mais elle était sûre qu'elle n'avait pas fait ça. Qu'est-ce que ça changeait, cela dit ? Elle avait dû protester, se récrier, pleurer qu'elle n'y était pour rien, et sa mère ne l'avait pas crue, bien évidemment. Pour quelle obscure raison sa famille doutait-elle sans cesse de sa parole ? Était-ce lié au fait qu'elle était toujours pleine d'hésitations et qu'ils prenaient ses tâtonnements pour des preuves de mensonge ? Quoi qu'il en soit, c'était ainsi depuis toujours et, comme la déception maternelle ou ses insuffisances, elle avait appris à vivre avec. Au réveil, pourtant, c'était une vérité difficile à supporter. Elle aurait voulu avoir davantage le courage de lutter contre ça.

Juliette s'extirpa de la chambre et gagna la salle de bains pour s'asperger le visage. L'eau froide dissipa partiellement les brumes laissées dans son esprit par ses larmes et sa colère. Elle avait encore un peu mal à la tête, mais elle espérait le secours du paracétamol pour chasser la fin de la migraine. Le miroir lui renvoya l'image d'une jeune femme chiffonnée, au reflet boursouflé. Rouges et gonflés, ses yeux se réduisaient à deux fentes douloureuses et désagréables. Son nez avait pris la même couleur carmin, et ses joues, trop pâles, faisaient ressortir ses taches de rousseur, épaisses et mal réparties.

Elle observa son front large où la ride du lion s'accentuait un peu chaque jour et ses lèvres trop fines, si difficiles à maquiller. Ses cheveux sombres et raides pendaient sur ses épaules comme des ficelles humides et tordues, retombant en désordre. Elle ne les avait plus jamais coupés depuis l'histoire du chewing-gum. Juste les pointes, mais pas la longueur. Elle hurlait à chaque fois qu'Odile voulait la ramener chez le coiffeur. Cette dernière avait tout tenté pour que sa fille se fasse couper les cheveux. Les séances de démêlage après le bain étaient une torture, mais Juliette avait tenu bon et conservé leur longueur, même si on ne pouvait pas vraiment dire qu'ils poussaient encore ni qu'ils brillaient par leur grâce et leur fluidité. Raides et tristes, brun café, ils accentuaient son air maladif plus qu'autre chose sans parvenir à la convaincre de laisser une chance aux ciseaux pour autant.

Juliette se saisit du peigne et entreprit de les démêler sans plus penser à rien qu'à ce qu'elle voyait, une fille triste, un tout petit peu trop bien en chair, avec un visage rond et des cheveux ternes. Elle se trouva insipide et stupidement malheureuse. Elle n'arrivait pas à changer cette image d'elle-même. Peut-être que le pli était trop profondément ancré, comme la ride entre ses sourcils.

Délaissant enfin le miroir, Juliette retourna dans la chambre, s'habilla rapidement et ramassa ses affaires pour mettre les voiles. Elle n'avait pas envie de prendre son café seule à l'atelier et vu l'horaire, Maxime devrait être revenu du service de midi quand elle arriverait chez lui. Après avoir une nouvelle fois consenti à nourrir l'insatiable chat, elle prit les clefs, ferma l'atelier derrière elle et remonta en Twingo pour aller s'effondrer sur le canapé de son meilleur ami.

Sur la route, elle s'arrêta pour faire le plein de chouquettes et de jus d'orange frais, poussant même le vice jusqu'à investir dans de la glace à la vanille, une bombe de chantilly et une barquette de gariguettes parfaitement hors de saison. Lorsqu'elle atteignit le studio de Maxime, elle était presque de bonne humeur. Son enthousiasme fut cependant douché quand, pour répondre aux assauts frénétiques de la sonnette, ce fut Simon qui se présenta, torse nu par-dessus le marché.

– Qu'est-ce que tu fous là ? demanda-t-il, tu ne devrais pas être au travail ?

Juliette regarda autour d'elle, histoire de vérifier par acquit de conscience qu'elle se trouvait bien à la bonne adresse, puis elle regarda de nouveau son frère.

– C'est chez Max, trouva-t-elle l'énergie de dire. C'est toi, qu'est-ce que tu fais là ?

Simon piqua un fard, manifestement gêné.

– Maxime m'a donné les clefs, bredouilla-t-il. Je... suis mal à l'aise à l'atelier. Ce n'est pas pratique avec Clémence, alors il m'a dit que si je voulais... voilà.

Juliette eut du mal à comprendre ce qu'il venait de dire, et soudain, tout s'éclaira. Elle fit quelques pas en arrière et secoua la tête.

– Tu es en couple avec Max ? demanda-t-elle, incrédule.

Simon tritura les clefs, les posa sur le meuble près de l'entrée comme si elles le brûlaient, ouvrit grande la porte et s'écarta.

– Tu ne veux pas entrer pour qu'on en parle ? Il fait frisquet, là...

– Vous couchez ensemble ? résuma Juliette qui sentait une colère déraisonnable monter en elle.

– Je ne suis pas très sûr d'avoir envie de répondre à cette question, répondit Simon avec son éternel faux air de dandy anglais. À bien y réfléchir, je pense même que tu regrettes déjà de l'avoir posée...

Juliette poussa un soupir d'exaspération et entra dans l'appartement comme un vent furieux avant de poser ses courses sur la table basse sans aucun égard pour les pauvres gariguettes.

– Je pensais que Maxime t'en avait parlé, argua son frère, étonné par la violence du geste. Manifestement, je me trompais. Cela dit je n'avais pas anticipé une telle… réaction.

– Qui se soucie de mon avis, de toute façon ? le rembarra Juliette, parfaitement consciente d'exagérer. Clémence se barre de chez elle et te pique ton atelier. Du coup tu viens habiter chez Max, parce que vous êtes ensemble et qu'il a oublié de m'en parler. Il ne me reste sans doute plus qu'à aller vivre chez Grégoire, si on veut que la boucle soit bouclée ? Ah mais non, j'oubliais, Grégoire est sans doute à nouveau en couple avec Clémence, probablement en train de roucouler dans mon appartement à l'heure où on en parle, d'ailleurs, et j'emploie roucouler pour être polie. Bien sûr, il ne faut pas que je le dise à maman car hier ce même Grégoire m'a assuré qu'il allait annuler son mariage. Du coup maman va un peu plus me harceler au téléphone et si je décide d'aller habiter chez l'ex-nouveau copain de ma sœur, elle va faire un infarctus.

– Est-ce que tu es sûre que ça va, Juliette ? s'enquit Simon, qui sentait bien que quelque chose lui échappait.

– Pourquoi ça n'irait pas ? répliqua sa sœur avec véhémence. Tout le monde file le parfait amour sauf moi, on dirait. Tu as prévenu Clémence, qu'elle invite Max au mariage ?

– Il est annulé, rappela Simon, complètement perdu. Enfin, je crois. Tu as pleuré aujourd'hui ?

– Plus qu'hier tu veux dire ? Qu'est-ce que ça peut foutre ? Ce n'est pas comme si ça intéressait quelqu'un !

– Moi ça m'intéresse.

– Parce que je suis en train de te gueuler dessus, ou pour te faire pardonner ton absence de réponse à mes coups de fil et à ceux de maman ? Parce que j'aurais bien eu besoin de ton aide pour gérer la crise, mais tu devais être trop occupé avec Maxime pour lui répondre, ou alors tu t'es juste dit que j'allais gérer ?

– Non, protesta son frère froidement. Je me suis dit que Clémence allait gérer. C'est sa merde.

– Ouais, ben manifestement, elle n'est pas pressée de s'en occuper. Et je suppose qu'elle a plus important à faire de son côté, avec son concours à préparer. Tu me fais un café ou je dois le faire moi-même ?

Simon roula des yeux. Lui et son torse glabre gagnèrent la machine à expresso avec une lenteur très étudiée et il entreprit d'utiliser cette dernière avec la débauche de gestes d'un acteur de publicité. Pendant ce temps, Juliette ouvrait furieusement les placards pour préparer deux coupes glacées à base de fraises, chouquettes, glace et chantilly, sans s'être inquiétée un instant de savoir si ça intéresserait quelqu'un d'autre qu'elle. Son café servi, Simon la rejoignit sur le canapé et découvrit avec stupéfaction le résultat de ses efforts. Il haussa un sourcil songeur.

– Tu sais qu'il est quinze heures trente ?

– Justement, c'est presque le goûter. Et d'abord je n'ai pas mangé depuis hier soir, j'ai le droit.

Son frère haussa les épaules, s'installa près d'elle et s'attaqua sans plus rien dire au dessert improvisé qu'on lui proposait. Pendant de longues minutes, le bruit des cuillères fut le seul son audible, du moins jusqu'à ce qu'ils aient terminé et que, la caféine et le sucre aidant, Juliette soit redescendue de ses grands chevaux. Pourtant, si la fureur s'était apaisée, il y avait en elle un départ d'incendie prêt à reprendre. Elle aurait été bien en peine de donner la raison précise de son irritabilité, mais si quelqu'un lui avait posé la question elle aurait simplement répondu :

– Tout.

Clémence avait décidé de foutre en l'air sa carrière, son couple et sa famille sur un coup de tête, tout ça pour accomplir un rêve qu'elle avait laissé dormir dans un placard pendant plus de dix ans. Les conséquences, elle s'en badigeonnait le nombril avec le pinceau de l'indifférence. Ce n'était pas elle qui gérait Greg, ce n'était pas elle qui gérait sa mère, non. Gérer, c'était pour les autres, elle, elle était trop occupée à s'accomplir.

De la même façon, Simon avait choisi de vivre sa vie secrète dans le dos de la fratrie et surtout, surtout, évité de se mouiller dans les conflits familiaux, préférant entretenir l'illusion que de s'impliquer. Et voilà qu'il était en couple avec Maxime. Maxime ! Comme s'il n'y avait pas assez d'autres mecs dans la capitale, il prenait à Juliette son collègue, son ami, le mec à qui elle se confiait depuis plus de deux ans !

Juliette restait seule sur la touche, à contempler le lent effondrement de tout ce à quoi elle tenait pendant que les autres triomphaient. Chacun suivait son bonhomme de chemin, ses propres envies, ses propres idées. Ils vivaient le grand amour ou leurs rêves, quand ce n'était pas les deux, sans se soucier des conséquences ou de ce qu'en pensaient les autres. Tous, sauf elle.

Elle, elle subissait les coups de téléphone d'Odile, les discussions sans fin au sujet de sa sœur et de ses choix. Elle encaissait le secret de Simon et les critiques de son meilleur ami sur ses choix affectifs, les reproches et l'indifférence manifeste du mec qu'elle aimait... Et qui s'en souciait ? C'était facile de répondre « moi », comme avait dit Simon.

La vérité, c'était que tout le monde trouvait normal qu'elle fasse des efforts pour eux. Ils avaient tellement l'air de tenir pour acquis qu'elle allait se débrouiller que ça lui donnait la nausée. Parce qu'après tout, elle, elle n'avait besoin de rien, n'est-ce pas ? Sa vie était si simple. Juliette regrettait d'avoir peur de la douleur. Elle aurait volontiers balancé son poing dans le visage de quelqu'un ou sur un mur, histoire de se défouler. Le hasard, décidé à lui fournir une allumette, lui envoya Maxime à la place.

– Je suis rentré ! balança le pâtissier, claironnant son retour à la mode japonaise.

– Hem, commenta Simon.

Juliette garda le silence. Max leva les yeux, croisa son regard, eut un sourire plein de dents qui ne trompa personne et se déchaussa doucement, comme si on lui avait demandé de déposer les armes.

– Tiens, bonjour, Juliette ! Quelle surprise de te trouver ici. Tu as réussi à te reposer un petit peu ?

– Pourquoi tu ne m'as pas dit que tu sortais avec Simon ?

La question flotta entre eux, agressive, vibrante. Simon grimaça. Juliette se rendait compte de sa froideur, mais tant pis. C'était sa goutte d'eau personnelle dans le vase débordant. Elle était fatiguée d'encaisser.

– Écoute, je voulais t'en parler et…

– Et quoi ? T'as pas eu le temps, t'y as plus pensé, tu as oublié entre deux Paris-Brest ?

Maxime sentit qu'il allait déguster. Prudent, il resta silencieux, déposa tranquillement ses affaires, alla se préparer un café et souffla un grand coup avant de répondre.

– Tu n'es pas obligée de me sauter à la gorge, tu sais ? dit-il, marchant sur des œufs.

– Non, mais tu le mériterais, argua Juliette avec colère. Tu me taquines à propos de mon frère depuis des semaines et là j'apprends que non seulement vous êtes ensemble, mais qu'en plus il vit chez toi, bordel ! Tu ne t'es pas dit que j'aimerais le savoir ?

– Oublions le fait que ça ne te regarde en rien. Vu la façon dont tu réagissais à mes insinuations, je me suis dit que tu avais d'autres chats à fouetter et que ce n'était pas le moment de te rajouter une couche de crème sur la génoise, si tu vois ce que je veux dire.

– Ce n'est pas ça la cerise sur le gâteau, Max, c'est ton silence, merde ! C'est mon frère, quand même !

– Et c'est ma vie, s'agaça Max.

– Et un peu la mienne aussi, osa Simon avant de verser le restant de chantilly dans sa tasse à café.

– Vous auriez dû m'en parler ! insista Juliette. Je ne suis pas un meuble, je ne suis pas une plante verte destinée à assister à vos choix de vie, merde ! Quand c'est ma famille, quand c'est mon pote, et que vous faites ça dans mon dos, vous vous rendez compte à quel point c'est méprisant pour moi ou pas du tout ? J'en ai ras le cul que tout le monde fasse comme si mon existence n'avait aucune importance !

– Et quand c'est ton restaurant ? tacla Max avec justesse.

– Quand c'est mon restaurant aussi ! gueula Juliette. Et je n'ai besoin de personne pour me dire ce que j'ai à faire ! Je suis capable de décider de mes actes, merci ! J'ai seulement besoin qu'on arrête de me considérer comme quantité négligeable !

Maxime posa son café un peu trop violemment.

– Ah bon ? Parce que ce n'est pas l'impression que tu donnes, notamment quand tu t'en prends à tes amis pour leur reprocher ce que te font ceux qui ne le sont pas !

– C'est de toi que je parle !

– Et qu'est-ce que je t'ai fait, exactement, moi ?

Juliette ouvrit la bouche à la recherche d'arguments, mais Max fut plus rapide.

– Je ne t'ai pas brossée dans le sens du poil quand tu bavais d'amour devant un connard qui profite de ce que tu en pinces pour lui pour gérer ta thune à sa façon. J'ai trahi une promesse faite à ton frère pour te faire plaisir et pour que tu puisses l'informer de l'emménagement de Clémence. J'ai accepté de venir jouer les supports affectifs chez ta mère en échange d'une soirée de Noël où tu as fait la gueule du début à la fin, oui, tout ça, je l'ai fait ! Je plaide coupable aussi de t'avoir encouragée à reprendre en main le restaurant, parce que je savais que ça comptait pour toi et que Ludovic faisait n'importe quoi. Je t'ai encouragée à lui tenir tête, je t'ai encouragée à ne pas te laisser marcher sur les pieds, mais franchement, si c'est pour que tu me pètes à la gueule, je m'en serais passé ! Le seul mec qui mériterait que tu lui exploses à la figure, tu l'as laissé remporter une victoire symbolique en refusant l'affrontement, alors même qu'il était en train de perdre les pédales et que tous tes putains d'employés étaient derrière toi en support ! Toi tu t'effaces en imaginant que ça va le convaincre de cesser d'ignorer ton existence alors que tout le monde, je dis bien tout le monde, lui compris, sait que ça n'arrivera jamais et que ce fils de raclure de bidet en profite pour te mener par le bout du nez en entretenant le doute dès qu'il le peut ! Tu sais ce que ce bâtard a osé dire devant moi, ce matin ? Cyril s'inquiétait de savoir si tu reviendrais demain pour réceptionner la livraison du caviste, alors il a dit, je cite : « Je vais lui faire livrer des fleurs et elle sera là à l'heure, tu verras. T'inquiète. » Tu crois que ça m'amuse, de le voir se foutre ouvertement de ta gueule devant des employés qui te respectent encore un peu ?

– Sois plus gentil avec ma petite sœur, coupa Simon froidement.

– Désolé, marmonna Max en se détournant.

Mais Juliette ne faisait plus attention à lui. Ses dernières paroles résonnaient en boucle, violentes, incoercibles. Une tempête sous un crâne, qui broyait tout sur son passage. Elle secoua la tête.

– Tu mens, dit-elle, incapable de trouver autre chose de plus pertinent.

– Tu paries ?

Maxime avait toujours l'air en colère, mais il y avait un je-ne-sais-quoi dans son attitude qui évoquait aussi la pitié, ou la tristesse. De la compassion, peut-être. Elle eut envie de sortir, de prendre la voiture, d'aller voir à l'appart si jamais... L'appartement. Clémence. Elle hésita, puis sortit son téléphone et appela sa sœur. Clémence se fit prier avant de décrocher.

– Oui ? demanda-t-elle d'une voix ensommeillée.

À dix-sept heures passées, sans rire.

– Clem, c'est moi, déclara Juliette en essayant de masquer son inquiétude. Dis-moi, est-ce qu'un livreur est passé depuis que je suis partie ?

– Alors, heu, oui, mais comment tu sais ? Il nous a réveillés il y a deux heures... Pourquoi ?

Juliette préféra ignorer le « nous » qui flottait dans cette phrase.

– C'est quoi ?

– Des roses. Roses. La couleur, s'entend.

– Lis-moi le mot.

– Un « s'il te plaît » ne serait pas déplaisant.

– Lis-moi le mot et fais pas chier, s'il te plaît.

Un bruit de dignité et de papier froissés monta dans le combiné.

– C'est écrit : « Ne m'en veux pas, je t'en prie. Je ne suis qu'un idiot qui a besoin de toi. Seras-tu là demain ? XXX Ludo ».

Un silence pensif ponctua la phrase.

– Ce n'est pas le connard dont tu es amoureuse et qui a pété le nez de Greg ?

Juliette releva les yeux sur Maxime. Ce dernier avait l'air beaucoup trop sûr de lui et malheureux pour laisser place au doute.

– Merci Clem.

L'instant d'après, Juliette quittait l'appartement sans un regard pour les deux autres. Maxime lui courut après, immédiatement suivi par Simon très occupé à enfiler un sweat.

– Où tu comptes aller comme ça ?

– Lui demander à quoi il joue.

– Tu sais où il habite ?

– Bien entendu. On est cogestionnaires.

– Tu as appris son adresse par cœur ?

Juliette ne répondit pas. Max marchait vite pour se maintenir à sa hauteur, et elle l'entendit soupirer.

– Je viens avec toi.

– Moi aussi.

– Je n'ai pas besoin de vous, râla-t-elle, cinglante.

– Si. Si tu prends perpète pour l'avoir dépecé, Simon ne me le pardonnera jamais.

– Max a raison. Et c'est mieux si tu as deux témoins pour mentir à la police, de toute façon.

Juliette grommela une réponse désagréable et les laissa s'entasser avec elle dans la Twingo. Elle n'avait de temps et d'énergie que pour un seul combat, qui menaçait d'être épique.

Chapitre 17

Une fois tout le monde remis à sa place et dûment attaché dans la voiture, Juliette roula furieusement en direction du périphérique. Max et Simon, sentant sans doute que le silence était conseillé et que l'orage qui les avait heurtés était en route vers d'autres rivages, échangeaient des regards inquiets quand d'aventure la conductrice déboîtait de façon cavalière derrière un taxi trop lent. Ils avaient raison de s'abstenir de tout commentaire : la grêle aurait pu tomber sur leur tête pareillement. Juliette était un ouragan.

Était-elle en colère ? Était-elle déçue, triste, désabusée, pleine de rage, frustrée ? Elle ne savait plus exactement ce qu'il en était, mais ce dont elle était certaine, c'est qu'elle avait besoin de voir Ludovic et qu'elle le verrait, dût-elle camper sur son palier la prochaine quinzaine.

– Ce serait sans doute un peu exagéré, avait commenté Maxime quand elle leur avait fait part de cette dernière résolution.

Sans doute, mais pas plus que le reste. Exagérée, l'hypocrisie de Ludovic. Exagérée, l'attitude de Max et Simon qui s'incrustaient comme s'ils allaient au spectacle. Exagérés aussi, son attitude de l'après-midi, sa colère injustifiée et son autoapitoiement. Exagérée enfin la honte qu'elle ressentait. Ah ! Elle était hystérique, injuste, disproportionnée, agressive ? D'accord. Soyons tout ça, Juliette Descroix, et quand on aura réglé le plus urgent, on ira se bourrer la gueule pour oublier qu'on a tout raté et qu'on est une nouvelle fois dans les choux. Mais d'abord, allons briser ce qui reste, tant qu'on en a la force.

Contourner le sud de Paris leur prit une éternité. Il était près de dix-neuf heures lorsqu'ils atteignirent le lotissement de banlieue où se trouvait l'appartement de Ludovic, et ils se garèrent sur le parking de la résidence au mépris des panneaux promettant amendes et fourrière à tous les contrevenants. Juliette descendit de la voiture et observa l'immeuble comme si c'était avec lui qu'elle avait un compte à régler. Derrière elle, Simon et Max commentaient l'architecture défaillante des années soixante-dix.

– Vous deux, vous restez là, imposa-t-elle.

Le ton était sans réplique. Les garçons s'entre-regardèrent avant d'ouvrir la bouche pour protester, mais Juliette leva le doigt pour leur imposer le silence.

– Pas de discussion. Si je dois lui refaire le portrait, je ne veux pas courir le risque que quelqu'un m'arrête.

Juliette gagna l'immeuble sans se retourner pour vérifier si elle était suivie ou non, mais elle espérait que les garçons avaient compris qu'elle entendait mener seule ce combat. Elle craignait sa propre réaction, l'évaporation de sa colère, la honte, le ridicule, les larmes, mais savait aussi que pour que ce cirque soit terminé une bonne fois pour toutes, il fallait qu'elle aille sonner à cette putain de porte. Refuser de réfléchir avant d'être au pied du mur semblait une condition acceptable, si c'était pour être libre à la fin. Arrivée devant l'entrée, Juliette chercha le nom sur l'interphone et appuya sans se permettre la moindre hésitation. La sonnerie retentit, impatiente, et enfin la voix de Ludo lui parvint.

– Je vous ouvre !

Avant que Juliette ait pu dire quoi que ce soit, la serrure automatique s'enclencha et l'interphone s'éteignit. Juliette secoua la tête et poussa le battant. La boîte aux lettres lui donna son but : quatrième gauche. Elle prit l'escalier ; elle n'avait pas la patience d'attendre l'ascenseur. Au quatrième, elle identifia la porte sans souci et, après avoir lissé ses cheveux et pris une grande inspiration, sonna. Ludovic ne mit pas longtemps à venir ouvrir, mais à la tête qu'il fit, elle devina sans mal que ce n'était pas elle qu'il attendait.

– Je n'ai pas eu le temps de m'annoncer, balança-t-elle froidement.

Ludovic regarda derrière Juliette, comme s'il s'attendait à voir quelqu'un d'autre, puis ramena son attention sur elle, indécis.

– Je peux entrer ? demanda-t-elle sans savoir si c'était vraiment ce qu'elle souhaitait.

– Il y a un problème avec la commande ? demanda une voix féminine à l'intérieur.

Juliette ferma les yeux et respira lentement. Une respiration lente pour prendre conscience que Ludovic n'était pas seul, qu'il s'attendait sans doute à recevoir un livreur, et que la dernière chose dont elle avait envie, à ce moment précis, était d'entrer à l'intérieur de ce foutu appartement.

– Laisse tomber, s'entendit-elle dire, je vais rester là.

– C'est que, je ne t'attendais pas, se justifia Ludovic, jetant un coup d'œil par-dessus son épaule avant de lui sourire, incertain.

– Manifestement. Et la meuf à l'intérieur, elle est au courant que tu m'as fait livrer des roses ?

Cette fois-ci, son interlocuteur piqua un fard avant de se ressaisir, sortir sur le palier et fermer à demi la porte derrière lui.

– Écoute, ce n'est pas la peine de t'énerver, c'était juste une déclaration de paix, et j'espérais que tu...

– Que j'allais m'aplatir et revenir demain matin pleine d'espoir et de sourires ? Pleine de, je ne sais pas, *gratitude* ?

Juliette tremblait. Sa colère, à fleur de peau, menaçait de déborder. Elle se sentait au bord du précipice, face à ce saut dans le vide si prévisible et qu'elle avait pourtant tenté d'éviter avec l'énergie du désespoir. Encore maintenant, droite dans ses chaussures devant la cause de ses ennuis, Juliette aurait voulu croire au happy end.

Mais Ludovic changea de masque, prit celui de la pitié condescendante et tenta une esquive.

– Juliette, tu n'as pas l'air dans ton état normal. Peut-être devrait-on reprendre cette discussion plus tard ?

C'était tenter d'arrêter un tsunami avec son parapluie. Juliette sentit un vent de lucidité souffler en elle, et elle en eut soudain plus qu'assez de jouer ce jeu de dupes.

– Tu sais quoi, dit-elle, je suis fatiguée. J'ai eu une longue journée de merde et j'aimerais qu'elle s'achève, alors je vais te faciliter la tâche. Max prétend que tu sais pertinemment que je suis amoureuse de toi depuis des lustres. C'est le cas ?

Ludovic cilla, ouvrit la bouche, passa du rouge au blanc, secoua la tête de droite à gauche et chercha ses mots. Juliette attendait. Elle se rendit compte qu'elle avait dit qu'elle allait lui faciliter la tâche et qu'il n'y avait rien de moins vrai. Elle se rendait compte aussi que la douleur était partie en même temps que la question.

– Je... je pensais que tu m'aimais bien, mais tu n'as jamais dit... jamais clairement... je ne pouvais pas savoir...

– C'est une question super facile. Tu savais que j'étais amoureuse de toi, oui ou merde ?

– Pas... de façon certaine ?

– Et du coup, tu t'es dit, tiens, cette meuf qui crame peut-être d'amour pour moi, je vais lui faire livrer des roses ? Parce que, pourquoi pas, elle pourrait imaginer que c'est réciproque ? Et si elle se pointe chez moi, elle verra qu'en fait il y a une autre meuf, on discutera sur le palier, ce sera fendard ?

Ludovic achevait de se décomposer. Juliette parlait fort, et elle voyait bien qu'il craignait que ses voisins ne soient collés au judas ou que la fille derrière lui n'entende ses paroles. Il marmonna quelque chose qui ressemblait à un « mais non mais je t'assure mais pas du tout » que Juliette coupa d'un geste sans équivoque.

– Deuxième question. Est-ce que par hasard ces roses avaient pour but de m'encourager à fermer ma gueule pendant que tu continues à faire n'importe quoi avec notre restaurant ?

Cette fois-ci, il était en terrain connu et elle le vit se reprendre.

– Je ne te permets pas, Juliette ! C'est moi qui fais le gros du boulot et tu le sais ! Si ce restaurant tient, c'est grâce à m...

– Ah mais il ne tient pas, justement ! déclara Juliette avec un rire. Il n'y a que les apparences, à peu près comme toi, je dirais. Ce n'est pas parce que je te laisse gérer les comptes que je ne mets pas le nez dedans, ce qui me permet ce soir d'être excessivement bien placée pour t'informer que tu fais de la merde, et que si tu ne t'en aperçois pas, c'est que tu en as dans les yeux aussi. Donc. Est-ce que ces roses étaient l'arbre destiné à cacher la forêt de ton incompétence à ta cogestionnaire ? Parce que je dirais que dans l'absolu, le plan est raté.

– Qui c'est, chéri ? s'enquit la fille à l'intérieur, un peu inquiète.

– Personne, déclara Ludovic.

Juliette haussa les sourcils. Apparemment, la fille dans l'appartement aussi, car elle apparut derrière Ludovic, suspicieuse. C'était un joli brin de fille d'une vingtaine d'années, aux cheveux blonds très courts et à l'air consciencieux.

– Salut, dit Juliette. Je suis Juliette, la copropriétaire du restaurant que ton mec gère comme un pied.

Ludo ouvrit la bouche. Il ne fut pas assez rapide.

– C'est pas ton restau ? demanda la fille, surprise.

De mieux en mieux.

– Plus maintenant, déclara Juliette.

Ludo se décomposa sur son propre paillasson, ce qui facilita étrangement les choses.

– Tes roses ont rempli leur office, poursuivit-elle à plat. Demain, je serai là. En revanche, je ferai le ménage dans nos comptes, je paierai ceux qui doivent l'être, et je m'occuperai de déposer le bilan. À moins que tu ne puisses racheter mes parts ?

– Juliette, attends... Quoi ?

– C'est bien ce qu'il me semblait. Donc, dès que j'aurai fait ça, je dégraisserai la bête de l'argent qui reste et je récupérerai ce que je peux de mon investissement. Je déduirai du tien les licenciements abusifs, les intérêts des dettes que tu as laissées courir, et les lubies de fond de congélateur que tu as tenu à acheter. Libre à toi de trouver un moyen de les revendre.

– Juliette, tu ne vas pas...

– Si tu le souhaites, je te laisse la gestion pleine et entière, mais dans ce cas, tu me signeras une reconnaissance de dette t'obligeant à me rembourser mes parts sous trois mois, faute de quoi, je serai libre d'engager des poursuites contre toi.

– Quoi ?!

– Bien évidemment, le plus simple est de fermer le restaurant et comme je viens de te le dire, je peux me charger des formalités administratives, mais c'est toi qui choisis. Au fait, les modalités de séparation sont dans le contrat que nous avons signé au début de notre collaboration. Parce que tu as beau prétendre que je t'ai laissé la paperasse sur les bras, celle-ci c'est moi qui m'en suis chargée, et si tu crois que je suis liée à toi par le sang, tu te mets le doigt dans l'œil jusqu'au coude. Relis les statuts des *Bouchées Doubles* et fais chauffer ton chéquier.

Ludovic avait l'air d'avoir été frappé par la foudre. Sa copine les regardait alternativement sans rien comprendre mais avait la sagesse de ne pas intervenir. Après quelques secondes de silence gênant, Juliette hocha la tête.

– Voilà, bonne soirée, du coup. Et merci pour les roses.

Elle gagna l'ascenseur, cette fois-ci. Malgré sa belle assurance, ses jambes tremblaient.

– Salope !

La voix de Ludovic traversa le couloir et vint la heurter de plein fouet dans le dos, flèche ajustée entre les omoplates.

– Putain, tu fais genre que t'es une sainte mais t'es qu'une arnaqueuse de première, espèce de salope ! Tu fais semblant de m'aimer et tu me poignardes comme ça ? Espèce de sale pute !

Juliette encaissa. Elle se rendit compte que ça faisait moins mal quand ça venait de quelqu'un qu'on ne respectait pas et qu'elle ne respectait plus Ludovic depuis longtemps, quoi qu'elle ait pu ressentir d'autre à son sujet. Elle avait été amoureuse d'un espoir tout ce temps, qu'elle avait nourri seule et qui était réconfortant parce que habituel et sans danger. Mais c'était terminé.

– Désolée de te décevoir, mais l'amour n'a rien à voir avec la lucidité, déclara-t-elle tandis que les portes s'ouvraient. Et il faut bien être lucide, à un moment. Ça aurait dû me décourager de t'aimer mais que veux-tu ? Quelquefois, on est juste con et entêté et on veut se laisser une chance plutôt que d'avouer qu'on s'est planté. Mais les œillères, c'est fini. Bonne soirée.

Les portes se refermèrent, et Juliette s'adossa au miroir du fond, cherchant son souffle. Elle se demanda si elle allait pleurer, mais les larmes ne lui vinrent pas. Le dégoût, la honte, la haine d'elle-même, teintés de soulagement, et pas de larmes. Peut-être qu'elle avait trop pleuré pour la journée. Elle arriva dans le hall avec les jambes en coton et se souvint qu'elle n'avait rien avalé d'autre depuis vingt-quatre heures que ses gariguettes à la chantilly. Sur le parking, dansant d'un pied sur l'autre dans la fraîcheur de la nuit d'avril, Maxime et Simon l'attendaient.

– Pourquoi vous n'êtes pas retournés dans la voiture puisque vous aviez froid ? leur jeta-t-elle, hargneuse.

Simon s'immobilisa net et se tourna vers Maxime, qui soupira.

– Parce que tu étais partie avec les clefs ?

Juliette eut besoin de quelques secondes pour comprendre ce qu'il venait de dire, puis elle se mit à rire, et finalement à pleurer. Elle chassa ses larmes rageusement.

– Allez, venez, dit-elle. Je vous ramène.

Ils roulèrent en silence. Personne ne lui demanda comment l'entrevue s'était passée, et de son côté, Juliette fit comme si elle ne sentait pas le regard des deux autres sur sa nuque. Elle s'arrêta devant chez Max et les laissa descendre. Max hésita quelques secondes avant de fermer la portière.

– Tu ne veux pas venir avec nous ? proposa-t-il. Je ne suis pas à l'aise à l'idée de te laisser rentrer chez toi, et, tu sais, on peut commander du japonais et se regarder un film...

– Pas ce soir, non, dit-elle. On se voit au boulot, demain. J'ai du travail qui m'attend, des papiers à mettre en ordre, et d'autres à écrire, notamment vos lettres de licenciement. Je vais fermer le restaurant.

Maxime ne parut pas surpris. Il hocha la tête, puis tapa sur le dessus de la voiture.

– Très bien, dit-il. On se retrouve tout à l'heure, dans ce cas. Essaie de dormir un peu.

– J'ai dormi trop longtemps, lui rappela-t-elle. Ne t'en fais pas pour moi, s'il te plaît.

Elle redémarra, les laissant au pied de l'immeuble sans regret. Elle avait besoin de temps pour elle. La route jusqu'aux *Bouchées Doubles* fut calme. Les rues étaient vides bien qu'il fût encore tôt et il y avait des places un peu partout. Juliette prit la première venue et décida de marcher un peu, pour penser. À Clémence, qui lui avait laissé douze millions de messages sur le répondeur, à Simon aussi, et puis à elle, enfin.

Il y avait des gens pour qui ça avait l'air facile, tout le temps. Des gens doués naturellement. Clémence était de ceux-là, et Juliette en avait déduit que c'était bien normal que sa mère la favorise. On mise davantage sur le poulain de compétition que sur le poney clopinant. Elle avait accepté cette idée, choisi pour sa part des petites choses qui lui plaisaient, et mis son énergie à les réaliser. Sa passion de l'œnologie, son petit appartement, ses petites soirées entre amis, les séries, les apéros, l'association parfaite d'un vin et d'un plat. Oui, elle avait mis son énergie dans les petites choses, se disant que les grandes n'étaient pas pour elle. Et voilà qu'à vingt-cinq ans, elle se rendait compte que les petites choses ne suffisaient plus. Qu'elle aspirait aux grandes et rageait d'y renoncer sans cesse avant d'avoir pu tenter sa chance.

Juliette ne voulait pas que du quotidien et du facile ; c'était un mensonge qu'elle avait appris à accepter. Non, elle voulait davantage. Du flamboyant et de l'épique, du mémorable, de l'intensité. Et pourquoi pas ? Pourquoi pas moi, pourquoi les petites choses, et pas plus que ça ? Elle avait envie de se jeter à l'eau, parce que vivre enchaînée sans jamais rien espérer d'autre que des miettes n'était pas acceptable, même pour elle. Elle refuserait désormais de se contenter des petites choses. Elle voulait sauter le pas. Elle avait envie de confronter les gens, même sa mère, tant qu'on y était. Envie d'affirmer ses envies, de croire qu'elle avait le droit de le faire, et de goûter à la satisfaction d'avoir été au bout. D'exister un peu sans être une ombre.

Des ombres, il y en avait toujours eu plein. Des ombres derrière elle, desquelles avoir peur quand on rentre chez soi et qu'on espère très fort être invisible pour ne pas devenir une proie. Des ombres dans sa tête, pour embrouiller son esprit et paralyser ses actes, pour siphonner son énergie et le maigre élan qu'il lui restait. Des ombres entre elle et Ludovic, l'ombre de corps mieux faits que le sien, plus jeunes, plus beaux, plus fermes, et l'ombre de son propre reflet dans la glace. L'ombre de ce qu'elle aurait voulu être. L'ombre d'elle-même, un idéal lointain fait de fumée et qui prenait toute la place. Des ombres par centaines, qui habitaient ses pensées jusqu'à la remplacer tout entière, jusqu'à ce qu'elle devienne elle aussi cette chose indistincte, qui ne vivait pas sa vie. Une ombre parmi les autres, silencieuse et résignée. Mais c'était terminé.

Rien n'avait changé, ni ses peurs ni ses limites. Pourtant, elle avait affronté Ludovic et se sentait en état d'en assumer les conséquences. Il était temps de se réinventer. Elle voulait développer son propre restaurant et eut soudain la certitude qu'elle en était capable, qu'elle en avait l'énergie en elle. Être cette personne qui avait les bonnes idées et ne les enterrait pas, mais les menait au bout. Elle sentait cette envie et une foi débordante en ses capacités. Des grandes choses. Elle allait faire des grandes choses.

J'ai le droit d'être là.

Il y aurait toujours des ombres pour avoir peur et elle ne courrait jamais assez vite pour les éviter. Pour autant, elle avait le droit d'avancer et peut-être même de découvrir que ce qui l'avait un jour paralysée n'était rien d'autre que cela : une ombre.

Chapitre 18

Juliette entra par la porte de service, éteignit l'alarme et erra dans l'obscurité de la cuisine, reconnaissant les lieux et l'éclat du métal des plans de travail dans la pénombre. Ça sentait bon le propre et les détergents. Elle était chez elle, comme la première fois, lorsqu'ils avaient eu les clefs et que le restaurant représentait encore la possibilité de réussir quelque chose. Une petite chose. Mais même les petites choses, elle ne les réussissait pas. Tout du moins, pas celle-là. Celle-là devait mourir pour que peut-être d'autres se construisent, des stables, des réconfortantes, pas des épines dans le pied. Une petite chose à la fois.

Tu as réussi à moucher Ludovic, c'est déjà ça.

Cette pensée la fit sourire, même si le plaisir était un peu amer. Elle aurait largement préféré ne pas avoir à le faire et que tout se déroule comme dans son rêve, avec une fin heureuse et romantique. Le conte de fées ordinaire, qui ne se produit jamais, bien évidemment. Elle se souvenait de ses espoirs. Deux ou trois mois de gestion, le succès foudroyant, la complicité des réunions. La victoire grisante et le début de l'affection. C'était un joli rêve, mais il était terminé. Il était temps de se réveiller.

Juliette ouvrit les frigos, se servit des restes de gigot et les fit réchauffer au micro-ondes avec de la purée et des pleurotes. Là-dessus, une limonade géante avec des feuilles de menthe et du citron frais, du sucre pour tenir la nuit, et Juliette se sentit parée. Au-dessus du bar, la grande horloge vintage indiquait presque vingt et une heures. L'heure du coup de feu, et pourtant le restaurant était désert et silencieux. Il le serait bientôt définitivement, et cette certitude rendait l'ambiance précieuse. En faisant un effort, Juliette pouvait visualiser la vente des équipements, le grand vide, les bâches, et le départ. Une journée ordinaire à Paname, mais une page qui se tournait définitivement pour elle. Et c'était la bonne décision, Juliette en était convaincue. Ça n'en restait pas moins douloureux.

Elle abandonna la salle du restaurant désert pour le bureau où elle s'enferma, laissant les clefs dans la serrure. Il était hautement improbable que Ludovic se pointe après le coup d'éclat sur son paillasson, mais elle ne voulait pas lui laisser la moindre chance de faire disparaître quoi que ce soit ou de foutre le souk dans les comptes. Elle s'installa dans le fauteuil confortable qu'il avait jusque-là occupé en solitaire. Sa domination tacite avait commencé dès l'ameublement. Juliette posa son assiette au milieu des papiers abandonnés, qu'elle repoussa autant pour ne pas les tacher que pour s'empêcher de les lire avant d'avoir achevé son repas. Elle mangea son gigot lentement en établissant au dos d'une enveloppe déchirée la liste des choses à faire, puis elle sortit le temps de se débarrasser de sa vaisselle et de se préparer un café serré avant de se mettre enfin au travail. Dans l'idéal, elle n'envisageait de partir qu'une fois l'annonce légale et les lettres rédigées, le dossier de dissolution bien avancé et la comptabilité à peu près assainie. Il serait toujours temps de déranger le tribunal de commerce à son ouverture le lendemain matin.

Juliette mit le nez dans les bilans et se fit rapidement une idée de la situation. Après avoir fait le tri dans ce qui était urgent et ce qui l'était moins, elle entama le lent travail de mise à plat. Ludovic avait fait des dégâts, mais contrairement à ce qu'elle avait pu penser, elle avait l'esprit clair sur les démarches à effectuer et se sentait capable de réparer ce qui devait l'être. Pas pour lui, bien évidemment, mais pour s'en libérer. Comme une dent douloureuse et qu'il s'agit d'arracher, elle était pressée que tout soit terminé.

Elle tria les papiers à archiver, les factures à payer et les bons de livraison, les courriers auxquels il fallait répondre, les abonnements qu'il fallait interrompre, et prépara les démarches de la cessation d'activité. Les virements qu'elle pouvait effectuer de nuit le furent, la banque fut prévenue de la fin des *Bouchées* et les fournisseurs également. Ils auraient la surprise au petit déjeuner de découvrir l'heure à laquelle elle leur avait écrit, mais elle voulait que les choses aillent vite, car plus ils mettraient rapidement la clef sous la porte, moins il y aurait de pertes financières. Elle se sentait presque capable de calculer de tête ce que chaque jour de retard leur coûtait.

Elle évalua la valeur des équipements, de la cuisine à la salle, et celle de sa précieuse cave avec un pincement au cœur. Juliette renonça à garder tout son stock parce qu'elle savait qu'elle aurait besoin de liquidités pour rebondir et qu'elle n'avait pas les moyens matériels de le conserver dans des conditions de température et d'humidité optimales, rédigea les annonces pour vendre les meubles et le matériel, prit des photos en serrant les dents et un deuxième café pour couvrir l'amertume. Bien que certaine d'agir pour le mieux, un sentiment de défaite l'accompagnait comme un manteau pesant. Les heures défilaient et la nuit avec elles. Juliette espérait l'aube.

Quand les employés arriveraient, elle leur signifierait la fin de leur contrat et du projet. Elle remettrait à chacun une lettre de licenciement et proposerait d'écrire des recommandations à ceux qui le souhaiteraient. Puis ce serait la fermeture définitive annoncée sur les réseaux et en devanture, à moins que Ludo ne décide de garder le restaurant en rachetant ses parts ? Juliette en doutait fortement. De ce qu'elle avait pu voir, il était fauché comme les blés et quelque part au fond de lui-même, sous les couches accumulées de mauvaise foi, de fausse assurance et d'orgueil mal placé, il devait bien savoir qu'il était un piètre gestionnaire. Cette fermeture était probablement faite pour l'arranger. Pourtant, il l'accuserait sans doute d'être responsable de ce naufrage. C'était facile d'imaginer comment il se dédouanerait, mais elle était trop fatiguée pour essayer, trop dépitée pour lui en vouloir, trop déçue pour avoir encore de la colère.

Ludovic ne l'avait jamais aimée. Derrière chacun des gestes qu'elle faisait, des comptes qu'elle compilait, des lettres qu'elle annotait, il y avait cette certitude, et elle faisait le deuil de cette relation fictive en rangeant les papiers. Elle se demanda s'il n'était pas déjà conscient de l'attirance qu'elle ressentait pour lui quand il lui avait proposé d'ouvrir ensemble les *Bouchées*. Sans doute ? Dans ce cas, il avait scellé son sort volontairement. Sans cette proposition, Juliette serait restée à baver de loin, sans jamais y croire vraiment. Lui proposer un partenariat, dans ces conditions... N'avait-il pas vu qu'elle allait y croire, qu'elle allait espérer ? N'était-ce pas logique ?

Si, ça l'était, songea-t-elle. *Ça l'était et il l'a vu, mais ça l'arrangeait aussi, ma grande, ça l'arrangeait parce que comme ça il pouvait tout maîtriser comme il l'entendait, et tu étais beaucoup plus simple à gérer qu'un associé habituel.*

Elle se servit de son ressentiment pour se désigner liquidateur, rédiger le procès-verbal de dissolution et le signer dans la foulée, mettre en forme son dossier pour le tribunal et la comptabilité pour le banquier, n'oubliant pas de prévoir les coûts de la fermeture et la projection des frais engagés. Puis elle s'occupa de la résiliation du bail, calcula ce qu'ils devraient encore payer, ce qui resterait sur les comptes, ce qui pourrait se vendre sans faute, ce qui pourrait se céder, ce qui se négocierait, et ce qu'il leur resterait. Elle compila l'ensemble dans un budget prévisionnel incluant une marge d'erreur. C'était encore raisonnable. Peut-être qu'elle avait ouvert les yeux à temps. Vu le fiasco que *Les Bouchées Doubles* représentaient, leurs finances n'auraient pas pu tenir beaucoup plus longtemps. Cependant, même s'ils ne retombaient pas sur leurs pattes, ils devraient récupérer une partie de leurs apports respectifs sans trop de problèmes.

L'aube émergea enfin. Elle teintait de rose les murs du bureau quand Juliette estima qu'elle avait terminé tout ce qui pouvait l'être. Elle avait même préparé les deux versions possibles du destin des *Bouchées*, celle où Ludovic abandonnait, et celle où il décidait de s'entêter – s'endetter ? – pour maintenir l'illusion. Juliette se foutait de la solution qu'il choisirait, elle se contenterait d'envoyer les deux et de voir ce qu'il signait. Elle savait ce qu'elle aurait fait à sa place, mais elle suspectait Ludo d'être capable de prendre la mauvaise décision juste par fierté. Elle le laisserait faire. Cette fois-ci, il déciderait tout seul de la situation qu'il voulait affronter, et il n'y aurait personne pris dans ses combines pour payer à sa place ses insuffisances et son hypocrisie. Il n'aurait plus de public à impressionner, juste une décision et les conséquences à assumer.

Peut-être Ludo choisirait-il de crier partout que ce qui avait tué le restaurant, c'était elle, parce qu'elle n'avait pas pu assumer le fait qu'il avait une copine, elle était amoureuse de moi vous comprenez, alors par vengeance elle a décidé de se retirer de l'affaire quand elle a su que je ne l'aimais pas, quelle salope, hein. Juliette s'en foutait. Elle était trop fatiguée et désabusée pour ressentir encore quoi que ce soit à ce sujet. Il pouvait bien raconter ce qu'il voulait, il ne lui était plus rien.

Sans hâte, Juliette quitta le bureau et le referma derrière elle. Les employés ne se présentaient pas au travail avant neuf heures et demie, dix heures au plus tard, et si elle comptait être là lorsqu'ils arriveraient, elle avait tout de même le temps d'aller se payer un petit déjeuner quelque part, au bord de la Seine peut-être, de profiter de l'aube et d'une liberté nouvelle. Elle allait réenclencher l'alarme et quitter le restaurant quand elle se ravisa et fit demi-tour. Elle retrouva la fraîcheur de la cave et y flâna à la recherche des vins qu'elle préférait, des plus nobles, de ceux qu'elle s'était réjouie de pouvoir acheter. Lentement, avec délectation, elle sélectionna quelques bordelais, quelques bourguignons, deux ou trois alsaciens et même des vins du Sud à la robe claire. Une vingtaine de bouteilles en tout, qu'elle empila dans plusieurs cartons laissés là comme spécialement pour elle. Elle les protégea habilement, puis les remonta un à un, sans se presser, avant de les mettre délicatement dans son coffre. Elle les déduirait le moment venu. Tout ne serait pas gâché, tout ne serait pas perdu. Elle passa enfin derrière le volant et quitta les lieux sans haine ni regret.

Que faire, après une nuit pareille ? Comment vivre les minutes qui suivent l'annonce du désastre ? Juliette ressentait une soudaine et douloureuse vacuité et restait pourtant sereine, pleine d'acceptation. Elle eut envie d'eau, de s'immerger. Elle eut envie d'un bain, à nouveau, et, renonçant au petit déjeuner, prit la route de l'atelier. Comme elle s'y attendait, les lieux étaient déserts. Clem et Greg devaient encore être chez elle, pour ce qu'elle en savait. La salle de bains l'attendait.

C'était l'un des avantages indéniables de l'appartement de Simon, cette vaste baignoire à l'ancienne dans un si petit espace, dont tous les tuyaux grinçaient à l'unisson quand on essayait de la remplir, mais où l'on pouvait se plonger et tendre les jambes sans toucher le bord. Juliette piqua sur l'étagère une bombe de bain qui traînait au milieu des affaires de sa sœur, mit une seconde fois la température au maximum de ce qu'elle pouvait supporter et alluma toutes les bougies apaisantes qu'elle put trouver pendant que l'eau coulait. Dès que la baignoire fut remplie, elle se dépouilla de ses vêtements, gauche et douloureuse, le sang battant à ses tempes à cause de la caféine et de la nuit blanche. Un soupir de soulagement lui échappa quand elle se glissa dans l'eau brûlante. La bombe de bain était à la lavande et les bougies au citron ; le mélange était bizarre mais pas désagréable, et Juliette se laissa aller contre la faïence.

Elle se mit à penser au restaurant, à Ludovic, aux événements de la nuit, et il lui sembla qu'elle avait gâché des mois, des années, sa vie.

Arrête de te plaindre ! se reprocha-t-elle, mais des reproches par-dessus des reproches ne changeaient pas grand-chose.

Juliette resta longtemps dans le bain, et y somnola peut-être même un peu. Quand la température se fit tiède, elle joua avec l'idée de rajouter un peu d'eau chaude et de prolonger l'immersion, mais la fatigue fut la plus forte et elle renonça. Elle se lava sans énergie et se sécha avec la première serviette qui lui tomba sous la main. Elle quitta la salle de bains en laissant une foule d'empreintes humides dans le couloir, tituba jusqu'à la chambre, se laissa tomber sur le lit et s'y endormit presque immédiatement, roulée en boule dans sa serviette humide. Elle entendait son cœur battre trop vite, elle entendait ses muscles qui tremblaient contre les draps. Le sommeil la cueillit pourtant aussitôt.

Mieux valait se laisser engourdir et pour quelques heures au moins, oublier. La douleur serait toujours là au réveil, mais peut-être aussi qu'elle trouverait la force, en ouvrant les yeux, d'achever le combat qu'elle venait de commencer. *Les Bouchées Doubles* avaient été un rêve, comme l'amour de Ludovic, dissipé par le lever du jour comme la brume du paysage quand le soleil se lève au creux de la matinée.

Chapitre 19

– Eh bien, je pense que tout est en ordre.

– Oui, c'est fini, dit Juliette d'une voix faible.

Elle n'était pas certaine que l'employé du greffe l'ait entendue. Elle régla les frais de dossier et prit congé, la tête bourdonnante, incapable de comprendre ce qui la touchait autant. L'enregistrement du dossier de liquidation était une simple formalité administrative, mais c'était aussi tout un symbole. C'était terminé. *Les Bouchées Doubles*, une aventure d'une poignée de mois, étaient mortes ce matin au tribunal de commerce. C'était ce qui occupait son esprit, ça et l'absence de Ludovic qui, après avoir signé à reculons tous les papiers nécessaires, brillait par son incapacité à faire face au moment de la conclusion comme durant la bataille. Pourtant, au début, il avait tout tenté.

Dans un premier temps, Juliette ne s'était pas trop souciée de lui, occupée qu'elle était à monter le dossier de liquidation. Ça ne l'avait pas empêché de lui pourrir la vie : il lui avait envoyé quantité de messages détestables qu'elle n'était pas parvenue à se retenir de lire. Il alternait les stratégies comme un enfant capricieux, certain qu'à un moment donné, il trouverait un levier efficace pour la faire réagir.

Un matin, il versait des milliers de larmes de crocodile sur son répondeur en disant qu'il n'avait pas été à la hauteur, qu'il était désolé et qu'il avait compris, qu'il fallait qu'elle lui donne une seconde chance. L'après-midi, il rappelait en colère, disant que puisqu'elle avait décidé de partir il lui laisserait payer toutes les dettes, qu'elle n'aurait plus aucune crédibilité dans le métier et que plus personne ne voudrait jamais travailler avec elle. Le soir, atone, il rappelait pour dire qu'elle ne lui laissait pas le choix et qu'il allait se foutre en l'air. Trois salles, trois ambiances, *ad nauseam*.

Juliette essuyait les inconvénients de la rupture amoureuse sans avoir pu profiter des parties de jambes en l'air prérequises. Assumer en même temps la fermeture inévitable du restaurant et ses appels quotidiens l'avait épuisée, au point que le dépôt du dossier de dissolution au greffe était un soulagement. Pourtant, à présent que la fin était actée, qu'il n'y avait plus de créanciers à calmer ou de papiers à mettre en ordre, Juliette se sentait tout à la fois vide et noyée sous les sensations, certaines plus agréables que d'autres.

Il y avait les bonnes choses, d'abord. La fin des *Bouchées* en était une, parce que c'était toujours mieux que leur lente agonie. Juliette avait été brutalement honnête avec la banque, les débiteurs et les salariés, et elle avait rencontré plus de compréhension et de sympathie que de jugement et d'agressivité. Dans l'ensemble, tout le monde s'accordait à dire que ça ne pouvait pas se terminer autrement. Juliette avait agi avec efficacité pour achever ce qui devait l'être. Pourvu qu'elle n'entende plus jamais parler de Ludovic après ça, elle ne demandait pas davantage. Les employés l'avaient pour la plupart soutenue dans sa décision et Maxime s'était mis en quatre pour l'aider en tout.

Et puis, il y avait les choses plus douloureuses. Ses regrets, sa certitude que cet échec lui appartenait aussi un peu, et Ludovic, aux abonnés absents dès qu'il fallait obtenir la plus petite réponse ou la moindre signature. Tout à coup il ne lui parlait plus que par le biais de son avocat. Elle savait par ses nombreux messages qu'il la tenait pour responsable de tout, depuis la chute du restaurant jusqu'à la liquidation, sans doute un peu à raison.

Elle aurait pu s'imposer davantage, mettre les points sur les *i* ou taper du poing sur la table, mais le seul point était final, car elle s'était résolue à intervenir trop tard. Bien sûr, il était responsable de la mauvaise gestion, mais le tribunal de commerce se souciait peu de ce genre de détails et comme il n'était pas venu pour assumer... les torts seraient pour toujours partagés, par défaut. Jusqu'à la dissolution de leur société, la dernière signature, la clôture des comptes et la fin. Enfin.

Juliette ne serait pas libérée tout de suite. Il fallait encore qu'elle termine les opérations de liquidation, que les meubles vendus soient enlevés par leurs nouveaux propriétaires, et qu'elle rende les clefs du fond de commerce. Puis il faudrait revenir au greffe après avoir rédigé un nouveau procès-verbal et bouclé les comptes. Ce n'est qu'à ce moment-là qu'elle pourrait couper les derniers fils de cette triste aventure. Et puis quoi ? Elle serait officiellement sans emploi, avec une nouvelle ligne sur le CV, et l'absence d'envie de commencer quoi que ce soit après ces funérailles administratives. Elle quitta le tribunal comme une somnambule.

Dehors, il faisait anormalement froid pour une fin de matinée printanière et le ciel, gris et blanc, avait une dureté de métal. Juliette gagna sa Twingo, posa ses affaires, et ralluma machinalement son portable. Avant d'avoir pu démarrer la voiture, un message fit vibrer l'appareil. Maxime, évidemment.

J'espère que ça s'est bien passé, Juju. Brunch à l'atelier, réconfort, sirop d'érable et œufs brouillés. Tout le monde sera là.

La proposition était tentante. Juliette avait surtout envie d'une bonne douche, d'une couette et d'un oubli solitaire, mais elle devinait que Max ne la laisserait pas se replier dans un coin pour geindre. Mieux valait répondre positivement à l'invitation, se gorger de café et filer discrètement après avoir donné le change contre une poignée de pancakes. Juliette se mit en route, son cerveau déroulant sans elle des pensées parasites, déprimantes et périmées. Quand elle arriva, ça sentait les œufs brouillés jusque devant l'atelier.

– C'est moi, dit-elle simplement en passant la porte. Je me suis dit que vous aviez déjà pensé aux viennoiseries, alors j'ai décidé d'innover avec des cookies.

Clémence se porta aussitôt à sa rencontre, la mine soucieuse, éclatante dans son allure négligée comme dans tout.

– On n'était pas sûrs que tu viendrais, mais Grégoire nous a dit de te préparer des œufs malgré tout et qu'au pire il les mangerait.

– Grégoire est toujours prêt à rendre service, déclara Juliette. Vous êtes venus ensemble, je suppose ? Tu réemménages quand ?

L'acidité affleurant sous chaque mot échappa à sa sœur.

– Oh, non, je reste à l'atelier. Greg a rendu le bail, il se barre pour quelque temps à Bangkok pour une mission.

Clémence eut un sourire en coin devant la mine effarée de Juliette.

– Il profite du fait qu'on n'est plus censés se marier pour se rendre indispensable auprès de sa boîte. Il sera de retour début juin.

– Oh.

Juliette se demanda pourquoi elle était presque heureuse de savoir que Clem et Greg n'allaient pas filer le parfait amour dans son entourage proche, rougit de son égoïsme et suivit sa sœur à l'intérieur. Depuis la cuisine lui parvenaient les odeurs de bacon, d'œufs, de jus de fruits et de café. Janis Joplin chantait un truc qui parlait de l'été. Quand elle pénétra dans la pièce, les regards convergèrent, et la question muette flotta entre eux. Maxime semblait soucieux, Simon affichait sa perpétuelle nonchalance avec tact, et Greg, une franche curiosité. À quoi s'attendaient-ils donc ?

– C'est terminé, répondit-elle dans un soupir. Le dossier a été déposé au greffe. Il n'y a plus qu'à liquider. Ludovic n'était pas là, mais on s'en fout, il a signé. *Les Bouchées Doubles*, c'est fini.

Le dire à haute voix lui creusa la poitrine. Juliette s'assit sur un tabouret bancal et Syphilis lui sauta sur les genoux.

– Ça n'a pas traîné, commenta finalement Simon avant de se saisir d'un cookie et de le tremper dans son verre de lait, le petit doigt en l'air.

– Ce genre de procédure est toujours rapide si les papiers sont en ordre, expliqua Max en retournant à ses œufs pour les brouiller avec plus d'énergie. Le tribunal n'a pas que ça à foutre. D'ici à ce soir, ils auront enregistré des dizaines de dossiers comme le nôtre. Me voilà prêt à pointer au chômage !

Juliette eut un rire sans joie.

– Pour quoi, trois jours ? Tu es un pâtissier talentueux et ton CV est aussi élogieux que ma lettre de recommandation. Tu retrouveras du travail sans souci à Paris.

Maxime hocha la tête, puis se tourna vers elle, plein d'espoir.

– Et toi, tu vas rouvrir quelque chose ?

Juliette sentit une nouvelle pierre rejoindre la précédente au fond de son ventre. Remonter en selle ? Doucement, alors. Quand ça cesserait de faire mal, et pas avant.

– Pour l'instant, j'ai une liquidation à gérer, biaisa-t-elle. À l'heure où nous parlons, je suis sans le sou et incapable de rouvrir quoi que ce soit. Réinvestir maintenant, ce n'est pas possible, et peut-être même plus jamais après ce qui s'est passé pour mon premier restau.

Le silence gagna pendant que Greg, qui avait rejoint Max derrière les fourneaux, retournait le bacon avec application. Clémence soupira.

– Je n'aurais jamais pensé que tu baisserais les bras si vite. Tu avais ton restaurant, tu avais réalisé ton rêve...

– Et on a vu comment ça s'est terminé. C'était sans doute prévisible...

– Maman n'est pas là, inutile de la remplacer pour les reproches, balança Simon.

Juliette rougit violemment et faillit rétorquer quelque chose, mais elle se ravisa. À la place, elle accepta du bout des lèvres le thé que sa sœur lui mit d'autorité entre les mains. Il ne fut plus question de la fermeture. On parla de Grégoire et de son voyage, de la mission acceptée en urgence et qui devrait lui rapporter une prime substantielle.

– De quoi rembourser les arrhes versées pour ma fiancée en fuite, dit-il d'un ton joyeux qui démentait parfaitement ses paroles.

Clémence le bourra de coups avant de l'embrasser. Juliette piochait dans ses œufs, étrangère au bonheur. Maxime et Simon projetaient un déménagement durant l'été, afin de s'établir sous le même toit et d'abandonner définitivement l'atelier. Manifestement, Simon avait jugé opportun de révéler à Clémence son véritable emploi, ainsi que sa relation. Cette dernière avait l'air de s'en moquer éperdument et se comportait avec un naturel confondant, exactement comme si la famille auprès de laquelle elle se trouvait existait depuis des années. Juliette enviait un peu cette facilité d'adaptation et cette légèreté, quand tout chez elle était pesant et difficile à endurer.

On refit du café, on mangea des chocolats que Maxime avait faits la veille et qu'il avait apportés pour tester la recette, Grégoire parla avec emphase des tableaux de Clémence qui se débattait dans les compliments tout en les savourant de façon évidente, puis Simon ramena l'assemblée au calme en insérant Odile dans la conversation.

– Du coup, Grégoire, tu ne seras pas là pour l'anniversaire ?

Un silence plombé tomba sur la table, non pas gêné, cette fois-ci, mais de fatigue anticipée. Juliette se resservit un café qui avait le goût de l'appréhension.

– L'anniversaire de maman, murmura Clémence, j'avais complètement oublié.

– Moi aussi, déclara Juliette qui trouvait que ça commençait à faire beaucoup en une seule journée.

– Moi pas, dit Simon. Je me demande si, avec vous deux au courant, il ne serait pas temps que je me révèle au grand jour histoire de ne plus avoir à jouer la comédie. Sortir du placard en pleine lumière, dans une glorieuse apothéose au moment du gâteau.

– Je ferai un vacherin, ponctua Max en se tartinant une biscotte.

– Alors, ça te reposerait sans doute, opposa Clémence, mais entre ça et l'annulation du mariage, elle va péter un plomb.

– Sans parler du restaurant, ajouta Greg, pensif.

Juliette éclata instantanément de rire.

– Oh, non, ça, ça ira. Elle s'en fout, de moi. Au pire, elle dira qu'elle m'avait bien prévenue, que je devrais apprendre à ne pas m'engager sans réfléchir, que de toute façon, gérer un restaurant c'est beaucoup trop de responsabilités et que pourquoi je m'infligerais ça alors que je peux être salariée ? Non, vraiment, ne t'en fais pas. Le restaurant ne la chamboulera pas, elle s'y attend, à ce que j'échoue. Le couple de Simon, par contre...

Juliette ricanait encore dans son thé quand elle s'aperçut, en relevant la tête, que tout le monde la regardait.

– Eh bien quoi ?

– Tu es sûre que ça va ? demanda Clémence, inquiète. Tu as l'air... cynique.

– Réaliste serait un meilleur adjectif, contredit Juliette avant de mordre rageusement dans un chocolat. Si tu ne t'es jamais rendu compte de la façon dont maman dénigre ce que je fais, je te conseille d'y prêter attention la prochaine fois. Et ça tombe bien, c'est bientôt son anniversaire, tu auras l'occasion de le constater par toi-même.

Clémence fit la moue.

– Je crois que je risque d'en prendre pour mon grade aussi, avec le boulot que j'ai lâché, le mariage, la peinture…

Juliette en doutait, mais cette fois-ci, elle ne le dit pas. Elle voyait plutôt Odile en train de chouiner que Clémence avait besoin de se ressaisir, que si elle changeait d'avis, on pourrait toujours organiser un mariage plus petit, et tout un tas de propositions susceptibles de lui faciliter la vie… La critique, c'était pour les autres.

– Dire que je vais rater ça, soupira Grégoire en reprenant un café.

– Tu vas surtout être en retard au boulot si tu n'y prends pas garde, rigola Clémence.

Greg jeta un regard à sa montre, avala son café et prit son manteau.

– C'est pas faux. À ce sujet, je vous ramène quoi de Bangkok ?

Clémence demanda un bracelet, Maxime des gâteaux, Simon une statuette moche et Juliette ne demanda rien, malgré l'insistance de son beau-frère.

– Tu auras un cadeau quand même, la menaça-t-il en mettant les voiles.

Un peu après, Simon prit également congé, parce qu'il avait une séance de doublage dans la journée et qu'il n'avait pas encore eu le temps de travailler ses textes, et Clémence retourna à ses peintures. Restés seuls un instant dans la cuisine, Max et Juliette entreprirent de remplir le lave-vaisselle en silence. Juliette ne remarqua pas le regard que son ami posait sur elle et fut surprise quand il la prit dans ses bras pour la serrer fort.

– Tu as très bien fait, Juju. C'était un connard fini. Tu seras beaucoup mieux sans lui, tu verras.

Juliette faillit se dégager, répliquer en riant que ça n'avait rien à voir avec Ludovic et que c'était le restaurant qui lui pesait sur les épaules, mais à la place, les larmes se mirent à ruisseler sur son visage avant qu'elle ait ouvert la bouche. Max ne la lâcha pas et elle pleura contre son épaule, pleine d'un inexplicable chagrin. Clémence choisit cet instant pour venir remplir sa bouteille d'eau et resta interdite devant la scène.

– Qu'est-ce qui se passe ? Qu'est-ce qui t'arrive ? C'est le restaurant ?

– Mais non, mais je m'en fous du restaurant ! éclata Juliette en se dégageant des bras de Maxime, qui la laissa filer doucement. J'en ai marre d'être nulle, c'est tout. Le restaurant, c'était pour lui, c'était une façon de me rapprocher de lui, moi quand il m'a proposé de devenir son associée... je croyais... je croyais... je ne pensais pas que ça se finirait comme ça, je suis trop bête, trop bête, encore une fois !

Clémence resta comme deux ronds de flan à regarder sa sœur, incapable de réagir.

– Et pendant ce temps, disait Juliette malgré les grosses larmes qui dévalaient son visage, pendant ce temps moi je croyais qu'il attendait d'être sûr, que peut-être il était gêné que les *Bouchées* ne marchent pas aussi bien qu'il avait prévu, et qu'il ne pouvait pas penser couple, parce qu'il avait trop de soucis de travail, tu vois ? Et moi j'attendais, je me disais que si je lui facilitais la vie et que les choses s'arrangeaient, il finirait par, je sais pas, s'apercevoir que je valais peut-être le coup qu'on s'intéresse à moi ? Mais je suis trop conne, trop moche, trop bête !

Clémence saisit Juliette par les épaules, la tourna vers elle et la prit dans ses bras.

– Mais non, tu n'es pas bête. Tu n'es ni trop moche ni trop conne, c'était pas le bon et puis voilà !

– Si tu savais comme j'en ai ras le bol qu'on me dise ça ! pleura Juliette dans le cou de sa sœur. C'est jamais le bon, jamais pour moi ! Qu'est-ce que ça peut faire de toute façon ? C'était celui-là que je voulais, moi, il était bien pour moi, il m'allait, même s'il était plus vieux, même s'il était pas parfait !

– Il était tellement pas parfait qu'il s'est servi de toi, rappela Max durement.

Les larmes de Juliette redoublèrent.

– C'est... parce que... je suis... trop conne !

Clémence ne tenta plus d'argumenter, se contentant de serrer sa sœur contre elle en lui tapotant le dos, la laissant ruiner son pull avec un mélange de larmes et de morve. Dans ses bras, Juliette tremblait. Elle n'en finissait plus de déballer un chagrin inextinguible, et malgré la fatigue, elle ne parvenait pas à se calmer.

Au bout d'une dizaine de très longues minutes elle se dégagea, hoquetant mais plus doucement, les yeux de nouveau rouges et bouffis.

– Est-ce que ça va aller ? demanda Clémence par acquit de conscience.

Juliette ne put que hocher la tête et laisser de nouvelles larmes couler sur ses joues.

– J'ai l'impression que je ne fais que pleurer, parvint-elle à dire entre deux hoquets.

– On pleurerait à moins, nota sa sœur. Tu as géré la fermeture seule, et tout s'est effondré autour de toi. Il y a de quoi baisser les bras.

Juliette hocha la tête sans lui dire qu'elle remuait le couteau dans la plaie.

– Ça va s'arranger, insista Clémence avec bonne volonté.

– Ouais, commenta Juliette. C'est ce que tout le monde me dit.

À eux trois, ils finirent de ranger la cuisine sans plus échanger sur le restaurant, Ludovic, et les échecs cuisants. Maxime demanda à Juliette si elle voulait bien le ramener chez lui, ce qu'elle accepta de bon cœur. Tandis qu'il récupérait ses ustensiles de cuisine et les derniers chocolats, Clémence retourna à l'atelier après avoir refait un thé pour elle et sa sœur et Juliette la suivit.

Bien malgré elle, elle s'arrêta à la porte et siffla entre ses dents, stupéfaite de voir les changements qui s'étaient opérés ces dernières semaines. Partout, les toiles de

Clémence séchaient et offraient à l'œil du spectateur une infinité d'horizons brumeux aux couleurs changeantes, parfois ensanglantés, ou tendres comme une matinée humide. Il y avait dans cette répétition et pourtant cette unicité un étrange équilibre, une parfaite osmose et une éternité de moments. Les mouvements de la brume, changeants, donnaient à chaque tableau une atmosphère particulière, comme un cliché précis d'un instant jamais reproductible, une respiration de l'aube contemplée depuis le monde de la nuit. La cicatrice centrale qui délimitait l'horizon, souvent noire, était comme une galaxie sombre d'où s'échappaient des myriades d'étoiles.

– C'est beau, dit simplement Juliette, mais je n'en attendais pas moins de toi.

Elle porta sa tasse à ses lèvres tandis que Clémence cherchait à démêler ses paroles. Juliette n'avait pas assez de cruauté en elle pour la laisser se débattre ainsi.

– Tu sais, c'est difficile de passer après toi. Pour moi, mais pour Simon aussi. Cela dit, je suis contente que tu aies retrouvé la peinture, je suis contente que tu t'éclates dans ce que tu fais, et que tu fasses des merveilles. Parce que tes tableaux déchirent. Vraiment. Tu vas l'avoir, ton concours.

Clémence eut un pauvre sourire.

– J'espère, dit-elle. Sinon j'aurais fait tout ça pour rien, et je ne sais pas comment je le vivrais...

Juliette faillit lui dire qu'elle pouvait lui expliquer avec précision le goût de l'échec, mais elle aimait Clémence et par compassion autant que par habitude, elle se retint.

Chapitre 20

Maxime et Simon avaient proposé de faire la route ensemble, et Clémence elle-même avait dit qu'elle pouvait conduire s'il le fallait, mais Juliette avait décliné l'offre. Elle voulait être libre de venir et de partir comme elle l'entendait et n'être responsable de rien ni de personne, au moins pour la durée de ce week-end. Déjà que ces deux jours dans le Perche ne lui faisaient pas spécifiquement plaisir, elle ne tenait pas en plus à avoir la charge de ceux qui voudraient rentrer à Paris plus tôt ou plus tard. Au départ, elle s'était sentie un peu égoïste d'insister pour partir seule, mais il y avait aussi une pointe de défi derrière. Elle aurait presque souhaité que quelqu'un lui demande des explications, pour pouvoir se fâcher et rappeler qu'elle était libre d'emmener qui elle voulait dans sa Twingo. Mais non, ils avaient respecté sa décision.

Simon avait déclaré qu'il prendrait le train et Clémence devrait sans doute se débrouiller à sa manière, vu qu'elle et Greg avaient vendu la voiture. Comme ce dernier était à Bangkok, ils avaient préféré s'en débarrasser, vu que personne n'allait s'en servir pendant des mois. Entre ça et l'appartement, ils donnaient l'impression de détricoter le passé pour mieux se reconstruire un avenir. Juliette aurait pu en concevoir de l'amertume, si elle avait eu assez d'énergie pour cela. Ce n'était pas le cas.

Deux semaines s'étaient écoulées depuis le dépôt du dossier au greffe et les opérations de liquidation du restaurant l'avaient laissée apathique et solitaire. Même écouter les messages qu'on lui laissait sur le répondeur était devenu un supplice. Elle ne répondait qu'au banquier, quand d'aventure il la contactait. S'il n'y avait pas eu l'anniversaire d'Odile, elle serait restée dans son appartement encore quelques siècles avant d'avoir envie de ressortir. À la suite du brunch à l'atelier, elle avait décliné toutes les invitations, y compris le pot que Clémence avait organisé après l'envoi de son dossier aux Beaux-Arts. Sa sœur bouillait désormais d'impatience, attendant de savoir si elle allait être admissible ou non pour les entretiens, et elle aurait voulu discuter de ses chances avec la planète entière. Juliette avait évité soigneusement cette discussion comme toutes les autres. Voir les gens, tous les gens, était au-dessus de ses forces. Et puis, elle aurait besoin de l'intégralité de ses ressources pour l'anniversaire d'Odile.

Car Juliette ne s'y trompait pas : elle roulait en direction de l'agitation, de la fête, de la famille, des remarques désagréables contre lesquelles elle n'était jamais vraiment vaccinée et d'au moins quarante-huit heures de sempiternelle réprobation maternelle. Elle ne voyait pas comment il pourrait en être autrement. D'ailleurs, même si elle se trompait, il valait mieux se préparer psychologiquement au pire.

Lorsque au bout de l'interminable trajet elle déboula dans l'allée, elle devina qu'elle était la première à l'absence de voiture : son père avait dû aller chercher les autres à la gare. Elle eut presque envie d'enclencher la marche arrière pour ne pas se retrouver seule avec Odile, mais Cacahuète fonçait déjà sur la Twingo en aboyant tout ce qu'elle savait. Raté. Juliette se gara, prit le temps de respirer longuement avant de sortir, et plaqua sur son visage un masque d'impassibilité. Il faudrait qu'il tienne le week-end sans se fendiller. Ce n'était pas gagné.

Le printemps était impossible à ignorer au Chêne vert. À part dans l'arbre aux feuilles persistantes qui avait donné son nom au domaine, les bourgeons avaient éclaté partout au risque de se prendre les saints de glace dans la figure. Il y avait des fleurs éparses sur le gazon et les oiseaux gazouillaient à qui mieux mieux dans la haie, aussi volubiles qu'énervés. Noisette devait être dans le coin, quelque part, à tenter d'en plumer deux ou trois.

Tandis que Juliette sortait du coffre les quelques bonnes bouteilles amenées pour l'occasion, un crissement de graviers derrière elle l'informa qu'Odile la rejoignait. Quand elle se retourna, elle avisa sa mère, la mine sévère et le regard soucieux.

– Veux-tu que je t'aide à décharger ?

– Merci, maman, mais ça va aller.

Juliette se détourna. Ce qu'il y avait dans les yeux de sa mère, c'était l'inquiétude de savoir sa fille sans emploi. Le fait que c'était une situation choisie et qu'elle avait même œuvré pour que cela se produise devait lui passer quarante mille kilomètres au-dessus de la tête. De fait, quand Odile l'embrassa, elle glissa à son oreille :

– Ma pauvre chérie.

Juliette dut se refréner pour ne pas laisser paraître son agacement et gagna la cuisine d'un pas énergique en évitant de marcher sur le chien frétillant. Dans la pièce, une odeur de rôti émanait du four.

– Je me suis dit que tu aurais envie de viande, déclara Odile en refermant la porte derrière elles. Et puis, comme Simon a annoncé qu'il ramenait quelqu'un…

– Il a dit qui ? demanda Juliette sans se retourner.

– Non, mais je me disais que peut-être tu en saurais davantage ?

Bien essayé, songea Juliette, qui secoua pourtant la tête.

– Navrée, maman. Je te laisse, faut que je retourne à la voiture chercher ton cadeau.

Juliette vida les lieux en évitant une nouvelle fois le regard de sa mère. Elle ne voulait pas que cette dernière devine à quel point elle se sentait misérable pour le restaurant et qu'elle tente de la consoler, ou pire, de lui dire que c'était prévisible ou quoi que ce soit dans ce goût-là. Elle prit son temps pour retourner à la Twingo et sortir le paquet. À peine avait-elle claqué la portière que la voiture de son père arrivait à son tour, chargée du reste de la famille. Aurélien se gara et tout le monde sortit, Clémence, Simon et Maxime, un peu plus pâle que d'ordinaire. Juliette fila embrasser son père.

– Est-ce que ça va mon papa ?

– Très bien. Et toi, petite ?

Juliette sourit, puis jeta un regard à Simon, qui secoua imperceptiblement la tête et haussa les épaules. Bien évidemment. Pourquoi faire en deux temps ce qu'on peut faire en un seul au beau milieu du repas, devant la famille réunie autour d'un rôti ? Juliette prit le paquet contenant le gâteau et suivit le groupe jusqu'à la cuisine. Odile poussait de grands cris théâtraux.

– Clémence, enfin ! J'ai cru que tu ne reviendrais jamais ! Déjà que tu ne réponds à aucun de mes messages…

– J'avais du travail, maman.

– Avant aussi tu avais du travail, et tu m'appelais quand même. Coucou mon Simon, tu as maigri. Ah, Maxime ! Vous êtes revenu ! Je suis contente de vous avoir aussi.

– Bon anniversaire, Odile, dit Maxime en jetant un coup d'œil à Simon qui fuyait dans le salon à la suite de son père.

– On ne passera pas à table avant une bonne demi-heure. Juliette, mets le gâteau dans le frigo s'il te plaît. Clémence, tu peux aller vérifier que je n'ai rien oublié sur la table ? Maxime, faites comme chez vous.

Odile était passée à côté. Ça n'était pas vraiment surprenant, mais Juliette échangea malgré tout un regard avec Max, qui se sauva à son tour. Clémence ouvrit de gros yeux et le suivit afin d'obéir à sa mère, pour changer. Juliette tenta de caser le gâteau entre les fromages et la salade lavée, puis elle ouvrit les bouteilles de vin afin de le carafer.

– Finalement, Simon est venu seul, dit Odile, qui touillait la sauce en lui tournant le dos.

– Hum hum, fut la seule réaction de Juliette.

Certaines choses étaient de sa responsabilité, et d'autres pas. Le coming out de son frère était de celles-ci. Ce n'était pas à elle de lui dire comment le gérer. Elle espérait seulement que ça se passerait bien et se contentait de douter dans son coin de la pertinence du choix de la journée. Dans la famille Descroix, l'anniversaire d'Odile était un événement sacré.

Une fois les carafes remplies, Juliette les apporta à table. Dès qu'elle entra dans le salon, elle vit d'un simple coup d'œil que son père avait compris. Elle lut dans son regard un mélange de surprise et de joie teinté d'appréhension. Pour en avoir beaucoup discuté avec ses parents quand la loi sur le mariage pour tous était passée, Juliette savait que Simon et Max étaient en terrain allié. Enfin, neutre, tout du moins. Cependant, elle se demandait si ça suffirait : les réactions d'Odile à propos de ses enfants étaient difficiles à anticiper.

On prit l'apéritif en discutant de Grégoire à l'autre bout du monde mais en évitant soigneusement le sujet du mariage ou même du couple. On évoqua aussi la peinture de Clémence, sans entrer dans le détail de sa reconversion. On parla de celle de Simon, qui échoua à faire ce coming out professionnel qu'il avait tant vanté et ne parvint pas à rompre l'illusion. La fratrie tourna autour du mensonge avec circonspection. Personne ne demanda à Maxime ce qu'il faisait là et lui-même avait l'air de sérieusement se poser la question. Juliette trouvait que la journée était prometteuse : elle eut toutes les peines du monde à s'empêcher de se resservir un whisky.

Elle aurait pu, pourtant. Il s'avéra que personne ne mit les pieds dans le plat avant le dessert. Odile en était à commenter l'alcoolisme du boulanger et les malheurs de la boulangère en regardant sa fille cadette d'un air entendu – les discussions autour de l'alcool lui étant systématiquement dévolues – quand Simon, mû par un je-ne-sais-quoi d'insouciance peut-être un brin éthylique, prit la main de Max l'espace d'une petite seconde. Ce ne fut rien, mais ce fut tout. Odile s'interrompit au milieu de sa phrase, Aurélien grimaça en voyant sa femme, Simon lâcha la main de Max, et Juliette décida à voix haute que c'était le moment de sortir le champagne. Quand elle revint dans le salon avec les coupes et la bouteille, l'ambiance avait fraîchi comme si elle aussi venait de sortir du freezer. Juliette lut sur le visage d'Odile qu'elle réglerait ses comptes une fois la pantomime achevée et qu'on ne perdait rien pour attendre.

Show must go on, songea-t-elle.

Clémence, qui était sans doute arrivée à la même conclusion, se leva pour aller chercher le gâteau et mettre les bougies tandis que Simon et Max débarrassaient dans un bel ensemble. Quelques minutes plus tard, tout le monde chantait et on aurait pu jurer que rien ne s'était produit. Pourtant, il y avait sous-jacents cet air de poudre et cette petite tension électrique qui l'accompagnait, présageant d'une énorme explosion imminente. On dégusta le gâteau en silence : ivrogne ou pas, le boulanger était manifestement bon dans ce qu'il faisait. Maxime osa même dire deux mots sur la question. Odile ne lui répondit pas.

Lorsque la table fut débarrassée pour la seconde fois et le café servi, Juliette réfléchissait à une façon acceptable de mettre les voiles pour aller en griller une quand sa mère décida que l'heure était venue de sortir le lance-flammes.

– Et donc, Maxime, faute d'intérêt pour ma fille, vous avez séduit mon fils ?

Sublime, nota Juliette, réprimant une colère froide.

Comment sous-entendre en une seule phrase qu'il n'avait pas voulu d'elle et qu'elle avait été trop bête pour se rendre compte qu'il était gay ? Juliette serra les dents. Ce tacle n'était pas mérité, mais est-ce qu'un seul l'avait déjà été ?

– C'est-à-dire que je ne suis pas sûr d'avoir fait grand-chose pour arriver à cette heureuse conclusion, susurra Max, qui avait sans doute répété son rôle durant le repas.

– Maman, je ne t'ai jamais crue stupide, déclara Simon avec un brin d'agacement dans la voix. N'essaie pas de me faire croire que tu n'avais pas vu que je préférais les garçons. J'exigeais que papa m'emmène au foot tous les dimanches et je refusais que tu m'y inscrives à chaque saison. Ça ne t'a pas mis la puce à l'oreille ?

– Je pensais que ça te passerait.

Ce n'était évidemment pas du foot qu'il était question.

– Que ça me passerait ? demanda Simon, incrédule. C'est pas la varicelle, maman.

Juliette se rendit compte qu'elle enviait à son frère cette capacité qu'il avait de répondre aussi nettement à leur mère. Elle-même en aurait été bien incapable. L'espace d'une seconde, elle suspecta que ça faisait partie des choses qui rendaient leur relation si compliquée.

– Et donc ? Vous êtes ensemble depuis combien de temps ?

– Depuis un peu après Noël, répliqua Simon sans la quitter des yeux. C'est récent, comme tu vois.

– Je vous demanderais bien comment vous vous êtes rencontrés, mais je suppose que c'est ici ? railla sa mère, manifestement désireuse de se montrer cynique.

– En fait non, la rembarra son fils, aussi bon joueur qu'elle. On s'était croisés à l'anniversaire d'un ami commun. Un ex, si tu veux tout savoir, mais je crois que Max n'a pas couché avec, lui.

– Simon, ne sois pas vulgaire ! s'emporta sa mère, outrée.

– Ah, il faut savoir, maman, si tu poses des questions, c'est sans doute que tu veux que j'y réponde, non ? Je me suis trompé, ce n'est pas le cas ?

Odile crispa ses lèvres fines et rajouta un sucre dans son café. Juliette se dit qu'il allait être imbuvable mais se garda bien de proférer le moindre commentaire. Elle n'était pas pressée de se retrouver entre les tirs croisés et pour être honnête, moins on la remarquerait, mieux elle se porterait. Ce que faisait son frère la dépassait complètement. Mettre Odile en colère ne lui avait jamais paru être une bonne idée, hier pas plus que maintenant.

De l'autre côté de la table, Clémence semblait dans les mêmes dispositions, affaissée sur elle-même, les mains serrées autour de sa tasse avec l'envie manifeste de ne surtout pas émettre le moindre son. C'est peut-être pour cette raison que sa mère la remarqua et changea de cible : Clémence n'était jamais recroquevillée ainsi, et elle n'était de toute évidence pas autorisée à l'être. Juliette, en revanche, connaissait cette attitude par cœur. Odile dut les confondre, du coup, car elle attaqua l'aînée comme elle l'eût fait avec la cadette.

– Et toi qui étais tous les jours à l'atelier de ton frère, tu ne t'es rendu compte de rien ? Tu aurais pu m'appeler pour me le dire. Vous vivez tous les trois là-bas ? Ça ne doit pas être très confortable.

– Clémence est seule à l'atelier, cingla Simon, manifestement désireux de boire la coupe jusqu'à la lie. Je n'allais pas lui imposer mon couple. Il y a des choses qui ne se partagent pas, même entre frère et sœur.

Juliette se resservit du champagne. Étonnamment, tout le monde devait être très occupé, car personne ne le lui fit remarquer.

– Comment fais-tu pour travailler, si vous n'habitez plus à l'atelier ? demanda Odile, soudain inquiète de soulever cette nouvelle pierre.

Elle n'est pas si bête, songea Juliette. *Elle a juste décidé d'ouvrir les yeux. Un peu comme moi.*

Elle but son champagne cul sec pendant que Simon prenait une grande inspiration. Il jeta un regard à ses sœurs, à Max, puis à son père, et acheva sa mise à nu.

– Je n'ai pas besoin d'être à l'atelier pour travailler car ça fait plus de quatre ans que je n'ai pas peint. Je ne peins plus, maman. Ce n'est pas comme ça que je gagne mon argent.

Sous le regard horrifié de sa mère, il se pencha sur la table pour prendre la cafetière et se resservit en prenant son temps. Poseur, même dans les pires moments. Juliette commençait à trouver l'air de la pièce franchement irrespirable.

– Comment ça, tu ne peins plus ? Mais tu fais quoi, alors ?

Simon se tourna vers sa mère et hocha la tête, comme s'il savait, à ce moment précis, qu'il avait déjà gagné. Il lui sourit.

– Je suis doubleur, maman. Doubleur, cosplayeur, et youtubeur. Je tiens une chaîne de culture japonaise et de couture. Et je double des mangas japonais, mais ce n'est pas ce qui paie le plus.

Il souffla sur sa tasse. La mine d'Odile indiquait clairement qu'elle n'avait rien compris à ce qu'il venait de dire.

– J'ai souvent de très bons rôles, appuya Simon avec une mimique satisfaite. Et j'ai des milliers d'abonnés. Pour la chaîne.

On aurait pu entendre le compte à rebours. Juliette fut tentée de dénombrer à voix haute.

– Simon, est-ce que tu es en train de me dire qu'on t'a payé cinq années d'études d'art qui n'ont servi à rien ?

– Pas à rien, contrecarra imprudemment Simon. Ils sont très utiles à Clémence, mes cours. Depuis Noël, elle les dévore. J'ai bien fait de ne pas les jeter.

– Simon, mit en garde Clémence.

En vain. Manifestement, leur frère avait décidé de tout faire péter.

– Et puis, j'aimais bien l'atelier.

Ce fut la goutte d'eau. Odile se leva, frappant durement la table de ses paumes osseuses. Aurélien se leva aussi, mais pas pour la même raison. Il dardait sur sa femme un regard inquiet plein de lucidité. Maxime, lui, aurait voulu disparaître sous un meuble. Juliette estima que ce n'était pas très charitable de la part de son mec de transformer cette première réunion avec les beaux-parents en reconstitution d'Azincourt, mais elle voyait mal comment les choses auraient pu se dérouler autrement.

– C'est un comble ! explosa Odile, blême et tremblante. Ton père et moi on se sacrifie pour que tu intègres une grande école, on paie rubis sur l'ongle tes années d'études, on s'endette pour ton atelier, et c'est comme ça que tu nous remercies ? En allant faire le guignol en costume je ne sais où ; je n'ai pas tout compris ? Et tu prétends gagner ta vie de cette façon ? Tu n'as pas honte, de nous avoir menti ? Des années, j'ai cru que tu exposais ! Quelle honte ! Quelle honte, et moi au village qui parlais de tes œuvres, de tes Salons, quelle honte ! Mais on va dire que je suis folle, que j'ai perdu la raison !

– Mais oui, maman, déclara Simon vertement. Tu as tout compris. C'est de toi qu'il est question.

Odile se redressa comme un fauve sur la défensive, mais Simon ne bougea pas d'un poil. Au bout de quelques secondes tendues, il se pencha en avant, ramassa un paquet au sol et le poussa vers elle.

– Joyeux anniversaire, au fait.

À force d'attendre l'explosion, ils en avaient oublié les cadeaux. Odile considéra longuement le paquet et, sans un mot, fit volte-face et quitta la pièce en claquant la porte. Aurélien eut un regard d'excuse pour ses enfants et la suivit, refermant délicatement derrière lui. Clémence en profita pour se redresser, occupant spontanément la place de l'absente, et son attitude réprobatrice.

– Mais enfin Simon, mais qu'est-ce qui t'a pris ? Tu ne pouvais pas y aller plus doucement ? Tu voulais quoi, la rendre malade ? Parce que là, je crois que tu lui as brisé le cœur.

– Je ne suis pas certain qu'elle soit équipée d'un tel organe et elle s'en remettra, déclara Simon sur un ton pas tout à fait convaincu.

– Je n'en suis pas aussi sûre que toi !

Clémence se tourna vers Juliette comme pour espérer un soutien. Cette dernière soupira et choisit sa voie avec détermination.

– Je vais promener Cacahuète, dit-elle.

Elle sentit bien les trois regards sur sa nuque lorsqu'elle s'en alla mais refusa de se retourner.

Chapitre 21

Juliette prit son temps. Elle n'avait absolument aucune envie de rentrer au Chêne et l'après-midi s'étalait sous la lumière dorée d'avril. De lourds nuages noirs passaient au loin, mais aucun d'eux n'était menaçant et Juliette trouvait qu'elle avait eu son quota d'orages pour la journée. Cacahuète bondissait au-devant d'elle, trop heureuse de profiter de cette balade inattendue. Juliette fumait clope sur clope, détendue. Les bulles du champagne allégeaient sa marche. Après le pavé dans la mare que Simon avait lâché, il ne ferait pas bon revenir de sitôt : il était hautement probable que la situation s'envenime. Non, décidément, Juliette n'était pas du tout pressée de rentrer.

Malgré tout elle suivit le chemin habituel et du coup, elle eut bientôt regagné la propriété. Elle se rendit directement à la cuisine, la chienne sur ses talons, langue pendante et ravie. À l'intérieur, il faisait chaud mais les lieux étaient déserts. Le lave-vaisselle n'avait pas été rempli et personne n'avait pris la peine de ranger le fromage. La grosse horloge tictaquait au loin dans un silence lourd de signification.

Pour se donner une contenance plus que par envie, Juliette entreprit de mettre de l'ordre, de nettoyer les plats et de charger le lave-vaisselle. Elle se demandait où se trouvaient les autres quand Clémence entra dans la pièce, la mine renfrognée et le regard dur.

– C'était bien ? demanda-t-elle sèchement.

Juliette haussa les épaules. Elle ne se sentait nullement responsable de la crise et pas spécialement disposée à le devenir.

– Pas mal.

Clémence attendit une réaction qui ne vint pas. Elle se raidit et croisa les bras.

– Et à aucun moment tu t'es dit que tu serais mieux ici pour nous aider à résoudre la situation plutôt que dans la cambrousse avec le chien ?

– La situation, comme tu dis, ce n'est pas moi qui l'ai déclenchée, et je ne vois pas ce que j'aurais pu dire qui...

– Ce n'est pas la question, Juliette, mais franchement, qu'est-ce que tu crois que Max et Simon ont pensé quand ils t'ont vue partir comme ça ?

Juliette rougit et lança un regard d'avertissement à sa sœur, qui ne s'en offusqua pas.

– Tu ne crois pas que tu avais l'air de justifier la réaction de maman, au lieu de les défendre ?

– Simon est assez grand pour se défendre seul.

– Pas là !

Juliette se rendit compte que Clémence était réellement en colère. Elle tremblait.

– Simon a mis les choses à plat, mais il avait besoin qu'on le soutienne et tu le sais ! Il avait besoin qu'on soit tous là pour faire front quand maman reviendrait, comme il aurait été là pour faire front si elle avait mis ma peinture sur le tapis, ce qu'elle n'aurait pas manqué de faire ! Tu étais où, toi ?

– Et vous, vous étiez où ?

Juliette sentit malgré elle des années de rancœur remonter à la surface.

– Vous étiez où quand elle m'offrait des crèmes anticellulite, quand elle disait que si je ne trouvais pas de mecs, c'était parce que je ne faisais pas assez d'efforts, ou quand elle disait que je ne ferais jamais rien de bien dans ma vie ?

– Mais tu es malade ! Maman n'a jamais dit ça !

– Ose me dire que tu n'as pas compris ses sous-entendus quand elle te montrait en exemple, « tu devrais demander à Clémence ce qu'elle fait pour sa peau, parce que tu as des boutons, ma chérie, peut-être que ta sœur pourra t'aider », ou alors quand je lui parlais des difficultés du restaurant et qu'elle m'envoyait vers toi pour apprendre à gérer mon argent ! Tu crois que je le vivais comment ?

Clémence était abasourdie.

– Mais enfin, je ne savais pas... Quoi ?

– Bien sûr que tu ne savais pas ! Tu ne crois pas que j'allais venir te voir, en plus ? Ça ne suffisait pas de me faire humilier, il fallait que j'aille, comme une incapable, quémander de l'aide ? Chercher une leçon auprès de toi, pour mes points noirs, mes kilos, ou je ne sais quoi d'autre ? Mon masochisme a des limites !

– Juliette, tu es impossible ! la coupa Clémence, furieuse. Tu ne peux pas en même temps me reprocher de ne pas t'avoir défendue et admettre que je n'étais pas en capacité de le faire ! Je ne savais pas, mais là, ton frère, tu savais, toi ! Tu étais au courant, et Maxime est ton ami, et tout ce que tu as trouvé à faire c'est...

– Simon n'avait pas besoin de moi ! hurla Juliette, en colère à son tour. Il lui tient tête comme je ne serai jamais capable de le faire, et c'est lui qui l'a mise dans cet état, qu'est-ce que tu crois qui se serait passé si j'avais ouvert ma gueule ? C'est moi qui aurais pris, comme à chaque fois !

Clémence se redressa, regardant sa sœur comme si elle ne la connaissait pas. Puis elle poussa un soupir de compréhension, assorti d'une moue désapprobatrice.

– Vous vous ressemblez beaucoup avec maman, en fait, dit-elle avec amertume. Tu as raison, bien sûr. C'est de toi qu'il est question, Juliette.

Elle vida les lieux, laissant sa sœur sidérée, en colère, malheureuse, et traversée d'un millier d'autres sentiments aussi désagréables qu'impossibles à déchiffrer. Machinalement, Juliette reprit son ménage. Les paroles de Clémence tournaient en boucle dans sa tête bien malgré elle. Est-ce qu'elle s'était montrée égoïste ? Et pourquoi pas ? Elle ne l'avait jamais été jusqu'à présent, alors pour une fois que ce n'était pas sur elle que la colère odilienne tombait, pourquoi n'aurait-elle pas été égoïste ?

Mais plus Juliette tentait de se justifier à ses propres yeux, plus ses défenses s'effritaient à la lumière de son propre jugement. Elle trouva soudain sa réaction puérile et n'éprouva plus aucune fierté à avoir tenu bon. Elle se demanda ce qu'elle aurait pu faire de plus, rejoua la scène pour à chaque fois trouver sa réaction plus inappropriée. Pourtant, elle refusa de céder. Elle ne voulait pas se noyer dans la culpabilité une nouvelle fois.

Quand la cuisine fut aussi brillante qu'un sou neuf, Juliette s'attaqua au salon. L'horloge indiquerait bientôt dix-neuf heures. L'absence des autres membres de sa famille la laissait perplexe, mais elle refusait de partir à leur recherche tant elle avait peur de ce qui s'ensuivrait. Une fois tout le rangement achevé, elle s'assit dans le canapé et attendit. Cacahuète, avide de caresses, vint la rejoindre pour se coucher sur ses pieds. Juliette prit un magazine pour se donner une contenance. Le silence lui pesait. Alors qu'elle relisait la même phrase pour la troisième fois, son père entra dans le salon, son manteau sous le bras et cherchant manifestement quelque chose.

– Tu vas quelque part, papa ?

Aurélien eut l'air gêné, puis il esquissa un pauvre sourire.

– Je vais ramener Simon et Maxime à la gare. Ils ne veulent pas rester ce soir, et de toute façon, ta mère n'a rien préparé.

– Quoi ?

Tandis que son père cherchait toujours, Juliette, les oreilles bourdonnantes, passa dans le couloir pour gagner la chambre de Simon située à l'extrémité de la maison. La porte était ouverte. À l'intérieur, Simon achevait de faire un sac qu'il n'avait pourtant pas dû beaucoup vider.

– Tu rentres ? demanda Juliette dès qu'elle eut posé le pied sur le seuil. Tu plaisantes, j'espère, tu ne vas pas laisser les choses en l'état ?

Son frère se redressa lentement et lui adressa un regard froid.

– Et qu'est-ce que tu voudrais que je fasse, exactement ? Que je force maman à avoir une discussion avec moi ?

Il eut un rire sans joie. Assis sur l'unique chaise de la chambre, Maxime avait la mine défaite de celui qui n'en finit plus de souhaiter être ailleurs.

– Tu veux que ce soit ça, son premier souvenir avec ta famille ? demanda Juliette en le désignant de la main.

– Il veut surtout que la journée se termine, déclara Simon sans même se retourner.

– Et qu'on me laisse en dehors de ça, si c'est possible, surenchérit Max.

– Écoute, Simon, tu ne peux pas partir comme ça, tenta de le raisonner Juliette. Maman est fâchée, mais si tu pars sans lui avoir parlé, ça va être pire, elle va juste ne plus savoir comment te ramener à la maison sans perdre la face, et tu sais que ça, c'est toute une affaire pour maman. Laisse-lui une heure ou deux, on prépare le repas, tu vas la chercher, vous parlez un peu et…

– Et si je n'ai plus envie ?

Simon reposa violemment ses affaires sur le lit.

– Je me disais que toi en particulier, tu serais capable de le comprendre. Et si je n'ai plus envie, moi, de faire des efforts pour arranger tout le monde, de prétendre que je suis quelqu'un d'autre que moi pour lui faire plaisir, de me mettre en quatre pour qu'elle reste la mère idéale de ses enfants parfaits ? Et si j'ai envie qu'elle me voie comme je suis, plutôt que comme elle voudrait ?

Juliette ouvrit la bouche, et secoua la tête.

– Tu peux obtenir tout ça sans la froisser mortellement !

– Vraiment ? Eh bien, je te félicite de le croire, parce que moi, je ne vois pas comment.

Il reprit son rangement à grands gestes furieux.

– Tu vois Juliette, toi, tu te plains que maman t'a mené la vie dure. Oui, Clémence est venue me parler après votre dispute, et tu devrais aller lui parler, toi aussi. En réalité, tu es la seule de nous trois que maman a toujours vue pour qui elle était.

– Grosse, incapable, sous-douée ?

C'était sorti tout seul. Simon releva les yeux sur sa sœur et secoua la tête.

– Non. Têtue et indisciplinée, à la limite. Maman t'aime.

– Pas autant que vous.

– Oh, et c'est ça le problème ?

Simon eut un rire sarcastique.

– Tu voudrais que ta maman te considère comme la prunelle de ses yeux, le petit oiseau merveilleux que tu espères être ?

Juliette sentait une nouvelle fois le sang battre à ses tempes.

– Putain, Simon, me parle pas comme si j'avais trois ans, je n'ai pas envie de me fâcher avec toi.

– Maman t'aime, Juliette ! Peut-être que tu trouves qu'elle ne vante pas suffisamment tes mérites, mais même ça, ce n'est pas vrai ! Et tu es celle qui a le moins de pression sur les épaules ! Alors tu peux faire comme si c'était une mauvaise chose, mais moi comme Clémence, on s'en serait bien passé !

Simon lâcha une nouvelle fois ses affaires et, en trois pas, fut près de sa sœur.

– Tu t'es déjà demandé ce que ça lui avait fait, à Clémence, d'avoir maman sur le dos dès qu'elle avait moins de dix-huit dans n'importe quelle matière ? Ce que ça lui faisait d'avoir maman aux réunions parents-professeurs qui la portait aux nues et ne voulait entendre parler d'aucune critique, quoi qu'elle ait fait ? Parce qu'elle en a fait des trucs, Clémence, arrête de déconner, Juliette. Tu n'es pas maman, tu n'es pas assez stupide pour la croire parfaite.

Juliette tenta d'en placer une, mais son frère l'arrêta net.

– Ça lui demande une énergie de dingue de faire semblant d'être parfaite, à Clémence. Et pourtant elle le fait, tout ça pour ne pas décevoir maman et être à la hauteur de ce qu'on attend d'elle. Et que je la raille sur le sujet, ou que tu la jalouses, ben connement, ça ne l'aide pas !

Simon écarta les bras comme s'il achevait une brillante démonstration. Juliette sentit les larmes affleurer, mais elle les refoula rageusement.

– Moi ça m'aurait aidée de ne pas être vue systématiquement comme la cinquième roue du carrosse, alors que vous étiez des demi-dieux ! De quoi tu te plains, toi ? Toi aussi, tu as été malheureux, c'est ça ? Toi aussi, l'admiration sans bornes de ta mère t'a conduit au désespoir ?

– Non, répondit Simon du tac au tac, soudain calmé. Moi, elle m'a empêché d'être qui que ce soit. Je suis moi depuis deux mois. Avant, je faisais seulement semblant.

Il éclata de rire et secoua la tête, le regard soudain affreusement triste.

– Même dans mon métier, tu te rends compte ? Même dans mon métier, j'ai choisi d'être quelqu'un d'autre que moi. Je suis Kensuke Chan, je porte des perruques et des lentilles de contact, maman me croiserait à la Japan Expo sans réussir à me reconnaître. Moi, je ne suis pas la personne que je suis vraiment, parce que je suis ce qu'on attendait de moi. Comme Clémence. Mais pas toi.

– Parce que personne n'attendait rien de moi, rappela Juliette, acerbe.

– Ouais, je sais. C'est ce que j'essaie de te faire comprendre. Que c'était pas forcément un mal, et que t'es pas obligée de te vautrer dans la certitude du contraire.

Ils se défièrent du regard, puis Maxime laissa exploser un soupir retentissant.

– Est-ce que vous jouez vraiment à savoir qui a été le plus malheureux d'entre vous ?

Simon sembla tout à coup se souvenir de sa présence. Il secoua la tête.

– Non, on joue pas. On règle nos comptes avant la fin de contrat.

La fin de contrat, comme pour le restaurant, en somme. On récupère nos billes, et on arrête. Juliette sentit la tête lui tourner.

– Alors tu vas t'en aller ? demanda-t-elle, à deux doigts de laisser ses jambes céder sous elle.

– Je crois bien que oui, dit son frère.

Elle releva la tête pour croiser son regard, mais il garda son air buté. Il voulait partir, et il allait le faire.

– Je pense que Clémence va venir avec nous, mais je n'en suis pas certain. Elle m'a juste demandé où était papa.

Juliette sentit ses forces l'abandonner. Elle quitta la chambre, en proie à une sorte de panique irraisonnée, ne comprenant pas comment le départ des deux aînés pouvait la mettre dans un état pareil. Elle chercha Clémence dans sa chambre, mais sa sœur ne s'y trouvait pas. À l'extérieur, elle découvrit son père en train de charger la voiture. Clémence n'était nulle part en vue. Juliette fit le tour de la maison pour la découvrir enfin dans le jardin, occupée à lancer une vieille balle de tennis usée à la chienne extatique.

– Hey, dit-elle.

Clémence se retourna, puis siffla Cacahuète et lança de nouveau la balle.

– Simon me dit que tu vas sans doute partir aussi, déclara Juliette, incertaine. Est-ce à cause de ce qu'on s'est dit ?

Clémence ne répondit pas immédiatement. Elle attendit de nouveau la chienne, mais cette dernière, attirée plus loin par un vol d'étourneaux, la délaissa.

– Je vais m'en aller, oui, déclara enfin Clémence avant de se tourner vers Juliette, les bras croisés dans son pull trop fin.

La soirée se faisait fraîche. Juliette tremblait aussi.

– C'est à cause de la dispute ? insista-t-elle. Je suis juste partie parce que j'étais mal à l'aise et que je ne savais pas quoi faire alors...

– Mais moi non plus je ne sais pas quoi faire, Juliette. Comment tu crois que je fais les choses ? Comment tu crois que j'ai fait, à Noël ? Je ne me sentais pas bien, alors je l'ai dit et je suis partie. C'est la même chose. Simon avait à moitié raison de péter un plomb, maman se serait jamais conduite comme ça s'il avait amené une copine. T'as pas remarqué qu'aux fêtes de famille, Simon ne parlait jamais de lui ? C'est toujours maman qui étalait sa vie, exactement comme s'il n'était pas là, c'est elle qui nous expliquait les vernissages imaginaires pendant qu'il était ailleurs, à prendre la pose.

Elle eut un sourire triste.

– Moi aussi, ça m'agaçait, soit dit en passant, mais ce que je veux dire, c'est que si Simon a tout déballé aujourd'hui, c'est simplement parce qu'il en pouvait plus. Un peu comme toi avec Ludovic l'autre jour. Enfin, je suppose.

– Mais… je veux dire c'est normal qu'elle se soit froissée… Vous n'allez quand même pas partir comme ça et la laisser après un coup pareil ? Tu imagines, comment elle va vivre ça ?

Clémence haussa les épaules.

– Je sais pas, mais comment elle vivrait le fait qu'on reste ? Projette-toi un peu.

– Elle va exiger des excuses et repartir sur les mêmes bases.

– Ouais, et Simon et moi on en a discuté dans le train. Ça a peut-être hâté les choses, peut-être pas. Toujours est-il qu'on en a discuté. Et repartir sur les mêmes bases, on n'est pas pour. On ne peut pas…

Clémence eut un geste vague avant de prendre une mine agacée.

– Tu savais qu'elle continuait d'organiser le mariage dans mon dos, alors que j'avais rompu mes fiançailles et que Greg et moi on n'était même plus ensemble ? Tu le savais, n'est-ce pas ?

Juliette eut du mal à retrouver son souffle.

– Oui, dit-elle finalement la tête basse.

– Et tu t'es dit que c'était normal ? Tu ne t'es pas dit, « maman fait n'importe quoi, je vais en parler à Clémence » ?

– J'en ai parlé à papa, mais...

– Oh ben oui, papa, tu veux dire le mec qui n'a jamais su lui dire non ? Tu t'es dit que ce mec-là allait faire quelque chose pour qu'elle arrête ses délires ? Juliette...

Clémence eut soudain l'air très fatiguée.

– Juliette, pourquoi tu n'es pas venue m'en parler à moi ? Il s'agissait de mon mariage, non ? Je l'aurais appelée, j'aurais arrêté tout ça... pourquoi tu ne m'as rien dit ?

Juliette baissa les yeux et haussa les épaules.

– Je ne sais pas, bafouilla-t-elle. Parce que c'est maman ?

– Ouais.

Clémence la considérait tristement.

– Tu vois, c'est de ça qu'on parle, quand on parle des bases. Et surtout, quand on dit qu'on n'en veut plus.

Cacahuète choisit ce moment-là pour ramener sa balle recouverte de bave et d'herbe, et Clémence la relança sans peine à l'autre bout du jardin. Elle s'était détournée, et Juliette ne voyait pas quoi ajouter. À regret, elle la quitta et retourna à la maison, groggy. Son père était toujours près de la voiture, à attendre sans doute que les garçons aient terminé. Juliette marcha droit vers lui.

– Papa...

– C'était un drôle d'anniversaire, n'est-ce pas ? dit Aurélien avec un pauvre sourire.

Juliette secoua la tête.

– Papa, tu ne peux pas les laisser partir, il faut que tu leur dises que ça va pas, maman ne va pas s'en remettre s'ils font ça.

Aurélien eut soudain l'air très seul et très perdu.

– Ils sont grands, dit-il en manière d'excuse. Ils ont passé l'âge que je leur dise ce qui est bon pour eux. Toi aussi, tu as passé l'âge.

Juliette ne put ou ne voulut pas comprendre.

– Et maman aussi ? Je t'avais dit qu'il fallait l'arrêter, pour le mariage.

– Le mariage n'a rien à voir avec ça, déclara Aurélien, agacé. Ce n'était pas le problème. Tu le sais bien.

À ce moment, Simon et Max sortirent de la maison, main dans la main.

– Prêts pour aller à la gare ? demanda Aurélien, feignant la légèreté.

– Absolument, répondit Simon sans l'once d'une ironie ou d'un regret. J'étais content de te voir, papa.

– Moi aussi, fiston.

Clémence arriva à son tour, ayant sans doute perçu l'agitation. Juliette regarda tout le monde s'installer, et ne sut que penser du regard entendu que sa sœur lui accorda. Elle ne comprenait plus rien, sinon que cette voiture sur le départ cassait quelque chose qui n'aurait pas dû l'être. Elle chercha des mots à dire pour retenir sa fratrie et n'en trouva aucun. Juliette jeta un regard désespéré à la maison, espérant presque voir Odile sortir pour arrêter la marche des événements, mais cette dernière demeura invisible. La fierté était sans doute plus forte que l'amour des grands gestes théâtraux.

Aurélien démarra et lui fit un signe. La voiture quitta l'allée, écho étrange de son arrivée dans cette même cour quelques heures plus tôt. Juliette, seule au Chêne vert, sans son frère ni sa sœur, juste sa mère et elle. Ce qu'elle avait toujours souhaité ? Redouté ? Impossible de faire le tri. Quelque chose avait dangereusement changé dans l'équilibre de sa vie, et elle était incapable de comprendre quoi, comme elle était incapable de savoir si c'était pour le mieux ou pas.

Chapitre 22

Quand Juliette revint dans la cuisine, Odile récurait le four. Le ridicule de la situation sauta aux yeux de sa fille.

– Vraiment, maman, tu te dis que c'est ce que tu as de mieux à faire aujourd'hui ?

– J'ai encore le droit de décider de la façon dont je souhaite passer mon propre anniversaire.

Le ton était acerbe. Il y avait quelque chose d'inattendu et de complètement décalé à voir Odile, la Grande Odile avec des majuscules, en train de récurer son four avec des gants de caoutchouc rose alors que ses deux aînés, ses deux chouchous, venaient de quitter la maison avec pertes et fracas. Juliette ne put résister à la tentation d'insister, bien que tous les signaux aillent plutôt dans le sens d'une saine abstention.

– Maman, vous vous êtes juste disputés, c'est ridicule. Tu devrais…

– Je devrais ?

Odile se redressa de toute sa hauteur tandis que par réflexe, sa fille se tassait.

– Je devrais ? Ton frère et ta sœur m'ont humiliée devant un étranger, tu n'as pas bougé le petit doigt, ils sont partis sans même s'excuser, sans paraître éprouver le moindre remords, et c'est moi qui devrais ?

Juliette savait qu'elle risquait de se faire broyer par cette colère glacée. Elle ne disposait pas des moyens de résoudre ce conflit dont elle n'était pas l'instigatrice, et pourtant elle n'avait pas d'autre choix que d'essayer. L'image emblématique de Tank Man, à Tian'anmen, lui vint à l'esprit. Odile ne fit pas mine de freiner.

– Je fais en sorte que mes enfants vivent la meilleure vie possible, je leur donne tout, je les aide, je finance l'école de Clémence, celle de Simon, ton école d'œnologie, et tout ça pour quoi ? La première ruine sa carrière et sa vie sentimentale sur un coup de tête, le second décide que peindre n'est pas fait pour lui et m'amène son petit ami à mon anniversaire sans m'en avoir jamais parlé avant, et toi…

– Moi je suis vraiment caviste, hein, si par hasard tu avais des doutes.

– … tu investis tes économies dans un restaurant parce que le moins-que-rien pour qui tu en pinces t'a demandé de le faire, et tu ne t'aperçois même pas que tu vas tout perdre dans l'aventure !

Juliette aurait voulu se mettre en colère mais elle s'en révéla incapable. Elle entendait dans sa tête les répliques assassines de Simon ; le bon sens de Clémence ; la voie médiane choisie par Aurélien. Mais elle, elle ne trouvait rien. Sa propre voix s'était coincée quelque part dans sa gorge, et elle était à nouveau cette toute petite fille pétrifiée. La seule action qui lui semblait à portée de main était pleurer, mais elle s'y refusa. Odile, elle, avait ouvert toutes les vannes.

– Ah ! Ils sont beaux mes enfants ! Je m'escrime à sauver le mariage de l'une et la vie artistique de l'autre, et eux, ils œuvrent dans mon dos à tout détruire ! Je me demande pourquoi j'en fais autant pour eux ! À quoi ça sert que j'aie économisé toute ma vie pour vos grandes écoles et vos rêves, si c'était pour vous voir tout envoyer valser ?

– Et si ce n'était pas nos rêves, maman ?

Odile sembla s'étrangler de rage.

– Comment ça, pas vos rêves ? Mais je ne vous ai obligés à rien, moi ! Je n'ai pas choisi à votre place ! Je n'ai certainement pas forcé Clémence à faire de l'économie, ni Simon à rejoindre les Gobelins ! C'est eux qui ont décidé de ce qu'ils voulaient faire, et toi aussi !

– Oui, mais moi j'étais libre de choisir, déclara soudain Juliette. C'est pour ça que ça a marché.

Et c'était vrai. La pression, elle ne l'avait pas eue, pas plus qu'elle n'avait eu l'admiration ou le soutien qu'elle enviait tant au reste de la fratrie. Elle aurait peut-être réussi à ouvrir les ailes plus grand si elle avait bénéficié du soutien maternel, mais au moins avait-elle pu décider pour elle-même, sans être influencée. Elle ne se souvenait pas que son choix de carrière ait été sujet à discussion, ni même qu'il ait intéressé qui que ce soit dans la maison. Néanmoins, c'était indéniablement le sien. Mais ce que disait Odile était vrai aussi : Clémence et Simon avaient été libres dans la mesure où leur mère ne les avait jamais forcés à faire quoi que ce soit. C'était plus insidieux et plus innocent aussi. Ce n'était pas de la contrainte, c'était une foi inconditionnelle qui les avait rendus incapables de résister aux projections maternelles. Quand Odile disait que c'était Clémence qui avait choisi l'économie, elle oubliait les commentaires dithyrambiques de ses enseignants au lycée, qui rendaient sa mère si fière et qui l'avaient enchaînée. Comment, dans ces conditions, choisir une voie autre que celle qui représente pour ses parents l'excellence et l'absolu ? Ce serait les décevoir, n'est-ce pas ? Clémence n'aurait pas pu décevoir qui que ce soit. Jamais. Peut-être même était-ce sa malédiction et la cause, encore aujourd'hui, des nuits blanches à l'atelier et du travail acharné.

Et Simon ? Simon qui enviait sa sœur au point d'avoir, de son côté, décidé d'être son pâle reflet et de réaliser ce rêve qu'elle avait délaissé. Simon qui avait choisi les arts pour rivaliser avec une aînée qui ne se trouvait déjà plus là pour l'affronter, et qui s'était enfermé tout seul dans un combat qui ne pouvait pas être gagné, faute d'opposant. Qui, par la suite, captif à tout jamais de cette image illusoire qu'il avait créée de toutes pièces, ne pouvait pas lui non plus vivre qui il était vraiment.

Sous bien des aspects, Juliette avait effectivement été plus libre qu'eux, mais pas libre de la bonne façon. Ses chaînes à elle, c'était le manque de reconnaissance, l'absence d'intérêt, l'ombre de ceux qui l'avaient précédée. Elle se limitait elle-même parce qu'elle avait intériorisé ces frontières qu'Odile avait dessinées pour elle. Mais en oubliant ce qu'Odile avait projeté sur ses enfants, qu'est-ce que ces derniers avaient bien pu projeter sur elle, finalement ?

– Tu sais, maman, déclara tout à trac Juliette, c'est super dur de te dire non.

Odile resta les bras ballants, incapable de comprendre.

– Me dire non est peut-être difficile, répliqua-t-elle, mais je n'ai jamais rien demandé, donc ça n'aurait pas dû être si compliqué.

– Tu n'as sans doute rien demandé, mais tu attendais beaucoup. Ne me dis pas que ce n'est pas vrai, ça se voyait comme le nez au milieu de la figure.

Juliette cherchait ses idées et les mots qui n'abîmeraient rien. Parler n'avait jamais vraiment été son fort. Face à sa mère, elle se sentait peut-être parfaitement désarmée, mais il fallait qu'elle parle néanmoins. Se faire violence, à tout prix. Si elle quittait les lieux elle aussi, si elle laissait la famille se briser, elle aurait échoué dans ce combat qu'elle n'avait pas vu venir et qui pourtant était le seul qui importait. Déjà tout à l'heure, en quittant la table à la fin du repas, elle n'avait pas fait ce qui était attendu d'elle.

Et pour une fois qu'on attendait quelque chose de moi...

Elle prit une grande inspiration et se jeta à l'eau.

– Maman, Clémence n'a jamais rien voulu d'autre qu'être à la hauteur de la merveilleuse fille que tu affirmais qu'elle était. Brillante, intelligente, parfaite. Si elle a choisi ces études-là, ce n'est pas pour elle-même, c'est parce qu'elle pensait que tu serais plus fière d'elle si elle faisait ça plutôt qu'autre chose. Elle voyait bien comment tu appréciais quand les profs te disaient qu'avec sa tête, elle pouvait faire HEC. Alors oui, elle l'a fait. Mais pas pour elle.

– Mais je ne l'ai pas forcée ! protesta Odile.

– Non, maman tu ne l'as pas forcée, mais cette admiration sans bornes, ces compliments intarissables devant la famille et les amis quand tu affirmais à quel point elle était géniale et comme elle allait faire de grandes études, comment aurait-elle pu ne serait-ce qu'un instant songer à demander une école d'art ? Comment tu l'aurais pris, maman ?

– J'ai bien dit oui pour Simon !

– Mais à Clémence, tu aurais dit oui aussi ?

Juliette vit qu'elle avait touché quelque chose. Odile n'aimait pas être atteinte. Elle retira ses gants avec fureur et les jeta dans l'évier.

– Écoute, si tu as envie ou besoin de considérer que tout ce qui s'est passé est ma faute, je ne vais pas rester ici à me voir reprocher d'avoir été là pour encourager mes enfants.

– Mais je ne te reproche rien, maman ! Et je ne considère pas que ce qui s'est passé est ta faute ! Réfléchis, Clémence a choisi HEC pour te faire plaisir, mais comme tu as dit, elle n'était pas obligée, hein ! Elle a choisi d'y aller toute seule ! Le truc c'est que voilà, il y a trois mois, elle a réalisé que ça ne la rendait pas heureuse et qu'elle voulait faire autre chose. Et tu sais quoi ? Je pense que maintenant, ce serait bien que tu l'encourages pareillement dans cette nouvelle voie.

Ce fut au tour d'Odile d'être désarçonnée.

– Mais sa vie, sa carrière, son mariage ?

Juliette haussa les épaules, essayant de se montrer rassurante.

– Si elle rate son concours, ce que je ne lui souhaite pas, sa carrière sera toujours là. Elle ne l'aura abandonnée que six mois. Quant à son mariage, tu sais, ils sont encore ensemble, elle voulait juste ne pas avoir cette échéance à gérer en plus. Grégoire l'a bien compris : il s'est barré à l'autre bout du monde, a assumé tous les frais, s'est montré incroyablement encourageant et gentil. C'est d'ailleurs pour ça qu'elle l'a repris, je pense. Ils se marieront peut-être un jour, note, mais quand ils l'auront décidé, et peut-être pas cette année, comme c'était prévu, ni de la même façon. Ça ne veut pas dire qu'ils seront moins heureux, si ?

Odile semblait ne pas savoir quoi faire de son corps. Elle allait d'un bout à l'autre de la pièce, lionne en cage qui ne savait plus qui mordre.

– C'est peut-être simple pour toi de voir les choses de cette façon, mais pendant ce temps-là, c'est moi qui m'inquiète. Comment savoir s'ils ne sont pas en train de faire une grosse erreur, tous les deux ?

– Dans ce cas, ce sera leur erreur et pas la tienne. Puisque tu soutiens que tu leur as laissé le choix de leurs existences, tu peux leur laisser le choix de leurs erreurs aussi, non ?

Odile disparut dans le salon sans répondre. Juliette secoua la tête et lui emboîta le pas. Elle devait aller au bout. En voyant que sa petite dernière la suivait, Odile poussa un soupir excédé.

– Et Simon ? Tu crois vraiment qu'il a un avenir dans le travail qu'il a choisi ?

– Maman, je ne voudrais pas m'avancer, mais je pense que ce qui te fait flipper dans le travail de Simon, c'est que tu ne comprends rien à ce qu'il fait. Si tu veux, je peux t'expliquer.

– Je n'ai pas besoin qu'on m'explique ! hurla brusquement Odile. Je vois juste que je dépense de l'argent pour rien depuis des décennies pour les rendre heureux, et…

– Ils sont heureux. Juste pas de la façon que tu imaginais.

Odile parut sur le point de répliquer quelque chose, puis elle eut un geste d'agacement et sortit une nouvelle fois de la pièce, ouragan familier. Cette fois-ci, Juliette n'eut pas la force de la suivre. Elle resta dans le salon où Cacahuète la rejoignit, vivant mal sa solitude soudaine dans une maison qui était jusque-là surpeuplée. Juliette caressa le chien, lui fit signe d'aller se coucher et, par désœuvrement, prit l'album de famille dans la grande bibliothèque. C'était un album en cuir rouge, superbe et dépourvu du moindre grain de poussière, ce qui trahissait la méticulosité de la maîtresse des lieux. Les photos, classées par date et par thème, étaient toutes légendées. Juliette s'aperçut qu'il y avait bien dix ans qu'elle n'y avait pas mis le nez, et que tous ces visages, souriants et un peu crispés, avaient l'air d'appartenir à un monde enfui qui n'était pas le passé mais une autre vie, une histoire différente émanant d'un livre et depuis longtemps achevée.

Sur les premières pages, il y avait surtout Clémence et ses parents, la petite Clémence, poupon parfait, aux boucles blondes exemplaires et au regard pétillant. Tout était écrit minutieusement sous les photos. Premier anniversaire, retour de la plage, premier tour à vélo. Puis venait Simon. On retrouvait les deux côte à côte, le plus souvent. La grande sœur parfaite et son petit frère, aux cheveux noirs si bien peignés. Difficile de reconnaître dans ces clichés d'enfant l'homme à la tignasse savamment ébouriffée qu'il était devenu. Là encore, il y avait des légendes, mais moins, et plus légères. Été, petites vacances, Noël. Enfin venait Juliette. Sur les photos, désormais, les parents avaient disparu, comme s'ils n'avaient plus le temps d'être là, ou comme si ce qui se passait ne les regardait plus vraiment. Juliette se dit qu'on ne devait pas trop avoir le temps de s'ennuyer, quand on avait trois enfants. Elle était plus petite et plus chétive que dans son souvenir. Elle avait oublié qui elle était, elle aussi, pour se remplacer par une image d'elle qui collait mieux avec ce qu'elle était devenue. Les photos du collège la révélaient maigre, quand elle se souvenait d'avoir déjà été complexée par son poids à cette époque-là. Dans la bibliothèque de sa mémoire, les livres de son passé à elle ne racontaient pas la même histoire. Quelque part sur le chemin, elle s'était mise à se mentir. Pourquoi ?

Qui avait placé toutes ces étiquettes qui ne reflétaient pas la réalité ? Qui était à blâmer, pour tous ces mensonges accumulés, chacun bien rangé dans une petite boîte au fond de ses neurones, et dont elle ne parvenait pas à se débarrasser ? Empotée. Distraite. Grosse. Ces petites boîtes aux couleurs fanées qu'elle emmenait avec elle à chaque déménagement, tout comme son frère et sa sœur trimballaient les leurs, sans doute. Juliette se demanda ce qu'il y avait dans les petites boîtes de Clémence et celles de Simon et soudain, il lui sembla qu'elle pouvait le deviner. Bonne en maths. Rêveur. Travailleuse. Artiste. Poseur. Toutes les petites boîtes de la fratrie ; chacun les leurs. Et aussi les petites boîtes d'Odile, celles de Maxime, ou de Ludovic. Des bibliothèques de petites boîtes, ouvertes fréquemment, pour mesurer les actions présentes à l'aune de ces mensonges à l'épreuve du temps. Tous piégés dans une prison de petites boîtes qu'ils avaient eux-mêmes créée. Juliette referma l'album. Elle s'aperçut que son père se trouvait dans la pièce.

– Ils ont pris leur train ? demanda-t-elle calmement.

– Je pense, dit-il. Quand je suis parti, ils étaient montés dedans, en tout cas. Et ta mère ?

Juliette grimaça.

– On s'est un peu pris le bec, mais pas méchamment. J'espère que ça ira.

– Moi aussi, dit Aurélien. C'est un peu plus difficile à chaque fois.

– À chaque fois que quoi ?

Aurélien roula des yeux, puis vint s'asseoir aux côtés de sa fille sur le canapé.

– À chaque fois que vous lui échappez. Vous avez grandi, Juliette. Moi, je le vois bien, vous êtes des adultes, je me force à me souvenir de qui j'étais à votre âge avant de vous parler, tu vois ? Par exemple, quand j'avais ton âge à toi, Clémence avait un peu moins d'un an, et j'étais terrifié. J'avais l'impression que tout le monde attendait de moi que je sache parfaitement comment agir, alors que je n'avais pas le début d'une idée de comment j'étais censé m'y prendre pour être un père. Mais en même temps, je prenais très mal les conseils qu'on me donnait et plutôt que de reconnaître que j'avais tort quand c'était le cas, je m'entêtais.

– Tu voulais être ce qu'on attendait de toi.

– Comme tout le monde, non ?

Juliette se sentit en dehors du tas.

– Je ne sais pas. Moi je ne crois pas avoir un jour senti ça. Je n'ai jamais cru qu'on attendait quoi que ce soit de moi.

Elle sentit ses lèvres se mettre à trembler.

– Et ça m'a rendue très malheureuse.

Son père poussa un soupir et passa son bras autour de ses épaules.

– On ne fait jamais rien de bien, en tant que parent. On ne peut pas prévoir comment évolueront nos enfants, alors on fait de notre mieux. Et puis on constate qu'on a mis trop de pression au premier, alors on en met moins pour le second. On le laisse choisir à sa façon, mais à sa façon aussi, ce choix qu'on fait ne lui réussit pas. Le troisième, on le laisse libre du coup, on ne s'en préoccupe pas et ne pas s'en préoccuper ne fonctionne pas non plus.

Juliette comprenait les paroles de son père pour les avoir éprouvées quelques instants auparavant.

– Peut-être qu'on ferait les choses correctement si on avait deux demi-douzaines d'enfants, mais je ne le pense pas.

Il se pencha vers elle, les yeux pétillants de malice.

– Parce qu'alors on n'aurait plus le temps de réfléchir à ce qui est bien ou pas, juste celui de faire les courses et les repas.

Juliette se prit à rire entre ses larmes, et c'est de cette façon qu'elle s'aperçut qu'elle pleurait.

– Il n'y a pas de bonne façon de réussir à élever ses enfants, alors ?

Aurélien haussa les épaules.

– Il faut les aimer, c'est tout. Ils auront leurs failles et leurs névroses, leurs regrets et leurs peurs. Ce n'est pas qu'il n'y a pas de bonnes façons de les élever, c'est qu'il n'y en a qu'une de les accepter. Accepter que ce sont des personnes avant d'être nos enfants, et pas l'inverse. Parce que ce n'est pas nous qui décidons de ce qu'ils feront, en définitive. Nous leur donnons juste les armes pour se battre contre le vaste monde... mais après, ils seront qui ils seront, avec leurs imperfections. Et peut-être, éventuellement, apprendront-ils à accepter celles de leurs parents avec le temps.

Aurélien se tourna, regardant par-dessus son épaule.

– N'est-ce pas, ma chérie ?

Odile renifla dans l'encadrement de la porte.

– Qu'ils ne comptent pas sur moi pour les ramasser à la petite cuillère la prochaine fois.

– Bien sûr que si, répondit Aurélien.

Odile garda un silence ombrageux, puis elle entra dans la pièce et entreprit, une nouvelle fois, de la ranger.

– On a beau faire de son mieux, il y a toujours quelque chose qui ne va pas pour eux !

– On a beau faire de son mieux, il y a toujours quelque chose qui ne va pas pour toi.

C'était sorti tout seul. Odile se tourna vers Juliette et parut quelques instants sur le point de lui répondre, puis elle renonça et haussa les épaules.

– Tu dînes avec nous. Il y a beaucoup trop de restes pour ton père et moi, et si je nourris Cacahuète avec ça, elle va encore être malade.

Le berger allemand leva un museau plein d'espoir à l'appel de son nom avant de se rallonger dans un long soupir de déception.

– Je veux bien rester si tu me promets d'appeler Clémence et Simon cette semaine, répliqua Juliette. Pas aujourd'hui si tu le sens pas, mais à un autre moment.

– Je ne suis pas certaine qu'ils auront envie de me parler, nota Odile, mettant dans sa phrase autant de piquant que de mauvaise volonté.

– Maman, tu ne vas pas passer le restant de ta vie sans leur adresser la parole, si ? Appelle-les, s'il te plaît. Fais-le pour moi. Dis que je t'ai forcée, si ça te soulage. Je suis sûre qu'ils auront des choses à te dire, et qu'ils seront contents que tu fasses le premier pas.

Odile haussa une nouvelle fois les épaules et repartit dans la cuisine. Dehors, la lumière se colorait d'or et d'orange, annonçant le soir. Juliette soupira. Près d'elle, son père lui tapota le bras.

– Tu sais pour ton restaurant, ne t'inquiète pas. Si tu as besoin d'argent pour investir dans autre chose, je vendrai ma collection.

Juliette lui sourit avec gratitude.

– Merci papa, mais je ne crois pas qu'on en arrivera là.

– Juliette, l'interpella sa mère depuis la cuisine, avec le poulet, j'ouvre du rouge ou du blanc ?

Juliette bondit sur ses pieds aussitôt.

– Tu n'ouvres rien avant que je voie ce que tu as prévu de cuisiner comme accompagnement !

Aurélien regarda sa fille partir avec un petit sourire. Vingt ans auparavant, elle traversait ce même tapis, de la craie grasse plein les mains, avec son regard sombre qui dévorait le sien.

– Pour toi, papa, avait-elle dit dans le petit langage chantant des enfants de cinq ans.

Elle avait dessiné une grosse pièce, avec un portrait approximatif au centre, et un chiffre, composé d'un énorme zéro et un tout petit « 2 » écrit à l'envers.

– Merci mon joli poussin, avait-il dit alors, l'esprit ailleurs.

Désormais, ces souvenirs étaient tout ce qui lui restait de ses enfants. Le crépuscule était venu pour faire d'eux des adultes, irrémédiablement.

Chapitre 23

Juliette faisait les cent pas devant l'école des Beaux-Arts, aussi tendue que si c'était elle la candidate au concours. De temps à autre, un étudiant quittait les lieux, sans qu'il soit possible de déterminer s'il était venu lui aussi souffrir devant le jury ou s'il était simplement en train de sortir pour acheter un sandwich. Clémence s'était présentée le matin même avec son dossier complet et avait envoyé un laconique SMS prédisant qu'elle serait libérée pour midi, tant elle en était venue à douter de son admissibilité. Juliette lui avait envoyé les encouragements qu'Odile, aux abonnés absents, avait négligé de lui adresser depuis la fête d'anniversaire ratée. Pour faire bonne mesure, elle s'était également rongé les sangs comme s'il était question de sa progéniture et non de son infaillible grande sœur. Enfin, elle s'était pointée à l'heure dite, mais Clem ne s'était pas montrée, pas plus qu'elle n'avait répondu aux sollicitations téléphoniques. Juliette se noyait dans l'anxiété.

– C'est sans doute bon signe, avait commenté Simon par SMS. Ça peut vouloir dire qu'elle a passé la première étape et qu'elle est en train de préparer l'oral. Tout ça pour échapper à la corvée de cartons, c'est nul.

Juliette aurait voulu pouvoir afficher le tiers de sa désinvolture, mais elle n'y parvenait pas, pas plus qu'elle ne comprenait comment Simon et Maxime pouvaient déménager l'atelier sereinement pendant que Clem passait l'examen de sa vie.

– Elle a réussi tous les autres, pourquoi veux-tu qu'elle échoue à celui-là ?

C'était bien ça, le truc. Juliette ne voulait pas que sa sœur échoue. Elle enviait sans aucun doute l'aisance avec laquelle Clémence franchissait les obstacles mais elle n'était plus aveugle au point de ne pas voir la somme des efforts déployés pour en arriver là. Il aurait fallu des trésors de mauvaise foi. Clémence avait dormi cinq heures par nuit pendant des mois pour ce concours. Il fallait qu'elle réussisse.

Comme ça tu pourras oublier que toi-même, tu échoues.

Juliette refoula l'amertume soudaine et serra les dents. Elle passait devant *Les Bouchées Doubles*, de temps en temps. Elle n'avait aucune nouvelle de Ludovic, mais il ne restait plus qu'une poignée de transactions financières à finaliser avant de pouvoir clôturer la liquidation. Dans quelque temps, elle serait débarrassée de cette histoire qu'elle traînait pour l'heure comme une mue peinant à se détacher. Les beaux jours n'y faisaient rien, chaque terrasse qu'elle croisait la faisait déprimer.

Au début, Maxime et Simon lui posaient des questions sur l'avancée de la fermeture, mais ils s'étaient tus peu à peu en reconnaissant la douleur de l'échec dans son laconisme. Clémence, elle, n'était plus que toiles vierges et incessante fébrilité. Si elle s'était inquiétée pour le moral de sa sœur, elle ne l'avait pas manifesté. Juliette préférait presque cet oubli aux regards de commisération des deux autres, qui auraient pourtant dû être plus occupés par leur recherche d'appartement que par sa situation. Ils avaient décidé d'emménager ensemble et de laisser l'atelier à Clem, laquelle s'était contentée de pincer les lèvres et de répondre que si elle échouait, il ne lui servirait à rien.

– Mais tu ne vas pas échouer, avait dit Simon.

– Surtout, pas de pression, avait ponctué Juliette.

Simon avait piqué un fard. Peu de temps après l'anniversaire, la fratrie s'était rendu compte qu'à leur manière, ils perpétuaient les idéaux de leur mère et sa façon de tout écraser sur son passage. Débusquer ces épines dans leurs paroles avait commencé comme un jeu, qui s'était avéré effrayant au bout de quelques jours seulement. Désormais, ils surveillaient chaque mot comme le lait sur le feu.

Odile avait achevé son week-end d'anniversaire avec l'inébranlable stoïcisme de la dignité froissée. Tout au plus sa fille et sans doute également son mari avaient-ils pu noter de légères entorses à sa légendaire sobriété. Il n'avait plus été question des aînés ou de la dispute. Juliette avait finalement quitté le Chêne vert le lendemain avec la certitude qu'elle avait fait tout son possible pour rassembler les morceaux. Elle demeurait incertaine cependant sur la capacité de ses efforts à effacer la totalité des blessures. Elle avait insisté du bout des lèvres pour qu'Odile téléphone aux deux autres. Cette dernière avait pincé les siennes dans une attitude proche de celle de Clémence, pleine de digne désapprobation, et n'avait pas consenti la moindre réponse. Depuis, Juliette avait elle-même appelé deux ou trois fois. Il avait été question d'Aurélien, du restaurant, de son désert sentimental, mais ni de Clémence ni de Simon. Odile se dérobait systématiquement si d'aventure sa fille abordait le sujet. Cependant, Juliette avait noté que sa mère tendait l'oreille quand elle parlait du déménagement envisagé ou du concours à venir. Ce jeu était épuisant, mais il était impossible de forcer Odile Descroix à sortir de sa rogne. Elle seule en avait le pouvoir.

Juliette quitta le trottoir pour gagner un coin d'ombre et s'asseoir sur les marches d'un bâtiment, démoralisée. Elle se sentait moralement et physiquement épuisée, elle qui pourtant était au chômage depuis des semaines. Les gens qu'elle aimait couraient vers leur nouvelle vie. Simon et Maxime s'éloignaient inexorablement à mesure que grandissait leur couple, Clémence se battait pour réaliser l'unique rêve qui lui importait encore, Grégoire œuvrait discrètement à conserver une foi inébranlable en celle qu'il aimait. Juliette, elle, coulait. Elle coulait en tenant à bout de bras les fils éparpillés de sa famille détricotée, quand personne d'autre ne donnait l'impression de s'en soucier. Ni sa mère, emmurée dans ses principes, ni sa fratrie, ouvrant les ailes au loin. Elle était seule, au bord de la falaise, à ne pas savoir voler. Elle avait toujours été si convaincue de ses défaillances et observait tant d'espoir brisés à ses pieds qu'il était difficile d'envisager de rêver à nouveau. Le deuil n'était pas fait, et les beaux jours étaient impuissants à la réchauffer. Elle sentait bien qu'une nouvelle vie était possible pour elle, mais ne savait pas par où commencer pour la réaliser.

Du coup, elle s'investissait pour les autres. Elle avait donné son avis sur les appartements et les tableaux qu'il fallait choisir pour la présentation. Elle avait tenu le Scotch, les tasses à café, les pinceaux sales, les outils, les comparaisons, les enthousiasmes et les silences. Elle s'oubliait. Elle attendait. Il lui semblait que son destin était lié aux *Bouchées*. Aux *Bouchées*, et au mutisme entêté de sa mère. Tant que rien n'aurait évolué de ce côté-là et que les conflits ne seraient pas résolus, elle retiendrait son souffle et resterait cachée. Elle ne pouvait pas avancer. Pourquoi donc avait-elle à ce point la sensation d'être l'unique victime de cette débâcle ?

Parce que les autres savent nager dans le courant.

Et pourquoi pas moi ? À cela, aucune réponse.

Elle avait pourtant eu son lot d'obstacles, de contrariétés, de ressentiments, de difficultés et d'orgueil froissé, elle avait eu tout ce que les autres avaient affronté, alors pourquoi n'en avait-elle pas tiré, comme eux, une force incoercible qui leur permettait de soulever les montagnes et tenir tête à la terrible Odile ? Mystère.

Tenir tête n'est pas ta spécialité.

Comment apprendre à le faire quand tout s'écroule ? Ou alors, peut-être était-ce justement le moment idéal ?

Juliette avait laissé ses pensées s'engourdir dans la chaleur, la tête posée sur ses bras croisés, les yeux fixés sur la grille du bâtiment des Beaux-Arts qu'elle ne voyait pas vraiment. Il faisait trop chaud, elle commençait à avoir faim, et son gilet était trop épais pour la saison. Elle se sentait déplacée et inutile à attendre Clémence de cette façon. Elle aussi séchait les cartons, aurait dit Simon.

Finalement, quand Clémence apparut, sa sœur ne la vit pas. Il fallut que l'aînée vienne se planter sous son nez pour que Juliette s'aperçoive de sa présence. Elle se leva en cillant plusieurs fois de suite comme une chouette mal réveillée.

– Tu t'étais endormie ? demanda Clem, incrédule.

– Non, répondit Juliette, pas bien certaine de dire la vérité. Je réfléchissais. Et toi ? Comment ça s'est passé ?

Clémence haussa les épaules.

– Viens, on va s'acheter à manger. On en parlera après.

Les filles quittèrent le trottoir dans un étrange silence gêné dont elles ne savaient que faire. Elles s'arrêtèrent à la première boulangerie venue et reprirent leur chemin en direction de la place du Châtelet en mangeant. Tandis qu'elles se frayaient un passage sur le Pont-Neuf, Clémence proposa d'aller s'asseoir sur les pavés au-dessus de la Seine bouillonnante. Juliette la suivit sans commenter. Les filles achevèrent leur repas les pieds dans le vide, à l'ombre d'un saule pleureur. Près d'elles, quelques groupes disparates discutaient, leurs paroles se perdant dans les remous du courant. Juliette mâchait son poulet-crudités sans enthousiasme quand sa sœur se jeta à l'eau.

– Je suis admissible.

– Je m'en suis doutée.

– Le jury a été bizarre.

Juliette cligna des yeux dans le soleil.

– Dans quel sens ?

– Ils m'ont demandé pourquoi j'avais choisi le concours de passage en première année alors que j'avais déjà achevé un cursus qui suffisait amplement à briguer une entrée en cours d'études.

– Tout le monde se pose la question.

Clémence eut l'air passablement agacée par la remarque.

– Le commerce international est à l'art ce que le jardinage est au BTP ! Alors quoi, je pourrais sécher les premières années des Beaux-Arts sous prétexte que je comprends quelque chose à l'économie de marché ?

Juliette eut un sourire en coin.

– Tu ne leur as pas répondu ça ?

– Pas de manière aussi abrupte, mais si, à peu près.

– Tu m'étonnes qu'ils aient été bizarres.

– Ils m'ont dit que c'est le choix que n'importe qui d'autre aurait fait.

– ... et tu leur as rétorqué que tu n'étais pas n'importe qui ?

– Je ne suis pas assez prétentieuse pour me permettre ce genre de sortie. Non, je leur ai dit que dans la mesure où j'avais une formation en commerce et statistique et que mes dernières œuvres remontaient au lycée, j'avais eu l'usage du temps supplémentaire accordé pour le concours de première année. Celui en cours d'études a eu lieu il y a des semaines. L'unique nana du jury m'a dit que j'aurais pu me présenter l'année suivante, et je lui ai répliqué que je ne pouvais plus me permettre le luxe d'attendre autant. Voilà.

– Comment ça, voilà ?

Clémence haussa les épaules.

– C'est pour ça que c'était bizarre. On a à peine parlé d'art, de mes tableaux ou du sujet que je venais de traiter. Ils n'ont parlé que de ce qui m'avait motivée. C'était pas ce à quoi je m'attendais, je me suis échauffée, et je crois bien que j'ai tout raté.

Juliette chercha les mots pour rassurer sa sœur, la consoler, lui affirmer que non, ça ne voulait rien dire, mais un morceau de poulet s'interposait entre ses pensées et son réconfort, et Clémence lui coupa l'herbe sous le pied.

– Je m'en fous. Du concours, de l'école. C'est fait, je l'ai fait.

Elle se tourna vers Juliette.

– Je peins. C'est fait.

Et le sourire qu'elle afficha effaça toute la commisération qu'on aurait pu avoir pour elle. Juliette devina immédiatement que Clem avait raison. Elle n'avait plus besoin de l'autorisation de personne.

– Ouais, confirma-t-elle dès que le poulet lui en laissa l'occasion. Tu peins.

– Allez viens, enchaîna Clémence, soudain pimpante. Allons aider les garçons à débarrasser le plancher de mon atelier.

Elles remontèrent jusqu'au RER armées d'une soudaine légèreté. Clémence, qui avait pourtant collectionné les insomnies pour ce concours, ne semblait plus lui accorder la moindre importance ni même désirer en parler. Juliette aurait voulu en savoir plus mais se complaisait néanmoins à l'écouter bavarder de leur frère, du futur aménagement de l'atelier, et de ce qu'elle comptait peindre, désormais.

– Je pense que je n'en ai pas fini avec les horizons. Je ne suis pas encore au point en termes de texture, et je voudrais profiter de l'été pour tenter d'autres choses, mais j'ai déjà une idée de ce que je veux, après.

– Ce sera plus figuratif ?

– Oh non. Des ciels. Je veux une infinité de ciels, de nuages, de variations.

Voler, encore. Loin du sol et des entraves, Clémence se réinventait. Si elle avait envisagé fut un temps de revenir à la finance une fois le concours passé, il n'en était désormais plus question.

Alors qu'elles se laissaient bercer par le RER en attendant de rejoindre le sud, Juliette sentit vibrer son téléphone dans sa poche. Elle s'attendait à un message de

Simon semblable aux vingt précédents, à base de « passe prendre du café » et autres « on n'a plus de cartons », mais non.

– C'est Odile, dit-elle à voix haute.

Elle n'avait pas dit « C'est maman ». Ça lui sembla étrange, et pourtant légitime. Pour la première fois, elle s'interrogea sur ces occasions qui privaient Odile de sa maternité.

– Qu'est-ce qu'elle veut ?

Juliette eut un geste d'évidence.

– Savoir comment ça s'est passé, tiens.

– Oh.

Sans prévenir, Clémence lui prit le téléphone des mains et tapa une réponse si vite que Juliette se trouva empotée par comparaison.

Comme d'habitude, murmura la petite voix, plus désespérante que jamais.

Désœuvrée sans son smartphone, Juliette se recroquevilla, s'observant de nouveau au miroir de sa sœur. Quand cette dernière lui rendit son portable, elle dut lire sur son visage ses conclusions, car elle haussa les sourcils.

– Qu'est-ce qu'il y a, exactement ?

– Rien. Je voudrais bien avoir un projet et le réussir, moi aussi.

Clémence hocha la tête.

– Ben vas-y. Fais un projet.

Juliette s'agaça malgré elle.

– Le dernier s'est cassé la gueule.

– En quoi ça t'empêche d'en faire un nouveau ?

– Chat échaudé, tout ça... et puis, j'ai plus une thune.

– Personne te demande de passer directement du projet à sa réalisation. Il y a des étapes.

– C'est facile pour toi, tu réussis tout ce que...

– Tu crois vraiment ? Tu crois vraiment que c'est facile ?

Juliette se retrouva instantanément sur la défensive, mais Clémence n'eut pas l'air de vouloir la mordre pour autant.

– Tu crois que ça a été facile de rompre avec Grégoire, lâcher mon job, faire mes valises, quitter l'appart, annuler le mariage, me confronter à la toile blanche, douter chaque minute de chaque heure de ces derniers mois, me lever avec trop peu d'heures de sommeil et la sensation que le temps file sans moi, faire face à mes anciens collègues, mes potes, maman, mon banquier, affronter Greg et moi-même dans la foulée, hésiter, culpabiliser, compter le fric passé dans le matériel et se traiter d'inconsciente tous les matins ? Est-ce que tu penses vraiment, sincèrement, que ça s'est passé autrement ?

Juliette eut du mal à avaler sa salive.

– Non.

– Si ça, c'est facile, vas-y ma grande. Parce que t'es plus costaud que moi.

Le reste du trajet s'effectua en silence. Sur son portable, Juliette lut le SMS envoyé à Odile, qui racontait dans le détail les épreuves et les commentaires. Odile n'avait pas réagi. Peut-être ne s'était-elle pas attendue à ce que ce soit Clémence elle-même qui réponde.

Peut-être que je me ferai engueuler pour ça aussi, songea Juliette.

Mais ce n'était pas grave, pas autant qu'avant du moins.

Elles sortirent du RER pour retrouver la chaleur et les rues ensoleillées. Clémence marchait les yeux au ciel, tandis que Juliette, le regard vissé au trottoir, réfléchissait. Lorsqu'elles atteignirent l'atelier, ce fut pour constater que Max et Simon avaient entassé les cartons devant la porte et que, s'étant assis sur des chaises dépareillées, ils prenaient le café sur l'une des piles ainsi formées.

– C'est à cette heure-ci qu'on arrive ? lança Max en voyant les filles approcher. On a quasiment fini, vous savez ?

– C'était parfaitement calculé, répliqua Clémence en rapprochant une chaise d'autorité. Il reste des tasses pas emballées ?

– Dans la cuisine sans doute, répondit Simon, le petit doigt en l'air. Je n'ai pris que celles qui étaient jolies. Il doit rester les pots de yaourt en grès.

Clémence s'y rendit en fulminant sur le manque de vaisselle anticipé.

– Comment s'est passé l'exam ? demanda Maxime dès qu'elle se fut éloignée.

– Elle dit que c'était pas top, mais clairement, elle s'en fout. Elle va continuer à peindre.

Les garçons échangèrent un regard qui signifiait qu'ils auraient pu le parier. Juliette s'assit sur la chaise que sa sœur avait abandonnée, les yeux toujours dans le vague.

– Et toi, ça va, Juju ? Tu n'as pas l'air bien.

Juliette prit une petite cuillère et joua avec quelques instants.

– Non, ça va. Je cherche juste un projet.

Depuis la porte de l'atelier, Clémence souriait.

Chapitre 24

Assise sur le vieux canapé de l'atelier, Juliette actualisait la page des Beaux-Arts en continu un verre de bourgueil à la main. Elle et sa sœur avaient disposé les canapés au saumon et les brochettes de mozzarella sur la table basse plus d'une demi-heure auparavant, mais les garçons traînaient dans les bouchons. Max et Simon, qui avaient emménagé à Montreuil, avaient proposé de passer chercher Greg, fraîchement revenu de son voyage, avant de le ramener à l'atelier. Ils devaient prendre l'apéritif tous ensemble en attendant les résultats de Clémence censés tomber le jour même, sauf qu'ils étaient en retard et que Juliette avait décidé de commencer sans eux. Clémence l'avait abandonnée sur le canapé, trop occupée qu'elle était à observer son tableau en cours avec la mine chiffonnée de l'insatisfaction.

– Je ne trouve pas ce qui ne va pas, mais ça ne va pas… Et cesse de malmener ce clavier, Juliette ! C'est quand même dingue que tu sois plus obnubilée que moi par mes résultats.

– Le suspense me tue.

Clem avait regagné son chevalet au son de la symphonie des *Planètes*, ce qui lui donnait l'air de piloter l'étoile noire en direction de la base rebelle, mais avec des pinceaux. Juliette, elle, testait le vin avec application et s'acharnait sur la souris.

– Je t'ai déjà dit que ça n'avait pas d'importance.

C'était vrai. Clémence n'avait plus quitté son manteau de désintérêt depuis la fin des épreuves. En revanche elle peignait toujours aussi frénétiquement, sans plus se soucier de ses études ou même juste de ce qu'elle allait faire les prochains mois.

– On verra bien, disait-elle.

Juliette se rongeait les sangs, incapable de comprendre pourquoi ça avait autant d'importance pour elle.

– Peut-être que tu veux prouver quelque chose à maman.

– Avec ta réussite plutôt que la mienne ? Ce serait sacrément tordu comme raisonnement.

– On fait avec les armes qu'on a.

Juliette eut une moue dubitative. Elle s'était toujours vue comme un animal de raison plutôt que de passion et jusqu'au Noël précédent, elle aurait classé le reste de sa famille dans la même catégorie qu'elle, Simon mis à part. Clémence avait changé tout ça. Peut-être effectivement que Juliette espérait que sa réussite au concours donnerait un sens à sa décision et rétablirait le fragile équilibre familial. Si Clem réussissait, alors en théorie

Odile perdrait. Pourtant, elle doutait que sa mère puisse perdre à quoi que ce soit sans immédiatement transformer une défaite en victoire. C'était Odile dont il était question. Juliette vida son verre d'une traite.

– Ne bois pas toute la bouteille avant que les garçons n'arrivent.

– J'en ai pris plusieurs, t'inquiète.

Clémence lui sourit et reprit ses pinceaux. Juliette allait se resservir quand on sonna à la porte.

– J'y vais, déclara-t-elle en actualisant une dernière fois.

Elle gagna le couloir et fronça les sourcils en devinant une silhouette solitaire derrière le verre dépoli. Ils auraient dû être trois. Juliette ouvrit et s'immobilisa, médusée.

– Bonjour petite, déclara Aurélien avec un sourire. Je peux entrer ?

Sa fille sentit sa mâchoire se décrocher.

– Papa ? Tout va bien ? Maman va bien ?

Aurélien grimaça, avisa le verre dans sa maison et le pointa du doigt.

– Il est tôt pour un vin rouge, mais je prendrais bien un café.

Juliette s'effaça pour le laisser entrer, les yeux ronds. Aurélien investit les lieux en regardant autour de lui comme un visiteur curieux.

– C'est joli. Ta sœur a bien aménagé.

De fait, l'atelier avait pas mal changé depuis que Clémence s'y était installée. Elle avait disposé un alignement de plantes vertes le long du mur du couloir, et le persil, le basilic et les lierres habillaient généreusement le mur blanc d'un vert brillant. Dans la cuisine, les chaises hautes avaient été repeintes et les placards aussi, car lorsqu'elle n'était pas sur ses tableaux, Clémence peignait aussi sur son temps libre. Tout était plus frais et plus éthéré que du temps de Simon, plus vivant aussi, ce qui était sans doute dû au fait qu'il y avait un habitant réel dans les murs et pas un fantôme de passage. Syphilis avait bien senti le changement, lui qui avait disparu tout le temps du déménagement afin d'être bien certain qu'on ne le ferait pas aller à Montreuil. Au début, Clémence avait un peu râlé d'avoir un chat inclus avec l'atelier. Elle avait cependant fini par faire contre mauvaise fortune bon cœur et accepté son pensionnaire comme une décoration supplémentaire. Lové sur le coussin du banc à chaussures de l'entrée, il ronronna à Aurélien son accord pour l'invasion de son royaume et ce dernier lui gratouilla distraitement la tête en signe d'allégeance. Clémence arriva à son tour, échevelée et le pinceau encore à la main.

– Il me semblait bien avoir reconnu cette voix. Papa ? Qu'est-ce que tu fais là ? C'est une inspection surprise ?

Son ton enjoué modulait ses paroles. Aurélien sourit avant de lui rendre l'accolade dont elle le gratifia.

– Je me suis laissé dire qu'on attendait tes résultats dans la journée.

– Ah, compléta Clémence, quelqu'un a vendu la mèche ! C'est donc plutôt une mission d'espionnage ?

– Pas vraiment non, répondit Aurélien sur le même ton guilleret, je me suis disputé avec votre mère.

Un grand froid incrédule envahit le couloir tandis que Holst et *Mars* accompagnaient la scène d'une bande-son dramatique. Clémence échangea un regard avec sa sœur par-dessus l'épaule de son père avant de revenir à ce dernier, soucieuse.

– Qu'est-ce qui s'est passé ?

– Elle est têtue.

Juliette éclata de rire.

Malgré le regard désapprobateur de son aînée, elle ne put contenir son hilarité et les larmes dévalèrent bientôt sur ses joues, laissant Syphilis perplexe et Aurélien embarrassé.

– Tu penses que je pourrais avoir ce café ? demanda ce dernier pour se donner une contenance.

– J'y vais, proposa Juliette entre deux hoquets.

Son père et sa sœur suivirent ses gloussements jusque dans la cuisine, et Syphilis aussi, qui ne perdait jamais une occasion de réclamer des croquettes. Juliette prépara l'expresso de son père et le repas du chat tandis que la discussion se poursuivait en marge de son hilarité.

– C'est Simon qui nous a informés que tes résultats devaient tomber aujourd'hui. Il m'appelle une fois par semaine, depuis son emménagement, pour me donner de vos nouvelles et en donner sans doute à sa mère par messager interposé. Ils font tous les deux semblant d'ignorer leurs existences respectives.

Il poussa un soupir.

– C'est très fatigant.

Cette conclusion, associée au soupir de désespoir poussé par son père, provoqua chez Juliette un nouveau fou rire parfaitement incoercible. Clémence roula des yeux.

– Juliette, ce n'est pas très gentil pour papa.

– Je suis désolée, c'est nerveux.

Aurélien eut un sourire contrit.

– Donc, j'ai dit à Odile qu'on n'avait pas envoyé de message d'encouragement, et que, peut-être, on pouvait en envoyer un aujourd'hui, en soutien au cas où.

Pour le coup, Juliette cessa de rire.

– Elle s'est fâchée après moi. Elle a dit que je prenais votre parti contre elle, que j'étais de votre côté et que j'étais sans cœur. Alors j'ai dit que je ne voulais pas avoir cette discussion, que oui, j'étais du côté de mes enfants mais que je ne savais pas qu'on était en guerre contre eux, et que j'allais acheter des cigarettes. À la place, j'ai pris le train.

– Tu n'as pas fait ça, souffla Clémence, blême.

– Eh bien, si. Finalement, Juliette, je veux bien un verre de ce que tu bois.

– Tu m'étonnes. Je vais te chercher ça.

Juliette posa son verre et disparut dans l'atelier, puis elle revint avec la bouteille au moment où Aurélien reposait son café.

– Mais elle va s'inquiéter, protesta Clémence d'une petite voix.

– Sans doute pas assez pour l'avouer à haute et intelligible voix, répliqua son père. C'est un vin de Loire ?

– Tout à fait.

– Tant mieux, je trouve tes bordeaux trop agressifs.

– Ils le sont pourtant moins que maman.

– C'est vrai, mais on supporte mieux l'agressivité à laquelle on est habitué.

Juliette lui servit un verre qu'il attira à lui, impassible.

– Jusqu'à ce qu'on ne la supporte plus.

– Oh, papa, murmura Juliette.

– Tu… ne vas pas divorcer ?

Clémence était exsangue. Son père eut un rire sec.

– Oh, non ! Quand même pas. Mais il faut bien que je lui rappelle que j'ai une existence propre et des limites, de temps en temps. La dernière fois c'était pour ton œnologie.

Ce fut au tour de Juliette de rester bouche bée.

– Vous vous êtes disputés pour mes études ?

– Bah, pas assez pour que tu en aies vent. Mais quand tu as choisi de t'orienter dans le vin, ta mère a pesté que c'était n'importe quoi et que la place d'une femme n'était pas à la cave, que ça faisait mauvais genre, que tu allais finir alcoolique et tout un tas de bêtises. J'ai protesté qu'elle ne devait pas t'empêcher de faire ce dont tu avais envie et bien évidemment, elle ne m'a pas écouté. Je suis parti à Honfleur cette fois-là. C'était un beau week-end, il y avait une foire, j'ai trouvé un franc de 1899 dont je savais qu'elle me pardonnerait l'achat onéreux au retour de mon escapade. Elle était trop soulagée que je rentre.

Aurélien se permit un regard pétillant.

– Je n'ai jamais su que vous vous étiez disputés à ce sujet, se plaignit Juliette.

– Eh bien, non. C'était réglé avant que tu arrives, du coup. C'était pour l'anniversaire de Simon, l'année avant ton entrée à l'école, tu ne te souviens pas ?

– Je me souviens qu'elle m'avait battu froid, comme d'habitude.

– Maintenant, tu sais pourquoi.

Juliette haussa les épaules.

– Il y a belle lurette que je ne me posais plus la question, en même temps. Maman n'a jamais fait autre chose avec moi.

– C'est parce que tu ne faisais jamais ce qu'elle voulait.

Juliette leva les bras en l'air, prenant le ciel à témoin.

– Mais elle s'est toujours foutue de ce que je faisais !

– Non. Ta mère était juste très fâchée que tu ne la consultes pas avant de prendre une décision. C'est d'ailleurs pour ça qu'elle trouve toutes tes décisions mauvaises, parce que tu boudes son avis.

– Mais... mais... elle critique sans arrêt mes choix !

– Parce que tu les fais sans elle.

Juliette jeta un regard incrédule à son père.

– C'est aussi simple que ça ?

Aurélien but une petite gorgée.

– Tu aurais pu me demander de t'expliquer. Et puis je trouvais que tu t'en sortais très bien sans elle, alors après tout, pourquoi je serais intervenu ?

C'était au tour de Clémence d'être hilare. Juliette secoua la tête, incapable de savoir quoi faire de cette information. Aurélien sourit à sa sœur.

– Tu me montres tes tableaux ?

– Bien sûr !

Ils gagnèrent l'atelier bras dessus, bras dessous. Juliette les y rejoignit en traînant les pieds. Tandis que son père et Clémence passaient d'un tableau à l'autre en échangeant sur leurs impressions, elle remâchait l'avis de sa mère sur la place des femmes et sa carrière. Ce n'était pas comme si ça changeait grand-chose, une désapprobation maternelle de plus, et pourtant... Elle était à deux doigts de se resservir un verre quand la porte d'entrée s'ouvrit et que la voix de Maxime résonna dans le couloir.

– C'est nous ! J'ai fait des macarons au chèvre !

Les trois garçons débarquèrent l'instant d'après avec un plateau de macarons et un sac plein de jus de fruits. Ignorant royalement Aurélien, Grégoire traversa la pièce à grandes enjambées pour s'emparer d'une Clémence ravie qui laissa échapper un petit cri quand il la décolla du sol pour la serrer dans ses bras. L'instant d'après, ils s'embrassaient à pleine bouche pendant que Juliette se resservait, résignée. Simon, lui, s'était statufié.

– Papa ?

– Mon fils ?

– Excuse-moi, mais... qu'est-ce que tu fais là ?

– Je fais suer ta mère.

Simon resta comme deux ronds de flan avant d'ouvrir les bras.

– D'accord. Bienvenue. Je te sers un verre ?

– Je suis déjà servi, mais je prendrais bien un macaron.

La famille Descroix élargie s'installa sans plus de formalités autour de la table basse, avec le bourgueil, les macarons et profusion de tomates cerises, pour parler de Bangkok, de l'appartement de Montreuil, des toiles de Clémence et des toasts au saumon. Juliette eut des compliments sur le vin, reçut de manière laconique les quelques questions sur sa situation professionnelle et laissa les autres parler. Maxime donnait l'impression d'avoir toujours appartenu au clan, Simon lui tenait la main de manière – qui en aurait douté ? – aussi classe que décontractée, Clémence avait une jambe étendue sur les genoux de Grégoire et Aurélien picorait tous les macarons en évoquant l'idée de se rendre dans la boutique d'un numismate dans le treizième qui possédait un louis d'or sur lequel il avait des vues. Une fois le dernier macaron englouti par Simon, Clémence reprit son sérieux sans prévenir et interpella son père.

– Papa, je sais que toi et maman avez investi beaucoup pour l'atelier et je voudrais vous le racheter à mon compte.

Aurélien fronça les sourcils, ennuyé.

– Mais pourquoi ? Il est à toi, si tu veux.

– Vous avez payé mon école de commerce et mon diplôme va désormais prendre la poussière, alors c'est ma façon de faire d'une pierre deux coups : je vous rembourse un peu vos frais, et je rentre en possession de l'atelier.

– C'est pas bête, commenta Simon, la bouche pleine de macaron. Moi aussi, je peux rembourser mes études d'art. Pour ce que ça a servi... et j'ai de quoi, vu que grâce à l'atelier, j'ai quand même passé quelques années sans payer de loyer.

Aurélien les observa tous les deux alternativement avant de répondre.

– Mais pour quoi faire ? répéta-t-il. Votre mère et moi, on n'a pas besoin de cet argent. Nous avons bien gagné notre vie, et c'est l'héritage de vos grands-parents, vous n'avez pas à nous le rendre.

– N'empêche, je me sentirais mieux, insista Clémence.

Son père frissonna.

– Odile risque de très mal le prendre, prophétisa-t-il.

– T'es pas obligé de lui dire, commenta Simon en haussant les épaules.

– C'est que, c'est elle qui fait les comptes.

– Forcément. Suis-je bête.

S'ensuivit une discussion sur ce qu'il était raisonnable de faire, de combien d'argent il était question et des conséquences, discussion au cours de laquelle Grégoire se fit huer en affirmant qu'il s'agissait de sommes dérisoires.

– Toi aussi il faut que tu arrêtes le commerce international, pesta Clémence en le décoiffant, ce qui n'eut pas d'autre conséquence que de provoquer une nouvelle vague de câlins de la part de son amoureux.

En voulant saisir la seconde bouteille de bourgueil, Juliette remarqua l'ordinateur près d'elle et actualisa la page par acquit de conscience.

– Oh ! Les résultats sont tombés !

Tous se précipitèrent devant l'écran. Ils parcoururent la liste des admis fébrilement, et il n'y eut pas de surprise. Le nom de Clémence s'y trouvait, bien évidemment.

Chapitre 25

Aurélien resta à l'atelier jusqu'à ce qu'au troisième jour, Odile téléphone enfin pour annoncer à sa fille aînée qu'elle avait eu vent de ses résultats, qu'elle la félicitait du fond du cœur, et qu'elle espérait la revoir bientôt au Chêne vert. À la fin de cet appel aussi inattendu que gênant, elle s'enquit de son mari et, ayant obtenu confirmation de sa présence dans les murs, exigea avec son ton habituel de lui parler.

– Rentreras-tu pour dîner ? demanda-t-elle d'une voix pincée. J'ai acheté du veau.

– Je serai là dans la soirée, confirma-t-il avec bonne humeur. Je voudrais accompagner Juliette au greffe pour clôturer la liquidation avant de prendre mon train.

– Fais-moi savoir à quelle heure je dois venir te chercher à la gare.

Et de raccrocher avec l'amabilité d'un bouledogue.

– Tu ne m'avais pas dit que tu comptais rentrer aujourd'hui ! remarqua Clémence, stupéfaite.

– C'est parce que je ne le savais pas, répondit son père en lui tapotant l'épaule. J'avais juste décidé de rentrer quand elle daignerait t'appeler. C'est chose faite. Je n'ai plus qu'à revenir à elle, maintenant.

– Elle n'aura pas changé, tu sais.

– Je ne le lui demande pas. Je veux juste qu'elle reconnaisse quand elle a commis une erreur, et qu'elle fasse le nécessaire pour la réparer. Mais c'est une tête de mule, ta mère. Je suis souvent obligé de la pousser dans ses derniers retranchements pour qu'elle accepte de céder. On dirait ta sœur.

Lorsque Aurélien raconta cette anecdote à Juliette, alors qu'ils étaient en voiture pour se rendre au tribunal, sa fille s'offusqua.

– Nous ne sommes pas du tout pareilles, maman et moi !

– Vous êtes têtues pareil. C'est bien pour ça qu'elle a toujours eu tant de difficultés avec toi.

Juliette grommela qu'elle ne voyait pas bien quel genre de difficultés elle avait pu poser, mais Aurélien balaya ses objections d'un geste désinvolte.

– Ta mère n'est jamais parvenue à te faire changer d'avis sur quoi que ce soit une fois que tu t'étais mis une idée dans la tête.

– Dis plutôt qu'elle n'était jamais d'accord avec moi sur rien.

– Mais ça ne t'empêchait pas de faire ce que toi tu avais décidé. À la place de Clémence, tu n'aurais sans doute jamais arrêté de peindre.

– Nous ne saurons jamais qui j'aurais été à la place de Clémence.

– Non. Pas plus que Clémence ne saura ce qu'elle serait devenue à ta place. Vous êtes vous-mêmes et puis c'est tout, et c'est très bien comme ça.

Juliette rumina ses paroles avant de réussir un créneau parfait à deux pas du tribunal. Elle récupéra sur la plage arrière le procès-verbal de fin de liquidation ainsi que tous les autres documents nécessaires et sortit de la Twingo le cœur lourd.

Les dernières transactions financières dataient de plusieurs semaines à présent, mais Juliette avait laissé traîner les ultimes démarches, ne parvenant pas encore à faire le deuil de son restaurant. Il était temps de régler les comptes, pourtant, dans tous les sens du terme. Son père, manifestement conscient de sa peine, avait proposé de l'accompagner, arguant qu'elle pourrait le déposer à la gare sur le chemin du retour. Juliette avait consenti de bon cœur à l'emmener avec elle. Sans pouvoir ni l'expliquer ni l'admettre, elle sentait qu'une présence alliée à ses côtés lui ferait du bien à ce moment-là. Elle ne se doutait pas à quel point elle avait raison.

Alors qu'elle approchait du tribunal, une silhouette lui fit ralentir le pas et serrer contre elle son dossier. L'air devint rare. Devant la porte, la mine rageuse, Ludovic l'attendait. Il y avait le deuil à faire et avant, il y aurait le combat. Elle ne s'était juste pas préparée à sa présence, parce qu'elle avait pensé, comme une évidence, qu'il préférerait rester à l'écart. Elle s'était trompée.

– Tu ne croyais pas que j'allais te laisser entériner ça seule ? Je suis concerné autant que toi, l'accueillit-il sèchement.

Sans doute son visage avait-il trahi ses émotions. Juliette lutta pour se reprendre.

– Bonjour, Ludovic, répondit-elle sur un ton qu'elle espérait aussi détaché que possible. Je ne m'attendais pas à te voir, c'est vrai, mais c'est essentiellement parce que tu as été aux abonnés absents à chaque étape de la liquidation. Excuse-moi de trouver étrange que tu débarques pour le bouquet final.

– C'est ma société aussi, non ?

– C'était, oui.

Il haussa les épaules sans répondre et jeta sa cigarette au sol avant de pénétrer dans le tribunal, visiblement mécontent. Aurélien laissa la porte se refermer, puis ramassa le mégot fumant d'un air dégoûté avant de l'éteindre et de le jeter à la poubelle.

– Ton associé, j'imagine ? Il ne me plaît guère.

– Il m'a plu, à moi, osa Juliette.

– Je me doute ma fille, parce qu'à part son joli minois, je ne vois pas trop ce qui aurait pu t'amener à t'allier à un ruffian pareil. Il transpire la bêtise et la malhonnêteté.

– Je ne m'en étais pas aperçue.

– On a tous le droit à l'erreur.

Juliette entra à son tour, son père sur ses talons. Dans les bureaux du greffe, l'employé du tribunal la reconnut.

– Mademoiselle Descroix, l'accueillit-il. On en a terminé ?

– Je crois, répondit-elle en s'asseyant après l'avoir salué.

– Alors voyons ça ensemble, si vous le voulez bien.

Durant les longues et douloureuses minutes qui suivirent, l'employé vérifia les différents documents actant la fin des *Bouchées*, depuis l'attestation de l'annonce légale jusqu'aux comptes de liquidation de la société. Juliette fut soulagée de voir que tout était en ordre et qu'elle n'avait rien oublié. Ses actions en tant que liquidateur avaient porté leurs fruits et permis de limiter la casse. Elle sentit même une pointe de soulagement à l'idée que, peut-être, la qualité de son travail était reconnue entre ces pages.

Elle fit de son mieux pour ignorer Ludovic qui, près d'elle, s'agitait à chaque remarque de l'employé du greffe. Ce dernier, s'il s'en rendit compte, n'y prêta pas plus d'attention qu'à un enfant désagréable. Tout fut très vite terminé.

– Et voilà, déclara-t-il. Une fermeture en bonne et due forme. Il ne vous reste plus qu'à régler les frais de greffe pour que c'en soit fini de cette affaire et que vous puissiez passer à autre chose, quels que soient vos projets.

Si seulement j'en avais, songea instantanément Juliette avant de rédiger un chèque du montant qu'il lui indiquait.

Lorsqu'elle l'eut achevé, elle lui tendit le règlement. Son père lui tapota l'épaule une nouvelle fois alors que Ludovic jetait des regards courroucés à tout le monde comme si l'envie de réagir le démangeait mais qu'il n'osait y céder. Ignorant toujours habilement ses simagrées, l'employé du greffe collecta l'ensemble des documents en meublant le silence de ses vœux de bonne continuation prononcés sur un ton léger aussi inapproprié que salvateur.

Juliette le remercia maladroitement pour le travail effectué, Ludovic grommela quelque chose et enfin ils prirent congé. Avant d'avoir eu le temps de comprendre que c'était terminé, Juliette se retrouva sur le trottoir sous un ciel trop gris pour la saison, à serrer contre elle la copie de son dossier, avec son père à ses côtés.

– Alors ça y est, tu es satisfaite ?

La voix de Ludo la ramena au présent, et elle se tourna vers lui avec un pincement au cœur. Croiser son regard ne fut pas facile.

– Si au lieu de tout foutre en l'air tu t'étais investie comme il l'aurait fallu, Juliette, on n'aurait jamais eu besoin d'en arriver là.

Il secoua la tête, lui glaçant le cœur.

– Mais t'as préféré attendre benoîtement que les choses soient irréconciliables pour foutre le feu à ce qui restait, sans aucune considération pour les autres. Je ne sais pas ce qui m'a pris de te proposer de monter un business avec toi. Tout ce que tu sais faire, c'est rester à l'écart à attendre que les autres fassent le travail à ta place pour tirer satisfaction du fait que ce soient eux qui aient échoué et pas toi quand tout s'effondre. Mais les *Bouchées*, c'est ton échec aussi, c'est ce que dit le papier que tu viens de déposer, et tu sais au fond de toi que j'ai raison. T'as pas fait le nécessaire, tu l'as jamais fait, t'es pas capable de le faire, et tu le seras jamais.

Juliette entendait son cœur battre dans sa poitrine. Il y avait plein de façons dont elle aurait pu, su, dû réagir, depuis la phrase bravache jusqu'aux larmes en passant par le mépris. Au lieu de tout ça, au lieu d'une réaction mesurée et adulte, elle ressentit une intense fatigue et un tel dégoût d'elle-même qu'elle ne put que hausser les épaules avec résignation.

– Très bien, dit-elle. Je te ferai savoir où et quand j'ouvre ma propre cave que tu puisses suivre son évolution et médire autant que tu veux à son sujet. Bonne continuation à toi aussi.

Ce qui se voulait être une phrase banale et blessante pour elle-même plutôt que pour lui changea pourtant instantanément la donne. Ludovic blêmit.

– Parce que tu as déjà prévu d'ouvrir autre chose ? T'as honte de rien, on vient juste de liquider les *Bouchées*, et toi t'es déjà repartie pour faire couler un nouveau projet ? Et tu crois que tu vas t'en sortir toute seule ?

– Je crois que oui.

Juliette se retourna, surprise. Ce n'est pas elle qui avait répondu mais son père, resté à ses côtés, silencieux tout ce temps. Ludovic eut l'air de le découvrir.

– Excusez-moi, mais vous êtes qui, vous ?

– Son principal investisseur.

L'air ahuri de Ludo aurait pu amuser Juliette si elle n'avait pas été elle-même complètement désarçonnée par la réponse d'Aurélien, qu'elle observait à présent avec de grands yeux ronds. Ce dernier poursuivit en ignorant volontairement l'effet qu'il produisait sur ses deux interlocuteurs.

– J'ai tenu à accompagner Juliette à la signature pour me faire une idée des raisons de la déroute de son précédent restaurant. Après ces quelques instants passés avec vous, je dois bien admettre que je suis convaincu que mon argent sera judicieusement placé dans son projet.

Et, se tournant vers Juliette, il lui sourit malgré son air de chouette effarée.

– Nous devrions y aller. Tu as fini, je crois, et je ne voudrais pas rater mon train.

Juliette ne put qu'acquiescer. Avant de partir, elle se tourna vers l'homme qu'elle avait aimé dans une autre vie.

– Salut, Ludo. À une prochaine fois, peut-être.

– Ou pas, murmura Aurélien en prenant les devants.

Ils s'éloignèrent, laissant l'ancien associé de Juliette médusé sur le trottoir. Cette dernière observait son père qui marchait devant elle comme si elle ne l'avait jamais vraiment vu auparavant. Il se retourna et lui fit un clin d'œil amusé qui acheva de la déconcerter mais lui redonna aussi le sourire.

– Mon petit papa, je ne te savais pas capable de mentir comme un arracheur de dents.

– Mon petit poussin, comment diable crois-tu que j'aie pu survivre à ta mère toutes ces années ?

Juliette éclata de rire. Quand ils s'installèrent dans la voiture, elle était à peine calmée.

– Je ne plaisantais pas vraiment, précisa Aurélien quand Juliette eut à peu près repris son sérieux. Si ta sœur est déterminée à me rembourser une partie de l'atelier et ton frère une partie de ses études, je vais être en fonds, et je ne suis pas non plus obligé de conserver ce fichu franc de 1899. Je serai ravi d'investir dans ton projet, si d'aventure tu en as un.

Juliette s'esclaffa en démarrant.

– Tu as entendu ce qu'a dit Ludovic, rappela-t-elle en prenant le chemin de la gare. Je ne suis pas faite pour gérer quoi que ce soit.

– J'ai entendu ce qu'a dit cet imbécile, effectivement, convint Aurélien, mais j'ai aussi constaté la qualité de ton travail, et je suis très loin de tirer les mêmes conclusions que toi.

Juliette haussa une nouvelle fois les épaules.

– En admettant que je me révèle capable de gérer un restaurant, ce dont je doute, il me faudrait un projet, un concept, un local… je n'ai rien de tout ça, et je ne suis pas certaine d'avoir l'énergie nécessaire pour m'impliquer là-dedans après ce qui s'est passé.

– Tu n'as même pas une petite idée ?

Juliette repensa aux tableaux embués, aux macarons au chèvre et sentit poindre le germe d'une pensée.

– Ah. Je savais bien qu'il y avait quelque chose.

Juliette secoua la tête.

– Quoi ? mais non ! C'est juste… un restaurant, je ne sais pas, mais j'avais songé, avec une équipe de trois, quatre personnes, à un lieu… différent.

– Ça ressemble à une idée. Très bien, tu m'expliques, et je signe le chèque.

Juliette s'esclaffa.

– Ce n'est pas aussi facile que ça ! Il faut encore que j'en parle à Clémence et à Maxime, qu'ils soient d'accord…

– Parce que Clémence est impliquée ? Encore mieux. Tu devrais demander un coup de main à Grégoire aussi, je suis certain qu'il sera ravi de t'aider.

– Mais enfin, papa, arrête ! Je n'ai pas de local, et les choses ne sont pas aussi simples !

– Et pourquoi ?

C'est vrai, pourquoi ? Pourquoi ne le seraient-elles pas ?

Juliette chercha une réponse tandis qu'ils roulaient en direction de la gare, et prit soudain une décision. Quand ils atteignirent Montparnasse, elle ne s'arrêta pas.

– Je crois que c'était là que m'attendait mon train, nota Aurélien sans réelle surprise.

– Oui, mais je pense que je vais te ramener au Chêne vert, papa. Tu n'avais pas encore pris ton billet de toute façon, si ?

Cette fois-ci, ce fut au tour d'Aurélien d'être surpris.

– Eh bien, non, mais pourquoi veux-tu me ramener ? Je suis assez grand pour rentrer seul, tu sais ?

Juliette sourit.

– Oui, mais comme tu l'as dit, c'est maman qui tient les comptes. Alors t'avoir à mes côtés, c'est un premier pas, mais c'est elle qu'il faut convaincre, non ?

– Elle le prendrait très mal sinon.

Ils frissonnèrent de concert sans s'en rendre compte.

– Eh bien, conclut Aurélien, en avant pour deux heures de route.

– Largement de quoi te raconter ce que j'ai en tête et me préparer psychologiquement à affronter le dragon.

– Courage, ma fille, je serai avec toi dans la bataille.

Juliette sourit et prit le chemin de l'autoroute, étonnamment sereine.

Chapitre 26

C'était un ancien traiteur chinois rue de Montreuil, doté d'une salle d'une quarantaine de mètres carrés. Il fallait en compter moitié moins pour la cuisine, mais il y avait une petite terrasse, avec une capacité totale d'une dizaine de tables. Tandis qu'elle attendait les autres, son bail fraîchement signé sous le bras, Juliette observait les murs avec un mélange d'excitation et d'angoisse.

Elle avait eu l'autorisation du propriétaire pour faire sauter le contreplaqué et refaire les murs en pierre apparente, pourvu qu'elle se charge de remettre en état le mortier et les joints. Il avait trouvé son concept intéressant. En dehors de son père enthousiaste et de sa mère plutôt sceptique, il était le premier à qui elle avait vraiment détaillé le projet, avant même Clémence, ou les autres. C'étaient eux qu'elle attendait à présent, en essayant d'imaginer à quoi ressemblerait l'endroit, si d'aventure elle parvenait à mener à bien ce qu'elle avait en tête. La dernière fois qu'elle avait été à la fois aussi terrifiée et résolue, c'était quand elle avait ramené Aurélien au Chêne vert.

Dans un premier temps, Odile avait eu l'air enchantée de récupérer sa fille cadette en plus de son mari. Mais cette épiphanie, longue d'une poignée de secondes, avait rapidement laissé place à la suspicion lorsque la matriarche s'était vue invitée à un conseil de famille.

– Je vous préviens que si c'est pour une énième leçon de morale après des jours entiers passés dans la solitude, je ne suis pas d'humeur.

Une bonne entrée en matière, en somme, avait estimé Juliette qui s'était néanmoins assise en face de sa mère sur le canapé, les jambes serrées et les mains jointes. Aurélien était resté debout, nonchalamment accoudé à la cheminée. À cet instant, sa superbe désinvolture rappelait sans erreur possible celle de Simon. Ça lui allait bien.

– C'est que j'ai un projet, maman, et je voudrais t'en parler.

– Dieu du ciel, c'est à ton tour d'annuler ton mariage ?

– Odile.

La voix d'Aurélien, ferme et tendre, avait coupé la rancœur de Juliette à la racine. Elle s'était obligée à se rappeler que sa mère venait d'abdiquer après plusieurs jours de siège et que, comme tous les guerriers de son espèce, elle était mauvaise perdante. Elle ne lui en voulait pas spécifiquement, elle mordait juste qui pouvait l'être pour oublier son amertume. Juliette avait avalé sa salive, cherché ses mots et s'était finalement redressée pour planter son regard dans celui d'Odile avec une réelle volonté de convaincre.

Elle avait d'abord évoqué le choix de Clémence et de Simon de rembourser ce que leurs parents leur avaient versé, et était restée calme quand Odile, offusquée, était montée sur ses grands chevaux. Elle avait laissé son père calmer le jeu, expliquer la démarche, se moquer du bout des lèvres du rigorisme de sa femme, pour finalement encourager sa fille à poursuivre.

Juliette avait alors détaillé le reste, cave et macarons, tableaux, sofas et lampions. Elle avait laissé sa propre vision emplir la pièce, déverser autour d'eux des images colorées et affermi sa foi en ses capacités, encore vacillante, mais présente malgré tout. Elle avait produit des prévisions sur l'évolution à court, moyen et long terme de l'établissement, et les partenariats qu'elle envisageait. Elle avait ensuite plongé dans le grand bain, parlé chiffres et coûts, mise en route et publicité, location et investissement avec la même assurance que si elle avait dû convaincre un banquier et pas sa mère. C'est sa seule imagination qui, en l'occurrence, l'avait ainsi empêchée de trembler et de perdre tous ses moyens.

À plusieurs reprises, Odile avait fait mine d'interrompre sa fille, mais Aurélien l'avait instantanément coupée, toujours avec calme et doigté. Juliette suspectait qu'il allait y prendre goût, mais elle avait néanmoins laissé la gestion de sa mère à ce dernier, autant pour ne pas se laisser déconcentrer que parce que, pour une fois, elle lui reconnaissait ce droit et s'en libérait volontairement.

Lorsqu'elle eut achevé et repris son souffle, Odile avait jeté un regard courroucé à Aurélien avant de commencer à poser des questions. Pertinentes, toutes, avec froideur et circonspection, mais sans aucun jugement ni aucune pression. Juliette avait été confondue par cette soudaine retenue, mais soulagée aussi, et elle s'était peu à peu enhardie, détaillant l'ambiance, le nombre d'employés, les événements possibles. Quand elle s'était tue, il était très tard, et personne n'avait encore mangé, ce qui était très inhabituel au Chêne vert où la régularité des repas avait valeur de loi immuable. Cacahuète n'en finissait pas de pousser des soupirs déchirants près de l'entrée à attendre qu'on la sorte, et la vieille horloge désapprouvait de toutes ses aiguilles le fait que personne n'était encore passé à table. Odile avait considéré sa fille avec attention, puis s'était tournée vers Aurélien et avait haussé les épaules.

– Si tu penses que c'est une bonne idée…

Le cœur de Juliette avait fait un bond dans sa poitrine, et c'est à peine si elle se souvenait du reste de la soirée. La blanquette pourtant fameuse et la longue balade dans le soir de juin, avec le firmament incandescent et le chien. La nuit calme, le matin lumineux, le soulagement et la route du retour. Cette dernière bataille était achevée, alors qu'elle ignorait jusque-là être en guerre. Il y aurait d'autres combats à mener, mais celui-là au moins était terminé, pour de bon.

Elle était revenue à Paris la tête pleine de chiffres, les idées fourmillant en tous sens et l'esprit aussi libre qu'encombré. L'après-midi même, lovée au fond de son canapé, elle avait commencé à rédiger la liste des tâches et n'avait jamais cessé depuis. Trois semaines s'étaient écoulées, où elle avait occupé chaque heure à construire son rêve et à combattre les doutes incessants. À Maxime, qui s'enquérait par SMS de son silence et de son refus de participer à ses très nombreux apéritifs sur le balcon, elle se fendait d'un laconique « *Je bosse !* » qui les avait jusque-là tenus à l'écart, lui et sa curiosité.

Clémence et Greg avaient également tenté leur chance, mais à eux non plus Juliette n'avait pas répondu, prétextant qu'elle était trop occupée pour les brunchs qu'ils lui proposaient. Clémence s'était inquiétée de savoir si c'était son couple renaissant qui avait causé l'éloignement soudain de sa sœur, et celle-ci avait trouvé l'idée si étrange qu'elle n'avait même pas pris la peine de répondre.

Juillet était arrivé, les fonds avec lui, le local aussi, et Juliette avait signé fébrilement le premier document officiel. Maintenant, il était temps de réunir ceux qu'elle voulait embarquer avec elle. Elle était sereine, cependant. Si personne ne se jetait à l'eau à ses côtés, elle appareillerait malgré tout, même seule, même terrorisée, même sans plus rien derrière quoi se cacher. Ce n'est pas tant qu'elle avait eu peur avant, c'était plutôt qu'elle ne s'était jamais autorisée à se lancer.

Son premier invité débarqua alors qu'elle finissait son tour du propriétaire – locataire, en vrai. Greg passa la porte, le regard plein de questions et le sourire sincère.

Juliette leva un sourcil étonné devant sa mine négligée, sa barbe de trois jours et l'absence de cravate.

– Tu as pris une année sabbatique ? demanda-t-elle, amusée.

– Juste deux semaines de congés bien méritées. Le temps de rappeler les prestataires et d'organiser notre mariage, car ta sœur refuse de s'en occuper.

Juliette laissa échapper un sifflement.

– Vous vous remariez, alors ?

– Techniquement, on se marie tout court, mais je ne vais pas la laisser se sauver, cette fois. On fait ça au printemps prochain, une cérémonie un peu plus intime et moins onéreuse. Plus de fleurs des champs, moins de champagne. Ma future femme assume pleinement sa métamorphose artistique et j'essaie d'être dans le ton.

Ils riaient comme des baleines quand Clémence entra à son tour, immédiatement suivie de Simon et Maxime, dont les visages affichaient un air de curiosité polie.

– Qu'est-ce qui vous fait rire comme ça ? demanda Clémence, suspicieuse.

– L'air bohème de ton fiancé, répliqua Juliette sans ciller. Merci d'être venus !

Maxime observa les lieux avant de lui sourire.

– C'est-à-dire que si on voulait te voir, on avait plutôt intérêt à répondre à ton invitation. On est où ? Qu'est-ce que tu as mijoté pendant que j'avais le dos tourné ?

Juliette répondit à son sourire.

– C'est justement pour vous en parler que je vous ai fait venir.

Elle leur montra le local vide au plancher abîmé, aux murs rayés et jaunis, et désigna les différentes parties de la pièce avec un plaisir non dissimulé.

– Ici, nous mettrons des canapés. Deux je pense, et des poufs, avec deux tables basses dans chaque zone. Là, il y aura le bar et des tabourets hauts. Le long de ce mur, deux tables hautes avec les mêmes tabourets. Quatre places, si on se serre. Dans le renfoncement, des bancs, avec une table ronde au centre, basse, bien sûr. Là-bas, ce sera la cuisine. Elle n'est pas très grande, mais il n'y a pas de repas chaud à la carte, alors ça devrait aller. Et puis…

Juliette les invita d'un geste à la suivre et les guida jusqu'à un escalier en pierre qui s'enfonçait dans le sol. Ils pénétrèrent ensemble dans une cave voûtée, aussi longue que l'établissement au-dessus d'eux et pour l'heure encombrée de caisses vides et de poussière.

– Là, quelques tables au centre, des poufs de couleur ou des bancs, je ne sais pas encore. Mais surtout, le long des murs, la cave. Un écrin, un décor, une promesse. Derrière l'escalier, les vins les plus précieux bien à l'abri, et les toilettes. Voilà.

Ses quatre invités observaient les murs déjointés et les moutons de poussière éparpillés, hochant la tête à chacune de ses explications, sans pour autant quitter leur air interrogatif. De toute évidence, ils se demandaient ce qu'ils faisaient là.

– OK, donc tu es en train de nous dire que tu vas rouvrir, heu, une cave ? demanda Grégoire en cherchant manifestement le vocabulaire approprié.

– Un bar d'expo-dégustation, plus exactement, répondit Juliette, rayonnante.

– Concept ? l'interrogea Maxime avec un sourire de requin.

Juliette était prête.

– C'est un lieu de passage, de rendez-vous. Une galerie d'exposition, perpétuellement en vernissage, où on peut s'asseoir et grignoter sur le pouce. À la carte, que des petites choses, genre…

– Des macarons.

– Oui, genre des macarons.

Maxime s'autorisa une danse de la joie dans la cave poussiéreuse sous le regard patient de Simon.

– Je le savais !

– Comme aux *Bouchées*, le vin sera servi avec les amuse-bouches, et il sera déterminé par la nourriture choisie. Mais les clients pourront aussi commander au verre, sans rien manger, ou manger sans boire, bien évidemment. C'est juste que nos formules incluront vin et dégustation, mais ce ne sera pas un restaurant. On viendra chez nous non pas pour prendre un repas assis, mais pour admirer les œuvres accrochées aux murs, éventuellement les acquérir, et pour déguster l'art, pictural, culinaire et viticole.

– Chez nous ? demanda Simon qui était resté silencieux jusque-là.

Juliette hocha la tête.

– Papa et maman me financent avec l'argent que vous avez décidé de leur rembourser, à la condition que vous ayez des parts dans l'affaire, ce que j'ai accepté d'autant plus volontiers que je compte embaucher ce pâtissier-là et cette artiste-ci pour l'ouverture.

Elle désigna successivement Maxime, qui bomba le torse, et Clémence, qui sembla quelques secondes assommée par la nouvelle.

– Quoi ? Moi ?

Grégoire secoua gentiment la tête.

– Ma chérie, à qui pensais-tu que ta sœur faisait allusion quand elle disait qu'elle voulait exposer des artistes, hum ?

Clémence regarda tour à tour chacune des personnes présentes, éberluée.

– À moi ? Mais non, mais ce n'est pas possible, je n'ai rien à exposer à part mon dossier d'admission à l'école, et c'était un travail technique, c'était juste...

– Très beau, commenta Grégoire.

– Inspirant, confirma Maxime.

– Désespérant de qualité, soupira Simon.

– Tes horizons flous sont sublimes, Clem. Ce serait dommage que tu n'en fasses rien, et j'ai très envie de montrer à tout le monde le talent de ma sœur, moi.

Après un silence embarrassé, Clémence finit par acquiescer.

– Eh bien, d'accord, alors. Si ça t'aide à lancer ton affaire... mais franchement, tu devrais trouver d'autres artistes plus matures, plus renommés, plus...

– Non, l'interrompit Juliette. Je ne veux rien d'autre que tes horizons.

– Il faudra cependant que le bar prélève un pourcentage du prix de vente fixé... c'est à réfléchir, et dans un premier temps, on pourra peut-être s'entendre sur un tarif évolutif en fonction du nombre de toiles...

Le coup de coude de Clémence dans ses côtes interrompit Greg et il se frotta le flanc, la mine offusquée.

– Mais quoi ? Tu as des parts dans cet établissement, je veille à tes intérêts, tu devrais me remercier !

– Si j'en crois tes cachotteries, on va se marier et tu auras des parts aussi.

– Tes intérêts seront mes intérêts, chérie.

– J'espère bien, soupira Juliette en interrompant le jeu de séduction en cours. Je comptais sur toi, Greg, pour valider mon plan marketing et mon business model.

– J'aurais été vexé que tu ne le fasses pas ! fut la seule réponse de son nouveau futur beau-frère. Tu peux compter sur moi.

– Décidément, je suis le seul qui n'apporte aucune valeur ajoutée à cette affaire, commenta Simon, mi-figue, mi-raisin.

– Je suis notre valeur ajoutée à tous les deux, le réconforta Maxime. Et souris ! Ça veut dire que je vais de nouveau avoir un travail et que je vais arrêter de traîner à la maison en caleçon.

– Qui va faire à manger, du coup ?

Juliette secoua la tête.

– Tu aurais pu retrouver du travail quand tu voulais.

– Je t'attendais, fut l'unique réponse de Max, et elle lui réchauffa le cœur.

– Tu es une tête de mule, commenta Juliette. Et tu te trompes, Simon. Je voulais aussi t'inclure dans le fonctionnement du lieu, en proposant notamment des expos de photos de cosplay ou des rencontres avec ta communauté, et profiter de tes contacts pour trouver de nouvelles catégories d'œuvres.

Elle observa longuement les murs décrépis, la poussière partout, et hocha la tête, ravie.

– Il faut que ce soit bien. Je suis certaine que ça va être bien, je ferai tout pour que ça le soit, mais d'abord, je vais passer l'été à faire des travaux, à préparer la cave et la carte, à gérer les artisans...

Elle poussa un gros soupir.

– Il reste encore beaucoup de travail, mais le plus important a été dit. Alors du coup, je peux compter sur vous ?

– Bien sûr ! répondit instantanément Maxime, extatique. Je vais tester des macarons au chorizo, au roquefort, à la poire et au roquefort, au chèvre-miel ! Un été de macarons !

– Oui, répondit plus sobrement Grégoire. Mais en échange, tu m'aides pour l'événement secret dont on a parlé tout à l'heure et pour lequel ta sœur n'est absolument pas au courant.

Clémence roula des yeux.

– J'en suis aussi, commenta Simon, son air de dandy plus que jamais d'actualité.

– Et tu auras les tableaux, mais je ne sais pas s'ils sont vraiment bien pour une expo...

– Clémence…

– Peut-être qu'il faudra que j'en refasse quelques-uns ?

– Clem, tes tableaux sont formidables, l'expo sera géniale, et à terme, tâche de te faire des copains aux Beaux-Arts, que je développe mon réseau !

Clémence soupira et haussa les épaules.

– Très bien.

Juliette rayonnait. Lorsqu'ils remontèrent, elle était sur son petit nuage.

– Et ça n'a pas été trop compliqué de convaincre maman ? demanda Clémence tandis qu'ils émergeaient sur le trottoir inondé de lumière.

Juliette eut un rire léger.

– Pas tant que ça, non. Elle ne voulait pas récupérer l'argent, et donc je pense que c'était lui offrir une façon de rester liée à nous. Je crois que vous lui avez fait très peur, à son anniversaire.

– De nous lier à elle, ouais. Elle espère garder le contrôle, surtout, grommela Simon dans leur dos.

– Laissons-la évoluer, elle aussi.

– Je te trouve bien optimiste, Juliette !

– Je vais ouvrir mon lieu à moi, avec ma cave à moi, un peu que je suis optimiste !

– Tu lui as trouvé un nom, à ton lieu unique ? demanda à son tour Maxime quand ils émergèrent sur le trottoir.

Juliette regarda la devanture, évalua le montant des travaux et la forme que revêtirait son rêve en devenir avant de hocher une nouvelle fois la tête, enthousiaste.

– Je crois oui. C'est maman qui m'en a donné l'idée. Un truc qui évoque à la fois les amuse-bouches qu'on va proposer, et également la peinture qui sera au cœur du projet. Quelque chose pour célébrer cette année et l'état dans lequel j'étais quand la vie a décidé de me botter les fesses pour sortir la tête de l'eau…

Maxime éclata de rire.

– Ça fait beaucoup de choses !

– Et pourtant, ça tient en trois mots.

Chapitre 27

Bien évidemment, Juliette avait tout donné pour que le bar puisse ouvrir pour la rentrée de Clémence, faisant coïncider le vernissage, la fin de l'été et le triomphe de sa sœur. Un peu le sien, également, même si ça n'avait pas été sans mal.

Passé l'enthousiasme des premiers jours, elle avait été de mauvaise surprise en découragement. Il y avait eu les murs à refaire, les frais d'isolation phonique, la pétition des voisins qui voyaient d'un mauvais œil l'installation d'un débit de boisson en bas de chez eux, la licence IV qui n'était plus à jour et les inspecteurs de la mairie qui étaient venus jeter un œil suspicieux sur place. Il y avait eu les papiers à régler, les fournisseurs à qui « on » avait soufflé, au moins deux ou trois fois, que Juliette n'était pas fiable, et puis les travaux, toujours, jamais finis, surtout pas dans les temps.

Maxime avait pourtant appris à jointer un mur avec enthousiasme, Aurélien était venu aider aussi, et Juliette avait réussi à chiner un bar dans un dépôt-vente qui valait à lui tout seul de s'accrocher. Entre les embûches et les délais, elle avait bien cru qu'elle n'y arriverait jamais. À moins d'une semaine de l'ouverture ils en étaient encore à cirer le parquet et à attendre la livraison du mobilier. Enfin, la veille, ils finissaient d'organiser la cave, de charger les frigos de macarons tous plus insolites les uns que les autres, de plastifier les cartes et de laver les verres. Simon et Clémence s'étaient chargés de la décoration et de l'organisation de l'exposition, tandis que Grégoire avait déterminé, après un entraînement intensif et une étude approfondie du sujet, le prix de mise en vente des œuvres de son aimée et le contrat qui l'unissait au bar de sa sœur. L'exposition de ses tableaux devait durer jusqu'à Noël.

– À moins que tu n'aies tout vendu dans une semaine, avait-il ajouté sans rire.

Clémence avait haussé les épaules.

– J'en ai fait d'autres. Au cas où.

Grégoire avait secoué la tête, incrédule, puis était parti en agitant les bras en l'air.

– Nous allons être riches ! Riches !

Voilà que le grand jour était venu, et que le vernissage, concomitant à l'ouverture, allait avoir lieu. Juliette était dans ses petits souliers et se rongeait les ongles, quand elle ne fumait pas. Et si personne ne venait ? Et si la sauce ne prenait pas ? Et si personne ne validait les macarons au foie gras ?

– Non seulement ce serait mon problème, la tança Maxime, mais je serais également vexé et surpris. J'ai amélioré ma recette, et les figues confites vont beaucoup trop bien avec pour que quiconque y trouve à redire.

Juliette lui jeta un regard désespéré depuis l'autre côté du bar où elle attendait, impuissante, l'heure de l'ouverture.

– Je suis complètement folle de m'être lancée là-dedans. Même si ça fonctionne ce soir, qu'est-ce qui me dit que je vais réussir à transformer l'essai et à pérenniser l'expérience ? Il y a tellement de bars et de restaurants qui peinent à survivre à Paris… Je ne vois pas pourquoi ça marcherait pour moi, je veux dire, c'est un bar comme les autres, et même pas grand en plus, et…

– Arrête de stresser. Échouer ne devrait pas t'effrayer. Échouer t'est déjà arrivé, non ? La fermeture des *Bouchées* n'était pas de ta responsabilité, et pourtant tu l'as très bien assumée. Respire. Tout va bien se passer, j'en suis sûr.

Juliette aurait bien aimé avoir son degré de certitude mais pour l'heure, elle en était bien incapable. Quand deux silhouettes s'approchèrent du bar bien avant l'heure du vernissage, elle se sentit plus stressée que jamais mais se força à sourire avec confiance et leur tint la porte tandis que ses principaux investisseurs pénétraient à l'intérieur.

– Bienvenue à *La Petite Cuillère !* Papa, maman, j'espère sincèrement que cet endroit va vous plaire.

Comme eux, elle laissa son regard dériver sur les murs et tenta, l'espace de quelques minutes, de remiser l'anxiété à la cave avec ses bouteilles.

Odile et Aurélien observèrent sans rien dire le bar, Maxime qui leur faisait un signe de la main, les lampes industrielles et le mobilier hétéroclite, puis sa mère décida d'aller observer avec plus d'attention les tableaux de son autre fille exposés aux murs.

Juliette sentit son cœur se serrer un peu, puis elle se ressaisit. C'étaient les œuvres de sa sœur, mais tout ce qui se trouvait ici, elle seule l'avait accompli. Comme pour la rassurer, Aurélien lui tapota l'épaule avant d'ajouter, à mi-voix :

– Je peux jeter un coup d'œil à la cave ?

Juliette fut trop contente d'accéder à sa requête malgré les gestes de désespoir de Maxime qu'on abandonnait seul avec la grande Odile. Ils descendirent l'escalier de pierre auquel Simon avait adjoint une rampe de corde à nœuds et pénétrèrent dans le saint des saints, jointé de frais, dépoussiéré et lumineux.

La cave avait finalement été aménagée différemment de ce que Juliette avait projeté de prime abord. Bien évidemment, elle avait conservé les bouteilles aux murs, mais l'espace de vie central avait été remplacé par une table de dégustation pour apprentis œnologues. Comme son père lui jetait un regard interrogateur, Juliette eut un sourire embarrassé.

– C'est une idée de Simon, dit-elle. Il a dit que je ne me servais pas assez de mes capacités, et que je devrais faire des mini-stages d'œnologie à thème pour Parisiens motivés. Alors on a fait installer une table, et je vais recevoir six personnes trois fois par semaine, hors ouverture du bar, pour travailler sur le vin.

Aurélien hocha la tête, peut-être un peu impressionné.

– Et tu as des candidats ?

Juliette hocha la tête.

– A priori, oui. Les deux prochaines semaines sont complètes, en tout cas. Simon a décidé d'être mon community manager en plus du sien. Il a créé un site internet pour *La Petite Cuillère*, et je crois qu'il le fait bien.

– C'est normal, c'est mon fils.

Ils n'avaient pas entendu Odile arriver et Juliette ne put réprimer un sursaut. Sa mère jeta un regard sur les murs, à la table de dégustation et aux lampes ouvragées, puis hocha la tête.

– J'aurais cru qu'aménager un endroit pareil te serait revenu plus cher. On dirait que tu t'es bien débrouillée.

– Oh là là, maman, tu viens de me faire un compliment !

– N'en rajoute pas.

Aurélien pouffa et Odile, après avoir fait le tour du propriétaire, jeta un regard aussi critique que dénué d'intérêt à la cave avant de concentrer son attention sur les tableaux de Clémence exposés en bas et de remonter l'escalier en arguant que ce dernier était exigu et dangereux. Juliette soupira.

– Heureusement qu'elle ne l'a pas vu avant que Simon mette la rampe…

Une nouvelle fois, Aurélien lui tapota l'épaule, puis ils remontèrent, Juliette referma la cordelette qui empêchait l'accès à la cave hors période de dégustation, et ils gagnèrent tous les trois le bar où Maxime avait accepté d'offrir en sacrifice quelques macarons pour adoucir la matriarche. Ce fut un succès mitigé : si ceux au foie gras la convainquirent immédiatement, il fallut batailler pour qu'elle daigne goûter ceux à la ricotta. Ils en étaient à présenter les verrines et la sélection d'amuse-gueules sucrés quand Clémence et Greg débarquèrent, immédiatement suivis de Simon. L'arrivée des deux enfants qu'elle n'avait pas revus depuis son anniversaire crispa Odile instantanément.

Clémence, l'air à la fois bravache et contrit, observa quelques secondes sa mère avant d'aller l'embrasser.

– Bonjour maman, dit-elle. Tu as vu mes tableaux ? Tu les aimes bien ? Dis-toi que tout ça, c'est grâce à toi.

La phrase, banale et justifiée, mit pourtant Juliette mal à l'aise. Elle se demanda si elle était la seule à sentir cet air d'orage flottant dans son bar tout neuf. Odile se renfrogna, les traits figés dans un rictus de réprobation. Elle avait pris l'accueil pour une provocation, évidemment.

Elle est l'obscurité dans tous les horizons de sa fille, songea Juliette malgré elle.

Et puis, la lumière revint sans que le courroux du ciel se soit abattu sur eux. Les traits d'Odile se détendirent imperceptiblement, elle frotta le bras de Clémence d'un geste gauche et pinça les lèvres.

– Tes tableaux sont très jolis, ma chérie. Je suis très contente pour toi et bravo pour ton concours.

Aurélien ouvrit de grands yeux mais ne dit rien et comme Odile se désintéresserait de Clémence pour demander à Simon ce que c'était que cette coiffure qu'il avait décidé d'arborer, cette dernière se tourna vers sa sœur et ses lèvres prononcèrent silencieusement une question incrédule.

– « Jolis » ?

Juliette eut un rictus d'excuse et leva les mains en l'air. Clémence semblait goûter assez peu le maigre enthousiasme maternel, si nouveau pour elle, mais sa sœur la rassurerait plus tard. S'il y avait bien une leçon à tirer de tout cela, c'était que l'on s'habituait au manque d'enthousiasme maternel et que parfois même, on y survivait.

Ils s'installèrent au bar, Maxime détourna l'attention de la déroute capillaire de son malheureux compagnon à l'aide de ses macarons poire-chocolat, Simon exigea qu'on ouvre la première bouteille, et Juliette reprit les choses en main en détaillant son plan commercial, avec l'aide de Grégoire, qui maîtrisait la situation et qui était trop enthousiaste pour remarquer la mauvaise volonté d'Odile.

À une demi-heure de l'ouverture, cependant, Juliette recommença à stresser. Les discussions, les rires et les piques lui parvinrent de loin, à travers un brouillard opaque de solitude confinée entre quatre murs d'angoisse. Si les autres s'en aperçurent, elle ne le remarqua pas, pas plus qu'elle ne discerna quoi que ce soit d'autre que le soir tombant sur la capitale et les secondes égrenées par l'horloge au-dessus du bar. Elle avait la sensation que le lieu, imitant le carrosse de Cendrillon, allait disparaître au moment où dix-neuf heures sonneraient, la laissant seule au milieu de sa famille et de ses insuffisances. Ou alors quelqu'un allait entrer qui ressemblerait peut-être furieusement à Ludovic et lui interdirait l'ouverture du bar pour une raison ou une autre, une inspection des services de la mairie ou une plainte du voisinage. Tout ne pouvait manquer de s'effondrer, et cette certitude l'étouffait, comme l'étouffait la proximité de ceux qui représentaient pour elle le pire tribunal.

Peut-être aurait-elle dû faire ça dans son coin, loin des siens, et les appeler une fois qu'elle aurait été certaine que ses ambitions étaient devenues réalité. Au milieu de ses inquiétudes, une petite voix lui affirmait pourtant que ce qu'elle aurait pu entreprendre sans eux n'aurait pas abouti, ou pas aussi bien. Il y avait eu une nécessité à ce que tous soient présents. Odile et ses exigences, Aurélien et sa patience, Clémence et sa perfection. Mais également Greg, Max et Simon. Tout le monde, avec elle, pour ne pas avoir peur de tomber, ni craindre le « Je te l'avais dit » que sa mère pourrait lui balancer. Juliette poussa un grand soupir et, comme une maîtresse d'école, frappa dans ses mains pour siffler la fin de la récré.

– Vous êtes prêts ? On ouvre ?

Maxime se métamorphosa instantanément en parfait barman, la famille Descroix étendue migra vers un canapé, Clémence alla réajuster ses tableaux nerveusement avant de repousser gentiment la tentative de massage de son fiancé, et Juliette ouvrit la porte, alluma les lumières, mit la musique et sortit les vins. Elle prépara macarons et verrines, sucré et salé, et les amuse-gueules pour le vernissage à proprement parler.

La première demi-heure fut interminable, entre les préparatifs et les moments de creux, les attentes et les regards anxieux, puis des camarades des Beaux-Arts arrivèrent, parce que bien évidemment, Clémence s'était fait des amis dès la première semaine. À partir de là, tout fut un tourbillon. Il y eut les curieux de passage, qui vinrent pour les tableaux et restèrent pour les verrines, ceux qui firent juste un tour, ceux qui habitaient dans le quartier, ceux qui profitaient des canapés et de la musique.

Peu à peu, la petite salle se remplit et Juliette fut emportée, trop occupée à prendre les commandes et à servir les verres pour s'inquiéter. Elle était dans son élément, répondait aux questions de Maxime avec précision, vérifiant du coin de l'œil de temps en temps comment se passait l'exposition, contente de voir que son idée fonctionnait. Entre les tableaux et le vin, l'union était harmonieuse et l'ambiance réussie. Respirer devint plus facile, et se faire confiance aussi.

Au bout de quelques heures de fébrilité et d'euphorie, Odile et Aurélien vinrent dire au revoir, et Juliette fut surprise de ne pas avoir du tout pensé à ses parents après l'arrivée des premiers clients. Elle s'excusa de ne pas avoir passé plus de temps avec eux, mais Aurélien lui tapota une nouvelle fois le bras et secoua la tête.

– Ne t'en fais pas, petite, c'est ton travail, ton bébé. Il faut bien t'en occuper.

Odile renifla et hocha la tête.

– Dis à ta sœur que je veux bien un de ses tableaux, si d'aventure elle consent à me le céder.

Juliette ne put réprimer une mimique excédée.

– Maman, tu ne veux pas lui demander toi-même, par hasard ?

– Non, répondit Odile fermement. Elle discute, et je ne voudrais pas lui faire rater une vente.

Elle fila en direction du trottoir, drapée dans son manteau de dignité.

– Demain on va au Louvre, dit Aurélien en clignant de l'œil. Ensuite, nous rentrerons au Chêne vert. Au plaisir de t'y revoir, mon poussin.

Juliette embrassa son père, le serra fort, et regarda ses parents quitter *La Petite Cuillère* avec un mélange de soulagement et de tristesse. Elle rejoignit Clémence avec l'intention de lui parler de l'offre de sa mère, mais sa sœur, qui se tenait près du bar en compagnie de Simon et Max, était lancée dans une longue tirade au sujet de ses cours.

– La moitié de ce qu'on apprend en classe je l'ai vu pendant ma préparation au concours, mais je ne vais pas me plaindre, l'important c'est que je sois rentrée et toute avance sur le programme est bonne à prendre. Et ce n'est pas tant de culture générale et de théorie que j'avais besoin, mais de la pratique... ah, la pratique, c'est une autre paire de manches ! Je suis tellement contente d'avoir enfin des vrais enseignants pour progresser...

Clémence se laissa gagner par son propre enthousiasme et se mit à décrire les nus, les études, les paysages, les techniques, et Juliette, incapable d'en placer une, lâcha bientôt le fil de la conversation. Il serait toujours temps de parler à Clémence plus tard, le cas échéant.

Juliette retourna à ses clients. Tout était doux et cotonneux. Les horizons de Clémence étaient mis en valeur par la nuit tombante et la lumière dorée des lampes. Elle observait la salle avec délectation quand elle remarqua une femme qui allait d'un tableau à l'autre, attentive, sans verre à la main. Sur le plateau derrière elle, Juliette prit un macaron saumon-butternut et un verre de merlot pour les lui offrir. La cliente eut l'air surprise, mais quand Juliette lui eut expliqué que c'était pour l'ouverture de son établissement et qu'elle tenait à ce que tout le monde profite un peu du buffet, elle la remercia.

– C'est excellent, dit-elle. Et l'artiste, c'est vous aussi ?

– Ah, non, répondit Juliette. L'artiste, c'est la jeune femme que vous pouvez voir près du bar, là-bas.

– Oh. C'était un choix délibéré d'exposer ainsi des débutants plutôt que des artistes confirmés ?

Juliette sentit la curiosité et l'avis dubitatif derrière les paroles de son interlocutrice, pour les avoir entendus mille fois dans la voix de sa mère pendant des années. Elle chercha en elle l'apaisement nécessaire pour répondre calmement, sans avoir l'air coupable ni pleine de doute. Elle devait bien ça à sa sœur.

– Il n'y avait pas grand intérêt, à mon avis, à mettre à l'honneur chez moi des artistes confirmés, comme vous dites, déclara-t-elle, choisissant ses mots avec soin. C'est comme les cépages de ma cave, je travaille avec des mélanges connus, mais aussi d'autres atypiques, et surtout des petites caves de petits producteurs. Bien sûr, je pourrais m'appuyer sur les grands crus et je le fais au besoin, mais vous voyez le merlot que vous buvez, il n'y en a pas des centaines de milliers de bouteilles qui sortent tous les ans, juste une petite production, qui varie en fonction du temps. Je préfère accompagner mes producteurs dans la durée, et c'est moi qui adapte mes plats à leurs vins plutôt que l'inverse. Je pense qu'on a beaucoup à gagner à prendre la peine de découvrir les petits producteurs méconnus, et c'est la même chose avec les petits artistes inconnus. Je souhaite être à la tête d'un lieu où les étudiants que j'expose puissent venir se payer un verre de temps un temps, un lieu pas trop cher, chaleureux, débutant comme eux, comme mon vin, comme moi. Un lieu où tout le monde a fait de son mieux parce qu'il aime ce qu'il fait. C'est ce que je voudrais essayer de faire, en tout cas.

La femme la regarda intensément.

– Je vois, dit-elle. Merci pour vos éclaircissements.

Elle salua et se dirigea vers le bar où elle entama la conversation avec Clémence. Juliette se dit qu'elle avait dû bien faire son travail et elle en fut heureuse. Ça lui avait semblé facile. Elle était chez elle, c'était la vérité, mais un chez-elle qui ne ressemblait pas au Chêne vert, un chez-elle où elle ne serait jamais jugée, mais entourée et appréciée. Ce lieu était le sien, et elle en était heureuse. Elle ferma les yeux et se nourrit de la rumeur des conversations, du bourdonnement des rires qui montaient de la minuscule terrasse. Il lui sembla que le temps se brouillait et qu'elle parvenait à se projeter au même endroit dans plusieurs années ; quand Clémence serait une artiste reconnue et que d'autres, des dizaines d'autres seraient passés sur ses murs. Plusieurs étudiants de la promotion de Clémence avaient déjà demandé comment ils pouvaient faire pour soumettre leurs œuvres, et Juliette avait établi un cahier des charges qu'elle avait partagé avec eux, espérant que le plus possible d'entre eux puissent tenter leur chance. Qui sait, peut-être même qu'à terme le lieu se ferait un nom, et que davantage de clients s'y rendraient non pour le vin, mais pour y acquérir un original.

Juliette sourit. Près des tableaux de sa sœur, de petits panneaux indiquaient le prix de chaque toile, ainsi qu'un vin associé. Le vin, toujours, mais délicatement suggéré. Un vin, une couleur, un arôme qui iraient avec l'intense émerveillement de l'œuvre, et participeraient à son appréciation. Juliette descendit à la cave.

Le lieu l'accueillit silencieusement, affectueusement. Elle avait choisi chaque bouteille avec soin et les couvait du regard. Pour l'ouverture elle avait sélectionné un assortiment, mais pas le dixième de ce dont elle disposait, et elle prévoyait des soirées à thème, des semaines tournées autour d'une région particulière, et même des ateliers pour affiner le palais. Seule aux commandes, elle déployait ses ailes à son tour, libérait ses idées. Juliette était heureuse.

– Alors, heureuse ? demanda justement Maxime derrière elle sur la voix gourmande du crooner.

Juliette éclata de rire.

– Plutôt, oui, admit-elle. Tu crois que j'y serais arrivée, il y a un an ? Il me semble que je n'osais même pas l'espérer et pourtant, j'avais déjà un restaurant. Tout ça me paraît irréel. J'ai l'impression de ne pas le mériter.

– T'en fais pas pour ça, dit Maxime. Tu le mérites. Nous allons être à court de graves, cela dit. J'allais me servir moi-même mais…

– Ah non, protesta Juliette avec bonne humeur. Hors de question. La cave, c'est moi.

Chapitre 28

Juliette arriva au Chêne vert dans l'après-midi du 24 décembre, comme l'année précédente. Simon était passé chercher Maxime à *La Petite Cuillère* juste après la réunion de midi, au cours de laquelle ils avaient décidé de l'emploi ou non d'une personne de plus dédiée au service, du vernissage, et de la date d'ouverture pour la nouvelle année. Exceptionnellement, Juliette s'était résolue à fermer quelques jours, pour souffler un peu, et parce que en cette période l'affluence était moindre. Il allait également falloir décrocher les tableaux de Clémence et préparer la nouvelle exposition. C'était un de ses camarades de promotion qui allait en bénéficier, un garçon timide avec lequel elle s'était immédiatement entendue du fait de la proximité de leurs techniques, et dont chaque tableau ressemblait à un feu d'artifice de poussières colorées, vives et dynamiques.

– Il faudra faire du figuratif, aussi, avait commenté Clémence lorsque Juliette lui avait fait part de son choix.

Juliette avait ri et lui avait dit qu'elle attendait les candidatures, ce à quoi sa sœur avait répondu, sans plaisanter, qu'elle s'en occupait. On pouvait dire que l'affaire roulait.

Sur la quarantaine de tableaux qui avaient été exposés pendant ces quelques mois, Clémence en avait vendu une petite dizaine, avec une surprise renouvelée à chaque nouvel acheteur. Juliette avait peu à peu laissé cet aspect de son commerce à Greg et Clem, parce que ses stages d'œnologie festive étaient complets, et qu'elle passait beaucoup de temps à les organiser, gérer les thèmes, les réservations en ligne et, plus bêtement, à les donner. Maxime n'en finissait plus de créer mille et un parfums de macarons, et *La Petite Cuillère* commençait à avoir ses habitués, de tous âges et de tous horizons. Juliette était d'autant plus contente que c'était exactement ce qu'elle avait voulu et que le bar prenait des airs de petit salon de réception où venaient des gens intéressants, avec lesquels discuter et passer un bon moment. La déconfiture des *Bouchées Doubles* lui semblait à des millions d'années-lumière, si ce n'était lorsqu'elle en expérimentait quelques effets secondaires, comme le fait d'avoir des suées à chaque fois qu'il fallait traiter les factures et la psychose d'en oublier une.

Max avait récemment proposé d'ajouter une nouvelle corde à leur arc, qui nécessiterait peut-être d'engager un aide-cuisinier en plus du serveur, si ses espoirs se concrétisaient. Comme Clémence avait insisté lourdement – et menacé physiquement – pour avoir des macarons au chèvre, au saumon, au foie gras et au canard à son mariage, en plus d'une sélection de verrines, Max s'était dit que le service de traiteur de macarons salés sur commande pour l'événementiel était peut-être un secteur à développer.

– Pas trop, avait protesté Juliette, inquiète. On ne va jamais réussir à fournir à la fois le bar et douze mariages par semaine.

– On va tester sur de petites quantités, déjà, et on verra après si on a besoin de main-d'œuvre. Mais ça vaut le coup, non ?

Quand Juliette lui avait concédé que oui, et proposé du bout des lèvres d'y associer le vin, bien sûr, Grégoire était reparti les bras en l'air dans une attitude qu'il adoptait de plus en plus régulièrement.

– On va être riches ! Riches !

Faute d'être riche, Juliette était déjà à l'équilibre, et c'était une bonne nouvelle pour un commerce vieux de quatre mois. La vente des tableaux ne rapportait qu'un maigre pourcentage, et même si le bar faisait salle comble, le service lui-même générait peu de revenus comparé aux stages donnés à la cave. De ces leçons, Juliette tirait un profit substantiel qui couvrait à lui tout seul le loyer et une partie des achats, et permettait au service de générer les revenus nécessaires au reste, salaires, fournisseurs et même quelques bénéfices. Pas encore mirobolants, mais déjà supérieurs à ce qu'elle avait osé espérer lorsqu'ils avaient ouvert.

Si Maxime avait raison et que l'offre de traiteur fonctionnait même un peu, ils devraient encore gagner en marge de manœuvre et, pourquoi pas, se développer de telle sorte qu'elle puisse déléguer entièrement le service à Max et son équipe pour ne plus avoir à gérer que la cave et ce qui s'y passait. Cette idée lui plaisait.

Histoire de tester le succès du projet, Juliette avait chargé le coffre de la Twingo de macarons et verrines pour Noël, transformant la fête familiale en banquet de sélection pour Greg et Clémence, ces derniers ayant fait leur coming out marital deux mois auparavant et le mariage étant fixé au début du mois de mai. S'ils avaient espéré conserver le petit comité et la simplicité, c'était compter sans Odile. Quelle erreur stratégique.

Cette dernière, qui n'avait pas voulu entendre parler de renoncer à inviter oncles, tantes, cousins, neveux et nièces, s'était méchamment pris le bec avec Clémence à la Toussaint. Sa fille avait argué que c'était son mariage et pas celui de sa mère, ce à quoi Odile avait rétorqué qu'elle-même refuserait de venir si elle devait annoncer aux invités de la liste précédente qu'ils étaient soudain écartés. Grégoire avait été de l'une à l'autre, prenant note des concessions possibles et des impératifs chez chacune, puis avait dressé une table de jugement à laquelle tous les autres étaient conviés pour rendre un verdict auquel, heureusement, les deux parties s'étaient pliées. Il y aurait donc certes le ban et l'arrière-ban, mais ni repas formel, ni soirée dansante hormis pour la famille proche et les amis. Odile avait consenti du bout des lèvres et avec réticence, Clémence avec agacement, mais au moins depuis on n'en parlait plus.

Du reste, lorsque Odile avait annoncé qu'elle avait acheté la robe « au cas où », elle avait même eu droit à un câlin de son aînée, qui se désespérait de retrouver une tenue qui lui conviendrait autant que celle qu'elle avait choisie l'année précédente. Le câlin avait été accueilli avec autant de froideur que de stupéfaction, mais Odile avait été de bien meilleure humeur par la suite, ce qui en disait long.

Il ne restait plus qu'à fixer les détails de la cérémonie. Juliette devait encore se trouver une robe potable de demoiselle d'honneur et sélectionner les vins en fonction des verrines et des macarons. Au printemps, la fête se ferait au Chêne vert, possiblement sous la pluie, mais aussi sous les fleurs.

Alors qu'elle sortait les cartons de la voiture et les empilait sur ses bras dans la brise glacée de décembre, Juliette pouvait presque déjà imaginer la réception. Étrangement, ce mariage de Clémence lui causait moins d'amertume que celui qui aurait dû avoir lieu l'année d'avant. Elle avait hâte, pour ainsi dire. Qu'elle avait été étrange, cette année de transformation !

– Attends, attends, tu vas me les écraser !

Maxime avait jailli de la cuisine pour lui venir en aide avec les macarons, Cacahuète sur les talons. Juliette lui délégua les paquets avec soulagement et caressa le chien.

– Ça va ? Tout se passe bien ?

Maxime grommela.

– En dehors du fait que ta mère exige de rôtir les magrets de canard au miel au lieu de les flamber au cognac avec du vinaigre de framboise et des figues, tout va pour le mieux. Quel manque d'inventivité !

– On parle de ma mère.

– Et je ne suis qu'un invité. Je sais, je sais. Mais si au moins j'avais pu lui faire goûter !

– Un combat à la fois, Max. Un combat à la fois.

Ils retournèrent dans la cuisine chargés de cartons, et firent encore deux voyages pour descendre le vin. Dans la pièce enfumée, ça sentait bon le canard, les pommes caramélisées et les herbes fraîches. Clémence, les manches retroussées, avait entrepris de se plier aux ordres de sa mère, laquelle tolérait manifestement sa présence avec beaucoup de sang-froid et de bonne volonté.

– Normalement je m'occupe de ça toute seule ! se plaignit-elle, tandis que Max et Juliette achevaient de l'envahir.

– C'est moi qui décante, imposa Juliette sans même la regarder. Et bonsoir, maman !

– Et c'est moi qui dispose, ajouta Maxime. Mais après, promis, je disparais dans le salon pour aller préparer les cocktails et je laisse la cuisine aux femmes.

Il se fit sortir à grands coups de protestations de la part des deux sœurs tandis qu'Odile, affairée autour de son fait-tout en fonte, haussait les épaules.

– En même temps, c'est mieux comme ça, un homme dans une cuisine, c'est un gêneur de plus et une occupation inutile de l'espace.

– Maman, plein de grands chefs sont des hommes, dans la restauration. Plus que de femmes, c'est pour dire, et le sexisme, ça va dans les deux sens.

– Et ce sont les femmes qui gèrent le vin, j'ai vu, ma fille, j'ai vu, mais nous dirons simplement que cette logique m'échappe.

Clémence échangea un regard avec Juliette, puis les deux se sourirent, et la première retourna à sa bûche tandis que la seconde sortait les carafes. Il y avait des limites aux métamorphoses, surtout celles d'Odile Descroix.

Lorsque le canard fut rôti – avec le miel, bien évidemment – et que les patates lui tinrent compagnie, tout le monde se déplaça jusqu'à la cheminée pour goûter les cocktails et les canapés et faire des commentaires sur le résultat, afin de réaliser les associations au mieux pour le mariage à venir. On évalua que la création de Maxime pompeusement nommée Violette divine donnait un excellent résultat, rafraîchissant et pétillant, et si Odile le jugea peu conventionnel, elle en reprit deux fois, ce qui suffit à le faire adopter dans la foulée pour le vin d'honneur.

Juliette discuta avec Clémence de l'organisation en caressant Noisette, venue se rouler en boule sur ses genoux, tandis que Simon expliquait à sa mère à quoi servait une chaîne Youtube et que Greg, Max et Aurélien parlaient sport. Puis on passa à table, et le repas fut bien évidemment parfait. Il eût été inconcevable qu'il en soit autrement alors même qu'Odile l'avait préparé.

Il y eut bien une tentative de tacle au sujet du vinaigre de framboise, mais on ramena le malheureux Maxime à la raison à grands coups de saint-émilion.

Une fois la bûche dégustée et les invités passés au champagne et aux discussions enflammées, Juliette décréta qu'il était l'heure des cadeaux. Personne ne lui fit de remarque pour avoir osé prendre en main le programme de la soirée. Chacun partit à la pêche aux sacs éparpillés et on échangea les paquets et les embrassades avec une chaleur réelle, bien que plus ou moins démonstratives selon les convives. Juliette n'eut pas envie d'ouvrir ses cadeaux tout de suite et elle resta dans son fauteuil, avec ses présents à proximité, à regarder sa famille.

Un an auparavant, une affaire de petites boîtes avait tout changé, et l'étrangeté de l'année écoulée pétillait dans son esprit comme les bulles champenoises. Elle percevait les infimes conséquences et surtout l'audacieux rééquilibre qui s'était instauré, imprévisible et délicieux. Et parmi tous ces remaniements, sa façon à elle de se tenir au milieu d'eux, pas plus remarquable ni remarquée mais au moins, apaisée.

Dans les faits, c'était surtout la vie de Clémence qui avait été radicalement transformée. Simon n'avait pas changé, lui, il avait juste tombé le masque, avec délectation et absolutisme, et restait ce garçon à la solennité anglaise qui se tenait toujours délicatement entre classe extrême et bohème tranquille. Rien n'avait affecté Odile et Aurélien, en apparence, du moins. Le dragon avait tout orchestré pour cette veille de Noël, et son compagnon était resté en retrait à nettoyer ses pièces et écouter attentivement, un sourire désolé au coin des lèvres quand d'aventure sa femme râlait trop près de lui.

Et elle ? Juliette non plus n'avait pas beaucoup évolué, si ce n'est qu'elle ne s'observait plus aussi durement qu'avant. Si elle cherchait les piques de sa mère reçues au cours de la soirée, elle pouvait encore en trouver, mais elles ne l'atteignaient plus de manière isolée : elle constatait que tout le monde en prenait pour son grade, et qu'il était idiot de songer qu'Odile lui en voulait personnellement. C'est ainsi qu'était sa mère – abrasive, déterminée, sarcastique –, on n'y pouvait rien. Tout au plus était-il possible de refuser de prendre ses remarques pour la sainte parole. Il n'était plus question de devenir l'idéal odilien que Clem n'avait jamais été non plus d'ailleurs, mais simplement d'être soi et d'avancer. Une petite chose à la fois, pour peut-être finir par en construire une grande, désormais.

– Oh, maman, merci ! C'est superbe.

L'exclamation de Clémence, presque semblable à celle qu'elle avait laissé échapper l'année précédente à la même occasion, tira Juliette de sa rêverie. Devant elle, Clémence tenait un magnifique châle orné de dentelle blanche.

– Je me suis dit que ça irait bien avec la robe. Ça se porte autour du cou, et tu le laisses flotter comme ça… Bien évidemment, si ça ne te va pas, tu pourras le porter à d'autres occasions, mais vraiment, je me suis dit qu'avec la robe…

– Il est magnifique, maman, assura Clem en embrassant sa mère, toujours plus surprise à chaque nouveau contact inattendu. Et moi aussi j'ai quelque chose pour toi.

Clémence sortit d'un grand sac un objet rectangulaire et plat recouvert de papier kraft, dont tout le monde devina instantanément la nature, y compris la destinataire.

– Je l'ai peint spécialement pour toi.

Odile remercia du bout des lèvres, puis ouvrit le paquet, bien consciente que le reste de la famille attendait sa réaction. Même Juliette se pencha en avant, bousculant le chat sans le vouloir. Le papier fut vite arraché et dévoila, ce qui était une première, un horizon nocturne.

Au lieu d'un tableau hanté par un brouillard perpétuel et déchiré en son milieu par l'obscurité, il y avait là un tableau de nuit, aux accents d'encre de Chine et de Voie lactée, ouvert entre le bleu sombre et le violet par une aube naissante à la chaleur nouvelle, éclatante, rectiligne, une promesse du soleil affleurant entre deux ténèbres. La ligne centrale annonçait le jour à venir dans toute sa gloire.

– Et la lumière fut, commenta Aurélien, faisant écho aux pensées de Juliette.

– Je me suis dit qu'il irait bien dans votre chambre, alors j'ai essayé d'harmoniser les couleurs, expliqua Clémence, subitement pleine de doutes. Il te plaît ?

Elle était là, la petite fille que Juliette n'avait jamais rencontrée, la Clémence qui craignait le jugement de sa mère et qui devenait soudain sa vraie sœur, son égale. Odile observa longtemps le tableau sans un mot, car on ne parlait pas à la légère, quand on était elle, et finalement hocha la tête avec vivacité.

– Il est magnifique, ma chérie. Et il ira très bien, comme tu l'as dit.

Un intense soulagement étreignit toute la famille. On se resservit du champagne, et Juliette ouvrit enfin ses cadeaux, toujours à l'écart, près du feu, apaisée. Il y avait quelques polars, un superbe gilet en coton bleu aux manches très larges, un collier fantaisie et, à la place de la crème anticellulite, un livre de développement personnel dont elle devina immédiatement l'origine mais qui ne la chagrina pas.

Alors que tout le monde se décidait à finir la bouteille et à lancer les cafés, qu'Aurélien osait demander du bout des lèvres si on pourrait espérer, un jour, un nouveau bébé Descroix ou Chanvin, que Grégoire couvait des yeux sa future femme dont les joues s'étaient colorées devant la question de son père et que Simon et Maxime trinquaient, Juliette sortit sur la terrasse couverte de son nouveau gilet, entraînant le chien et le chat à sa suite, maigre escorte avide comme elle de calme et d'obscurité.

Là, elle chercha une chaise longue à proximité de la pelouse constellée de givre et, laissant chien et chat se disperser dans les ombres, Juliette s'allongea de tout son long sur le plastique glacial pour se fumer une cigarette. Elle devinait les rires et le flux des conversations sans pouvoir en discerner le contenu, comme on entend la mer sans distinguer les vagues. Toute la chaleur de la vieille maison familiale était à portée de main, derrière les portes de bois peint et les vitres embuées, s'envolant sans se perdre dans les volutes de fumée au sommet de la vieille cheminée.

Tout à l'heure, Juliette les rejoindrait. Elle se choisit une cigarette, l'alluma sans faire de bruit pour ne pas perturber le silence, et exhala une longue bouffée pour monter elle aussi à la conquête des nuages.

– Joyeux Noël, murmura-t-elle.

Quelque part, une chouette effraie lui répondit. La nuit était froide et la lune absente, les arbres de la haie dessinaient un horizon impénétrable et frémissant. Le Chêne vert était plongé dans son écrin nocturne et tranquille, loin de la lumière à venir. Elle viendrait pourtant, l'aube, pour faire fondre le givre et libérer les herbes gelées. Elle viendrait, séparerait les ténèbres comme dans le tableau de Clémence, et libérerait la lumière là où il y avait eu l'obscurité. On en devinait les promesses, déjà, par centaines de milliers.

Au milieu de ce ciel d'encre, les étoiles de décembre célébraient le froid et annonçaient en plein cœur de la nuit la venue de meilleurs lendemains.

RÉALISATION : NORD COMPO À VILLENEUVE-D'ASCQ
ACHEVÉ D'IMPRIMER SUR ROTO-PAGE
PAR L'IMPRIMERIE FLOCH À MAYENNE (53100)
DÉPÔT LÉGAL : MAI 2022. N° 149678 (100277)
IMPRIMÉ EN FRANCE